Martin Griffin

L'impostore

Traduzione di
Adria Tissoni

GIUNTI

Titolo originale:
The Second Stranger

First published in the United Kingdom in the English language in 2023
by Sphere, an imprint of Little, Brown Book Group.

www.giunti.it

Via Bolognese 165 – 50139 Firenze – Italia
Via G. B. Pirelli 30 – 20124 Milano – Italia

Prima edizione: gennaio 2023

1

Sarebbe stata una notte memorabile, perciò mi riempii di vino un bicchiere di plastica e restai per un momento a osservare la bufera.

Erano le sette meno un quarto, avevo dato il preavviso nei ventotto giorni precedenti e stavo per cominciare il mio ultimo turno di lavoro in assoluto. Appoggiata alla ringhiera innevata del balcone, sognavo il mattino seguente: avrei messo in valigia i miei miseri effetti personali, sarei andata ad Aberdeen con la mia Nissan e l'avrei consegnata all'acquirente di eBay. Venduta l'auto, con i soldi in tasca, avrei raggiunto l'aeroporto per il volo delle undici. Tappa a Heathrow, poi a Madrid per la coincidenza, e infine partenza per Santiago, in Cile, la sera dopo. *La sera dopo.*

L'incredibile possibilità di liberarmi e la fuga che sognavo da quindici anni mi procuravano un senso d'ebbrezza. Sorseggiai il vino. Ragionare in quel modo mi dava quasi l'impressione d'essere una squilibrata. *L'ultima notte al Mackinnon.* Era l'occasione per dire addio alla vecchia me, di scappare all'estero da persona nuova. Forse sotto altri punti di vista non corrispondevo alla tipica trentenne – non avevo più una carriera, non possedevo un'abitazione, ero senza figli e dopo quella notte, sarei stata anche senza lavoro – però sentivo che il mio ultimo turno era l'inizio di qualcosa. Tutto il personale alloggiava nelle stanze con balcone della mansarda, ma gran parte dei miei colleghi era in ferie, quindi ero l'unica occupante del terzo piano. Visto il corso della mia vita, mi sembrava appropriato per qualche motivo festeggiare da sola quel momento, una donna con una giacca invernale e un berretto che si abbracciava sotto la neve.

Il vino era il solito prodotto dozzinale da minibar, eppure aveva un sapore abbastanza buono mentre posavo lo sguardo sul giardino del Mackinnon per quella che sarebbe forse stata l'ultima volta. Nei giorni d'estate, dal mio alloggio si godeva una splendida vista, ma all'inizio di febbraio era diverso. Il Loch Alder era ghiacciato, color ardesia del Lake District, una presenza silenziosa tra le nostre due montagne: il Bray Crag sulla sponda più lontana, selvaggio e con la cima innevata, e il Farigaig, che sovrastava l'albergo da questa parte del lago. Quella sera non era che una silhouette su un foglio da lucido, benché i suoi fianchi ripidi coperti da una fitta vegetazione arrivassero fino al recinto perimetrale dell'hotel. La vista del lago, dei monti e della prigione lontana era diventata la mia vita nei diciotto mesi passati. Il carcere di Porterfell era in gran parte nascosto dalle piantagioni di pini ai piedi del Farigaig, ma le luci del cortile per l'attività fisica brillavano come tanti puntini contornati da aloni a causa della neve spinta dal vento; si scorgeva la torre di guardia. Alzai il bicchiere nella sua direzione per brindare un'ultima volta in silenzio a Cameron e sorseggiai un po' di vino, assaporando il calore dell'alcol.

Lo stavo ancora fissando quando udii il gemito della sirena.

Era un suono familiare. Quando a Porterfell scoppiava un

problema, il che succedeva spesso perché era una struttura sovraffollata e obsoleta, i primi segnali erano sempre l'ululato delle sirene e le luci stroboscopiche. Fui travolta da un ricordo improvviso. Dovetti posare il bicchiere e controllare il battito del cuore con ampi e profondi respiri. Un anno prima, in una rivolta, era morto mio fratello. Lo stesso suono ne aveva annunciato l'inizio. Allora c'erano stati il baluginio delle fiamme sui muri di mattoni, il boato dei detenuti portato dal vento e il ronzio dei motori dei mezzi di sicurezza sulla strada di montagna per tutta la sera. Non fui subito informata della scomparsa di Cameron. I parenti vennero avvertiti solo in seguito. In una rissa tra cinquantacinque carcerati è chiaramente impossibile identificare l'assassino di un individuo in particolare e dato che era stato difficile dimostrarne l'omicidio, il decesso di Cameron era stato archiviato come accidentale. Quindi ora mio fratello non c'era più, la sua morte restava impunita e io ero rimasta bloccata là, una donna di trentatré anni che faceva il turno di notte in un albergo delle Highlands e che in quel momento stava studiando il posto in cui era stato rinchiuso.

Osservai gli edifici lontani ascoltando le sirene. Attraverso la coltre di neve, sul lago vedevo le luci intermittenti. Adesso i cancelli della prigione erano aperti. Stavano uscendo tre mezzi: un furgone che sembrava di massima sicurezza, fiancheggiato da due auto. Il che avrebbe potuto spiegare i disordini. La partenza di un prigioniero, l'esplosione della violenza, un disperato regolamento di conti. Le sirene continuarono a urlare e io guardai il convoglio girare a sinistra, verso di noi, e imboccare la strada di montagna. Pensai agli autisti, al mio viaggio di due ore il giorno seguente. Avrei avuto il vantaggio della luce, ma aveva nevicato parecchio la settimana precedente e le temperature in picchiata avevano indurito i cumuli trasformandoli in sculture. Il vento aveva cambiato direzione, l'aria polare proveniente dalla Siberia aveva fatto scattare l'allerta rossa ed era arrivato l'uragano Ezra, che aveva portato altra neve trasformando quella vecchia in ghiaccio. Guidare in una sera del genere era indubbiamente un gesto disperato.

Il mattino tuttavia sarebbe stato più terso. Di sicuro. Tutto sarebbe finito nel giro di dodici ore. Alle sette Mitchell, il mio collega del turno di giorno, avrebbe parcheggiato la sua Fiat 500 davanti alla reception e attraversato di corsa lo spiazzo asfaltato con le sue scarpe pesanti e la divisa dell'albergo. Nei quindici minuti di passaggio delle consegne lo avrei ragguagliato per l'ultima volta, avrei caricato i bagagli in macchina e sarei partita.

Mi ritirai in camera chiudendo fuori il rumore e mi scaldai davanti alla stufa elettrica prima di togliermi la giacca e di prepararmi per il lavoro. Mi infilai una canottiera sotto la camicetta per stare più calda, mi misi il completo pantalone, abbottonai la giacca e staccai la targhetta. *Remie Yorke*, c'era scritto. E sotto, in rilievo sulla plastica dorata: *Desidera?* Gli ultimi due ospiti del Mackinnon mi conoscevano per nome, perciò la lasciai sul comodino vicino ai pochi oggetti che non avevo ancora messo in valigia: la mia palla da hockey su prato, la guida Eyewitness Cile e isola di Pasqua, il manuale di conversazione in spagnolo. Mi chiusi la porta alle spalle e seguii il corridoio del terzo piano, superando le stanze vuote fino alle vecchie scale di servizio. Dovevano aver spento le sirene del carcere; l'unico rumore mentre scendevo erano i cigolii dell'antico albergo investito dal vento sempre più forte.

Il Mackinnon era un'imponente struttura vittoriana con

sedici stanze nascosta in una valletta ai piedi del Farigaig, con tanto di tetto spiovente, bovindi e due guglie che si stagliavano sopra i camini tozzi. Gli ospiti adorano la torre conica dell'orologio, il giardino formale e il glicine all'ingresso. Quando, diciotto mesi prima, ero arrivata per assumere l'incarico di responsabile notturna, mi serviva solo un posto di lavoro che mi consentisse di raggiungere in macchina il luogo dov'era detenuto mio fratello Cameron. Trovare quel bizzarro edificio sulla riva del lago era stata una piccola buona notizia in un mondo di cattive. Allora avevo accarezzato la speranza di innamorarmi davvero di quel posto – il mio appartamento a Leith mi era sempre parso provvisorio e benché non andassi spesso a trovarli, mi ero sentita smarrita quando i miei avevano divorziato e l'abitazione di famiglia nel Northumberland era stata venduta – e i primi mesi al Mackinnon mi erano sembrati un possibile nuovo inizio. Mi ero quasi concessa di rilassarmi. Poi erano esplose le violenze nella prigione e Cameron era morto. A quel punto ero stata costretta a tornare alla mia precedente esistenza di stanca e permanente allerta. Ormai però quei giorni erano quasi finiti. Tra sedici ore sarei stata su un aereo.

Al pianterreno controllai la reception, dopodiché imboccai il corridoio principale in direzione del bar. La pendola stava di guardia davanti alla garden room. La cucina odorava ancora di selvaggina arrosto e di aglio, nonostante gli addetti alla ristorazione avessero trascorso il pomeriggio a lucidare i banconi e a congelare gli avanzi in vista della pausa invernale. Dalla parte opposta del Mackinnon, fronte lago, c'era il bar. In qualità di responsabile notturna, lo gestivo fino alle ultime ordinazioni. Era un compito molto piacevole. Le braci che continuavano ad ardere sotto la cenere, i ciocchi impilati a seccare, le calde poltrone di pelle.

Di solito quel posto era tutto mio; in febbraio i nostri unici clienti erano le guardie carcerarie che si facevano un bicchierino sulla via di casa, e desideravo proprio un po' di solitudine. Davanti alle spine c'era una figura. Jaival Parik, Jai, uno dei due ospiti rimasti: sotto la quarantina, portava un blazer e una maglia di cachemire. Si era raccolto i capelli in uno chignon e sfoggiava un paio di occhiali con la montatura spessa e un unico AirPod. Era là dalla sera prima e c'eravamo presentati. Si era seduto con le spalle rivolte alla sala quasi vuota, gli occhi fissi sullo schermo mentre passava in rassegna le mail e centellinava un bicchiere di Malbec. Era venuto fuori che aveva una passione particolare per quel vino. Avevamo chiacchierato brevemente dei rossi sudamericani – non ne sapevo niente, ma gli avevo raccontato di Santiago e mi aveva suggerito di visitare una cantina – dei sentieri sul Farigaig e dei percorsi per mountain bike. E, come ovvio, dell'argomento sulla bocca di tutti, l'uragano Ezra.

«Manca una sola notte!» esclamò illuminandosi appena entrai. «Volevo offrirle un drink per festeggiare, ma immagino che sia di turno.» Girai sorridente attorno al banco e lui ordinò un altro Malbec, digitando sul telefono.

«Ha passato una bella giornata?» chiesi versandogli da bere.

Jai indicò con un cenno le portefinestre sul lato opposto, chiuse per il maltempo. «Direi un po' confinato» rispose con un altro sorriso. «Sto cominciando a rimpiangere il mio tempismo.»

Sapevo cosa intendesse. Pensai all'aeroporto e per poco non urlai di fronte a quella beffa crudele. Feci invece un respiro e replicai: «Sono sicura che riuscirà a fare qualche camminata».

Lui sorseggiò il vino e fece roteare il bicchiere. «Speriamo» disse. «Allora, cosa l'ha portata qui, in mezzo al nulla? Ha famiglia da queste parti?»

Pensai a Cameron, a Porterfell. «Credo d'essermi semplicemente stufata della città» risposi.

«Capisco cosa vuol dire. I Cairngorm sono maestosi, quando riesci a vederli sotto la neve.» Scoppiammo a ridere. Riordinai il bar e Jai riprese a parlare. «Non trova che questo posto sia un po' sperduto? Niente negozi, niente Internet.»

Non ero incline alle confidenze. Scrollai le spalle. «È splendido. E Internet non funziona solo per via del maltempo.»

Lui indicò il telefono. «Un po' di connettività non guasterebbe» osservò. «Avrei alcune cose da fare. Ha visto un bollettino meteo recente?»

Non da diverse ore, quando le voci di possibili slavine avevano spinto il *site manager* a consultare le mappe del servizio valanghe scozzese. La zona fra Montrose e Inverness pullulava di puntini rossi ogni anno, e il Mackinnon si trovava proprio nel mezzo. Avevo controllato ogni sera le previsioni a cinque giorni. L'ultimo bollettino annunciava un indebolimento di Ezra per mezzanotte. Dovevano aver sparso parecchia ghiaia sulle strade principali a est. Continuavo a ripetermi che c'erano buone probabilità che raggiungessi sana e salva l'aeroporto il giorno dopo.

«Lo daranno su *News 24*» dissi.

«Se la TV funziona ancora» commentò sarcastico. Alzandosi per andare ad accendere il televisore, sfiorò il telefono con la base del pollice. Il cellulare si illuminò mentre si allontanava, ma lui non se ne accorse. La luce tenue attirò la mia attenzione ed ebbi un vago fremito d'allarme. La linea rossa dei memo vocali si stava muovendo e il timer scorreva.

Stava registrando la nostra conversazione.

Lo fissai trattenendo il fiato. Gli uomini normali non registravano le donne nei bar degli alberghi. Misi insieme quello che rammentavo di Jai. A fine turno, quel mattino, lo avevo visto bere il caffè nella sala colazione con uno zaino ai piedi, un cappellino dei New York Yankees e la sua cartina di Culloden infilata in una tasca impermeabile. Mi era sembrato la versione più giovane e trendy del solito escursionista-birdwatcher, non c'era nulla di strano. Deglutii, avevo la gola secca. Doveva aver premuto il tasto di registrazione per sbaglio. Era un errore, nient'altro. Mentre tornava, mi spostai per lucidare i bicchieri e lo guardai capovolgere il telefono sul banco appena lo raggiunse.

«Domani non sembra buono» annunciò torcendosi la barba tra pollice e indice. «Allerta rossa. Ulteriori nevicate abbondanti, venti forti almeno per altre cinque ore.»

Sorrisi cercando di mantenere un tono lieve. «Vedrà che domani mattina riuscirà a sgranchirsi un po' le gambe» esclamai. «C'è un percorso lungo il lago che sarà meraviglioso una volta passata la bufera.»

«Sì, stavo controllando la cartina.» Fischiò. «È così solitario. Non c'è quasi niente là fuori fino a Braemar, salvo il carcere.»

Eccolo, l'accenno a Porterfell. Sentii l'ansia crescere e pensai, *questa storia riguarda Cameron.*

Mio fratello era nato sette anni dopo di me. Quand'era piccolo, eravamo felici tutti e quattro, una vera famiglia. Ma in seguito alle sue difficoltà a scuola e al primo arresto a quattordici anni – possesso a fini di spaccio – la strategia di mio padre fu semplice: rinnegarlo. Cameron reagì impuntandosi. Divenne la vergogna della famiglia e la macchia sulla nostra reputazione, un adolescente problematico avviato a diventare un delinquente di professione. Papà rinunciò, la mamma crollò. Ne conseguì che, quando finì in prigione, fui io a sacrificare la mia carriera e a trasferirmi da Edimburgo, a darmi da fare con l'avvocato per l'appello, ad andare a trovarlo tre volte al mese.

Poi mio fratello fu ucciso. Le violenze in carcere erano tanto normali da non fare più notizia a livello nazionale, ma il suo decesso aveva suscitato un vago interesse da parte dei media: una giornalista locale era venuta fin quassù per intervistarmi, però mi ero rifiutata di parlarle. Il personale della reception aveva un testo da leggere nel caso avesse ricevuto telefonate che mi riguardassero, e in un paio di occasioni aveva dovuto usarlo. Tutto questo era successo un anno prima e da allora le cose erano filate lisce.

Ma ora un uomo al bar mi stava registrando mentre spostava la conversazione su Porterfell. Mi stavo preparando a ulteriori domande quando accadde un fatto singolare.

Suonò il citofono della reception.

Era davvero strano. Il cartello all'inizio del vialetto informava i passanti che eravamo chiusi e il sito web precisava che non avremmo accolto ospiti fino alla riapertura, in primavera. Ero l'unico membro del personale fino al mattino seguente. Avrei mandato via chiunque ci fosse stato là fuori. Mi scusai e lasciai Jai in compagnia del suo drink.

Non ero spaventata mentre raggiungevo la reception superando il carrello con i teli protettivi e i vasi di vernice, preparati per gli imbianchini durante la stagione di chiusura, e il banco.

Non posso dire di aver avvertito un sentore di pericolo. Ciò che in effetti provai fu un temporaneo sollievo per aver evitato di parlare con Jai, e la sensazione era ancora forte quando mi sistemai al banco della reception.

Adesso la mia tranquillità mi appare ridicola.

2

«Hotel Mackinnon» dissi al citofono. «Mi dispiace, siamo chiusi e non accogliamo ospiti. Posso aiutarla in qualche modo?»

Non ci fu risposta, solo silenzio. Era buio da ore e le luci interne dell'albergo si riflettevano sulle pareti di vetro, nere come un lago lucido, della sezione nuova dell'atrio. Riuscivo a distinguere, poco al di sotto della superficie, il vago turbinio della neve, ma chiunque ci fosse là fuori riusciva a vedermi chiaramente mentre io ero accecata dalle lampade. Per fortuna avevo bloccato la porta girevole.

Premetti il pulsante e ritentai. «Buonasera, hotel Mackinnon. Mi dispiace, siamo chiusi e non prendiamo prenotazioni. Posso esserle utile?»

Ancora nulla. Quel vuoto nero mi innervosì per qualche motivo. Cercai di ignorarlo mentre mi incamminavo verso la porta. A dieci passi di distanza il vetro sembrava opaco, ma da vicino riuscii a scorgere alcune forme nella notte. La rotonda e la fontana comparivano a tratti nel buio. Vidi la sagoma tozza del vecchio larice: aveva più di due secoli, così si diceva. La base era un nodo rinsecchito, il tronco una mappa immensa di pieghe e fessure. Ai tempi d'oro era stato alto più di sessanta metri, ma un paio d'anni prima una tempesta ne aveva gravemente danneggiato la parte superiore e dopo una discussione con il comune sull'ordinanza di salvaguardia, una squadra di giardinieri l'aveva tagliata, perciò ora il vecchio colosso raggiungeva a stento il tetto dell'albergo. Strinsi ulteriormente gli occhi. Più avanti, lungo il vialetto, raggruppati tra le piante nere distinsi a malapena i garage per gli ospiti, vuoti per l'inverno. Oltre ancora, c'era una coltre di tenebra e le silhouette dei pini silvestri, di sentinella.

Feci qualche passo a destra e a sinistra, conscia di come apparissi al visitatore: una donna con un completo, i capelli raccolti e un'aria turbata. Sentirmi così esposta non mi piacque molto, perciò tornai al banco. Mi venne in mente che sarebbe stato utile fingere di telefonare. Presi il ricevitore, lo piazzai tra la guancia e la spalla e composi un numero. Impiegai un secondo a capire che la linea esterna era muta. Mitchell mi aveva avvertito che le linee esterne potevano cadere in caso di maltempo. Quella interna, installata negli anni Cinquanta quando avevano tolto le campanelle, era un circuito chiuso resistente alle intemperie. Il vuoto silenzioso all'altro capo amplificò in me il sentore di paura. Per la prima volta pensai che avrei preferito occuparmi del bar e difendere i miei segreti da Jai.

Il citofono della reception suonò di nuovo facendomi sussultare. Posai il telefono, premetti il tasto lampeggiante e risposi. «Hotel Mackinnon. Come posso aiutarla?»

Una voce ansimante disse: «Sono un agente di polizia». Aveva un accento locale. «Ho bisogno di entrare.»

Guardai di nuovo nelle chiazze di luce sul vetro. Ora c'era una sagoma maschile con una spalla appoggiata al telaio della porta girevole. Era in piedi al buio, ma riuscivo a scorgere una pesante giacca da sci con il colletto sollevato per il vento.

«Ho avuto un incidente sulla strada di montagna» affermò. Tacque respirando affannosamente come se stesse male. «La mia radio è rotta. Mi serve il vostro telefono.»

La mia mente andò in tilt e cominciò a lavorare frenetica. «Devo vedere un documento» risposi. «È il regolamento dell'albergo.» Pensai alle linee telefoniche. Forse c'era campo per i cellulari nelle stanze all'ultimo piano se l'amplificatore funzionava ancora, ma con molta probabilità quel poliziotto non avrebbe avuto fortuna.

«Gaines» aggiunse la voce. L'uomo premette quindi una carta sul vetro. «Agente 4256 Gaines, polizia scozzese. Apra la porta per favore, signorina.» La sua silhouette era inclinata e mi accorsi che stava caricando il peso su una gamba e sollevando l'altra. Era ferito.

«Mi dia un attimo.»

Attraversai l'atrio e andai ad aprire. Era una massa nera nella porta girevole, sembrava un animale bloccato tra i tornelli del macello. Una volta all'interno, tornò uomo: un metro e ottanta, spalle larghe, ingrossato dal giubbotto anticoltello che portava sotto la giacca imbottita. Aveva i pantaloni strappati all'altezza del ginocchio destro e sotto si vedeva la pelle ferita. Aveva un volto segnato da quarantenne, o poco più.

«Grazie» rispose mentre mi superava zoppicando per girare dietro il banco. Puzzava di benzina.

Lo seguii. «È ferito» esclamai sentendo una fitta di paura. «Le porto una benda? Un antisettico?»

Mi ignorò e controllò i telefoni, facendo una smorfia quando udì il silenzio all'altro capo. Osservò l'atrio. La neve portata dentro da lui si stava sciogliendo sulla moquette. «Deve chiudere la porta.»

Annuii e mi allontanai per farlo.

«Il telefono è muto» annunciò mentre tornavo.

«Non c'è linea» confermai. «A volte il cellulare prende al terzo piano. Cosa sta succedendo esattamente?»

L'agente stava studiando l'atrio, valutandolo con gli occhi socchiusi in termini di rischi e sicurezza, visuale e punti d'accesso. «Possiamo spegnere le luci?»

«Direi di sì» risposi. «Perché?»

«Quanti ospiti ci sono?»

«Soltanto due. Oltre a me.»

«E lei è?»

Mi ricordai di aver deciso di lasciare la targhetta di sopra. «Remie Yorke.»

«Non ci sono state altre visite stasera, signorina Yorke?» Scossi la testa, perplessa per il suo tono brusco, incalzante. «Può spegnere le luci lungo l'intera facciata per favore? Dall'esterno sembra un mercatino di Natale.»

«È questo che vuol sembrare» replicai cercando di sdrammatizzare. Lui aggrottò la fronte assumendo quell'espressione che per amara esperienza sapevo fosse tipica dei poliziotti quando stavano per dare una brutta notizia. «Ora lo faccio» lo rassicurai. «Cosa sta succedendo?»

«Ho ragione di credere che ci sia un evaso.»

Pensai al gemito della sirena di Porterfell e sentii una fitta d'ansia allo stomaco. «Un che?»

Il poliziotto – Gaines aveva detto di chiamarsi – si raddrizzò mettendo le mani sui fianchi. Lo osservai di nuovo: camicia bianca sporca con il colletto rigido, cravatta di acrilico. Barba bionda, ingrigita sulla mascella. Una cintura pesante di cuoio sulla pancia sporgente. La fondina era vuota e le tasche del giubbotto anticoltello pure – avevo visto gli agenti tenervi lo spray al peperoncino, la radio o la torcia – fatta eccezione per un telefono. «C'è stato un incidente» spiegò. Ciò che disse dopo, mi tolse il fiato. «Stavo dando una mano a trasportare un sospettato. Ho perso il controllo del mezzo sulla neve. Se è là fuori, non voglio che ci faccia visita. Per la vostra sicurezza, vorrei chiudere a chiave le porte e spegnere tutte le luci.»

Era il convoglio che avevo visto uscire dal carcere. Mi sentii avvampare. «Venivate da Porterfell?»

«Esatto.» Il poliziotto si mise alla ricerca degli interruttori zoppicando in fondo all'atrio verso il corridoio principale, quello che passava accanto agli ascensori e portava alla garden room, al ristorante e al bar, dove Jai stava ancora aspettando che gli rabboccassi il bicchiere. «Altri punti d'accesso?» chiese. «Ho superato un edificio esterno.»

«I garage» risposi mentre lo aiutavo a spegnere le lampade. «Non sono collegati al resto dell'albergo. È tutto chiuso. Chi è scomparso?»

Il vento investì le vetrate e di sopra una finestra vibrò. Lui ansimò forte, probabilmente sfinito dalla ripida discesa. La strada di montagna passava un chilometro e mezzo più avanti, alla fine del vialetto, che aveva una pendenza molto ripida. Doveva aver lottato con la neve alta fino alla coscia; non era un terreno facile per nessuno. «E questi?» Gaines toccò i LED alla base del banco con la punta dello scarpone. Sembravano minuscole luci blu d'atterraggio.

«Non saprei. Restano sempre accesi.» Erano bassi e freddi, emettevano abbastanza luce da trasformarci in forme eteree per chiunque ci osservasse dall'esterno. Avrei voluto non essermi messa la canottiera; la divisa dell'albergo era tutta appiccicosa e mi sentivo a disagio.

L'agente cambiò approccio. «Chi sono i vostri ospiti?»

«Abbiamo una persona nella sedici» dissi, girando attorno al banco e fornendo i dettagli. «Alex Coben. Starà da noi fino a domani. E Jaival Parik nella tredici.» Il nome di Jai mi scatenò un'altra ondata d'ansia. «Anche lui parte domani. Dopo, siamo chiusi.»

Lui strinse la mascella riflettendo. «Vorrei vederli tutti e due. Li inviterò a restare in camera per un po'.»

«Okay, mi sembra una situazione seria» osservai. Avevo fatto regolarmente visita a Cameron e mi aveva raccontato dei suoi compagni detenuti. Non erano dentro per evasione fiscale. Quel fuggitivo poteva essere disperato, pericoloso. Espirai lentamente. Quando parlai, mi parve di avere la lingua gonfia. «Devo preoccuparmi?»

I suoi occhi erano fissi sulle finestre buie. Oltre al puzzo di benzina, percepii odore di fastfood e di dopobarba da supermercato. «Diamoci da fare» affermò posando di nuovo lo sguardo su di me. «Vorrei dare un'occhiata approfondita a questo posto, solo per sicurezza. Spegneremo le luci passando. Ha qualche torcia?»

«In ufficio.»

L'ufficio si trovava subito dietro la reception, diviso in parte da un muro con montanti di legno e in parte da un pannello di vetro. All'interno c'erano la scrivania che condividevo con Mitchell del turno di giorno, una pessima caffettiera, due schedari, una bacheca di sughero con un calendario e l'orario, più vari messaggi e memo per il passaggio delle consegne.

Gaines lo scrutò velocemente. «Di chi è questo tavolo?»

«Mio» risposi. «Ci sono solo io di servizio fino alle sette di domani mattina.»

«E il resto del personale?»

«È partito questo pomeriggio. La stagione della caccia è finita. Non ci sono più ospiti.»

«Questo cos'è?»

Era il vecchio monitor di un desktop con una tastiera, lasciato in un angolo. «Un impianto TVCC» dissi. «Ma va aggiornato. Lo usiamo di rado.»

«Non ho visto telecamere venendo qui.»

«Ce ne sono un paio sul recinto perimetrale in cui a volte restano impigliati i cervi. Una all'inizio del vialetto. Una nel cortile posteriore e una nella rimessa per la barca.»

«Nella rimessa per la barca?»

«Abbiamo un piccolo cabinato ormeggiato sulla riva del lago per i clienti» spiegai.

«Telecamere interne?»

«Davanti agli ascensori, proprio alle nostre spalle.»

«Mi faccia vedere.»

Annuii accendendo lo schermo e muovendo il mouse finché il computer si attivò. Il monitor era diviso in sei riquadri con filmati sgranati, le immagini faticavano a emergere dalla nebbia come se fossero trasmesse da un altro pianeta. Le telecamere esterne erano offuscate dalla neve.

«Gesù» sbottò. «Non riesco a farmi un'idea del posto in questo modo.» Si passò una mano sulla bocca e chiuse gli occhi per un attimo. Capii che stava cercando di calmarsi.

«Mi dispiace» affermai indirizzandolo verso la bacheca di sughero. «Laggiù c'è una cartina.»

Gaines si avvicinò e studiò i punti di raccolta in caso di

incendio. Mi ritrovai a fissare la porta girevole della reception. La mia immaginazione popolava il buio di sagome sinuose. Distolsi a forza l'attenzione frugando nei cassetti della scrivania e recuperai un paio di torce rivestite di gomma. Le controllai, poi mi diedi da fare per ritrovare il kit di pronto soccorso.

«Si sieda» gli dissi appena riuscii a trovarlo. «Lasci che dia un'occhiata a quel ginocchio.» Rovistai tra cerotti e antidolorifici e lui si sedette trasalendo su una sedia. «Brucerà, ma dobbiamo disinfettare la ferita.»

Qualcosa di seghettato gli aveva lacerato la carne sopra l'articolazione e il sangue gli aveva appiccicato i pantaloni alla pelle. Fece una smorfia quando staccai la stoffa e tamponai la ferita con l'alcol. Dopo averla ripulita, vi premetti sopra alcuni batuffoli di cotone cercando di controllare il tremore alle dita.

Doveva aver funzionato, perché con un brusco respiro il poliziotto disse: «Sembra che lo abbia già fatto».

Tolsi tutto il sangue e preparai la fasciatura. «Avevo un fratello delinquente» affermai. «Si cacciava in un sacco di guai, convinto d'essere a prova di proiettile. E aveva il terrore degli ospedali, perciò finivo per medicarlo spesso. Risse, cadute, cose di questo tipo.»

Non volli accennare alla coltellata profonda cinque centimetri che una volta avevo dovuto curare. Ricordo ancora Cameron, a quindici anni, che indicava le stelle elencandomi le costellazioni mentre lo ricucivo. Il Cigno e la Lira, la Volpetta e l'Oca.

3

«Sono solo i tessuti molli» sussurrò Cam, con la pelle pallida rigata di sudore, una mano rossa premuta sul fianco destro, la t-shirt nera e appiccicosa.

A quindici anni, Cam era un ragazzo magro ma muscoloso, con l'occhio di un falco e la testa rasata. Nei due anni successivi ai problemi scolastici che avevano segnato l'inizio di tutto, aveva preso una brutta strada. Mentre io affrontavo le superiori tranquilla, diligente e al sicuro, tra gli allievi migliori, lui aveva fatto più fatica finendo nelle classi più scarse. Erano ambienti turbolenti, regolarmente devastati e popolati dai ragazzi ribelli delle bande locali. Un giorno trovarono un coltello al campus e lui risultò coinvolto. Nonostante si fosse dichiarato innocente, fu temporaneamente sospeso. Di sette anni più grande, andavo all'università quando accadde, ma dal modo in cui la mamma ne aveva parlato, quell'assenza da scuola segnò una svolta. Cam iniziò a frequentare un gruppo di compagni difficili e quando tornò in classe, la sua reputazione nel cortile era cambiata. Gli insegnanti avevano rinunciato. La sua fama crebbe e a quindici anni raggiunse il punto di non ritorno. Lasciò la scuola. Ogni sera usciva per andare a lavorare.

La notte in cui nominò le costellazioni mi aveva chiamato

perché passassi a prenderlo. Avevo una Volvo scassata, comprata da un'amica della squadra di hockey, con cui feci il viaggio dall'università di Edimburgo. Cam di solito non mi telefonava. Quando risposi, capii dal suo tono disperato che i nostri genitori non erano un'opzione. E quando spuntò dalla boscaglia a bordo strada guardandosi attorno nel buio con rapide occhiate e premendosi la maglietta contro il fianco, compresi perché.

«Tessuti molli? Cosa diamine ne sai delle ferite da coltello, Cam?» sibilai accelerando.

«Calmati un attimo.» Riuscì a sfoderare un pallido sorriso di rassicurazione. «Tirami fuori da questa storia e mollerò tutto, te lo giuro.»

Tutto significava il losco lavoro di corriere in cui si era lasciato invischiare quell'anno. Viaggiava in un furgoncino privo di assicurazione facendo da guardia al ragazzo più grande alla guida, un certo Danny Franks. I pacchi venivano consegnati, il denaro passava di mano in mano e spesso scoppiavano risse. Non sapevo altro.

Strinsi il volante, le nocche bianche alla luce dei lampioni. Quel posto era una distesa incolta, la vegetazione sommersa di spazzatura. Superammo un container semiarrugginito trasformato in caffè per camionisti. Guidare era difficile perché dovevo prestare la stessa attenzione allo specchietto retrovisore e al traffico davanti. Dietro di noi, a una certa distanza, c'era una Range Rover nera. Era sinistra. Risalii la collina attraversando Newburn, e quella mi seguiva. Passammo tra abitazioni degli anni Cinquanta e case a schiera di mattoni rossi che davano su vicoli invasi dai cassonetti. Ben presto a sinistra comparvero i campi e un complesso di edifici del comune.

«C'è un'auto che ci segue» gli dissi. Eravamo ormai in aperta campagna, il cielo serale si stava illuminando di stelle e i lampioni stavano scomparendo.

Cam allungò il collo. «Non ci credo, cazzo.»

La sua paura elettrizzò l'aria. Questo accadeva prima che tutti avessero un buon navigatore satellitare sul telefono. Conoscevo il centro della città piuttosto bene, ma là era un altro mondo. Le casette a schiera con le finestre buie sorgevano ammassate a ogni incrocio. Incontrai una stazione di servizio chiusa con un fitto muro d'alberi dietro il piazzale.

«Se mi prendono, siamo entrambi morti» esclamò Cam.

Allora, a ventidue anni, non ero tanto una sorella quanto un genitore in più. Tornavo a casa ogni fine settimana per assicurarmi che Cameron si comportasse bene, il che era una fortuna visto il disinteresse di papà. I genitori surrogati imparano presto ad avere paura. Ho vissuto in preda a quel sentimento per gran parte dei miei vent'anni, temendo quello che avrebbe potuto fare o quello che qualcun altro avrebbe potuto fargli, ma quella notte era la prima volta che lo sentivo ammettere che avrebbe potuto morire. Il cuore batteva all'impazzata. Chiusi le palpebre per scacciare le lacrime. «Cam, non so dove sto andando.»

«Gira a destra appena puoi. Dobbiamo trovare presto la strada principale.» Mi guardai attorno disperata ma eravamo in mezzo ai campi. I fari ci seguivano ancora. «Sono belli grossi, Rem» bisbigliò. «Non ne sarei uscito vivo se non avessi chiamato qualcuno. Hanno un cane.»

Ricordo ancora quella sensazione che mi attanagliava lo stomaco mentre cercavo un incrocio, il terrore cieco mentre premevo l'acceleratore sfrecciando nel buio della campagna.

«Questa è l'ultima volta» replicai alzando sempre di più la voce. «Se ce la caviamo, smetti. Lasci perdere qualsiasi cosa tu stia facendo e ti trovi un lavoro vero. Ti renderanno la vita difficile, Cam, ma dovrai essere forte perché non lo rifarò, intesi?»

Lui guardò le luci che ci seguivano, la mano premuta forte sul fianco. Vedevo luccicare il sangue, ne sentivo l'odore. Ce n'era tanto. «Tiraci solo fuori di qui.»

Il cruscotto emise un *bip*. Era la spia del carburante. Provai un'ondata di nausea quasi paralizzante. «Riusciremo a fare forse ancora quindici chilometri. Sarà meglio che questa strada sulla destra arrivi presto perché in caso contrario...»

«Eccola» indicò.

«È solo il cancello di un campo.» Lo superammo.

Cam imprecò piano. «Ce n'è un'altra» disse guardando avanti. «È quella?»

«Non lo so!» Stavo andando piuttosto veloce e avevamo distanziato l'auto alle nostre spalle. Inchiodai e svoltammo a destra. Era solo una mulattiera. Troppo tardi, ormai era fatta. La percorsi sferragliando, vidi un'apertura in una siepe e la imboccai. Ci fermammo in un campo accanto a un camion per il trasporto di cereali. Spensi i fari e ci abbassammo sganciando le cinture di sicurezza e attendendo chini al buio, pronti a fuggire. Nell'aria odore di letame di cavallo, di paura e quello metallico del sangue. La ferita di Cam si aprì quando si piegò in avanti. Sentivo il suo respiro. Allungai una mano e gli toccai la spalla. Quella notte fu la prima volta in cinque anni che non se la scrollò di dosso. Attendemmo per quelle che sembrarono ore in un silenzio terrorizzato, iperattenti a ogni rumore, sapendo che se ci avessero scoperto, saremmo stati tutti e due spacciati.

Ma l'auto che ci stava seguendo non passò mai. Quando tornai indietro a controllare, stritolata dalla paura repressa, la strada era deserta. Ero sicura che ci stessero aspettando; da qualche parte oltre la mia sfera visiva c'erano un paio di tipi tosti con i loro cani rabbiosi, perciò, tornata in macchina, attendemmo ancora fianco a fianco a luci spente, con Cameron che sussultava e si teneva le mani pallide sulla maglietta.

«Continua a premere. Come va il sanguinamento?»

Lui sollevò il palmo rosso per esaminare il taglio. «Rallenta» rispose. Alcuni minuti dopo si protese indicando. «Guarda. La Volpetta.»

«Qual è?»

A otto anni Cameron aveva ricevuto per il suo compleanno una scatola enorme di stelle fosforescenti e una mappa delle costellazioni. Aveva lavorato ore e ore per attaccarle al soffitto sopra il letto. Voleva che fossero nel punto esatto, perciò il lavoro era stato segnato da capricci e lacrime di frustrazione prima d'essere ultimato. Ricordo tuttora di aver aperto la porta della sua camera e di averlo visto disteso al buio sul piumino con sopra disegnato il sistema solare, mentre puntava la torcia sul suo universo privato. A quindici anni possedeva ancora la sua conoscenza enciclopedica.

«La serie di stelle sotto il Cigno. Un tempo si chiamava la Volpetta e l'Oca» aggiunse con voce tremante indicandola. «Ora è semplicemente la Volpetta.»

«In questo momento sarei contenta che ci fosse l'Oca» scherzai. «È squisita con il vino.»

Fece un respiro e lo udii lamentarsi per il dolore. «Di notte nel deserto di Atacama, in Cile,» gracchiò con gli occhi puntati al cielo «non riesci a vederti la mano davanti alla faccia. Ci sono solo stelle, miliardi e miliardi di stelle. È il posto migliore al mondo per osservarle. Niente interferenze radio, niente inquinamento luminoso, niente nuvole.»

«Lo immagino.»

«Un giorno ci andrò, Remie» disse trasalendo. «Ho studiato tutto. Dovrà essere in febbraio, quando le temperature notturne sono miti. Ti servono solo una tenda e un po' di sterline per mangiare. San Pedro: il più grande parco pubblico con telescopi del Sud America.» La sua smorfia si trasformò in un ghigno e aggiunse: «A più di undicimila chilometri da questo buco di merda».

«Potresti studiare astronomia!» esclamai. Così ero allora: mi preoccupavo per il sangue, cercavo di tirare su di morale mio fratello e riuscivo in qualche modo a essere sia idiota sia insensibile.

«'fanculo lo studio» replicò lui con foga tenendo entrambe le mani sulla ferita. «Altri anni dietro un banco in un college del cavolo? Ho sprecato abbastanza tempo nella mia vita per queste cose. Ci andrò di persona e lo vedrò con i miei occhi, non rinchiuso in un'aula.»

Non seppi cosa dire. Era la prima volta che prendevo atto della visione della vita scolastica di Cam. Nei due anni seguenti tuttavia le cose sarebbero cambiate. Iniziai a lavorare come volontaria con i giovani delinquenti e mi ritrovai ad ascoltare questa storia all'infinito, raccontata da altre voci, con immagini e analogie diverse, ma identica nella sostanza.

Mi piacerebbe pensare che, se fossi stata un po' più vecchia e saggia, sarei stata una sorella migliore per lui. Che in un momento del genere, mentre stavamo nascosti in un campo illuminato dalle stelle a osservare la Volpetta e l'Oca, avrei forse potuto trovare un briciolo di discernimento da condividere, qualcosa che avrebbe potuto cambiare il corso della sua vita.

«Tenga» dissi passando a Gaines un antidolorifico. «Ne prenda un paio. Ho quasi finito.»

Srotolai una benda e la avvolsi più stretta possibile attorno alla ferita. «Avrà bisogno di punti» affermai infilando una spilla da balia nel bordo sfilacciato del tessuto. «Dovrà andare al Raigmore quando la strada sarà sgombra.» Gaines provò a muovere la gamba, ci caricò il peso. Soddisfatto, spense la lampada. Per un istante restai in un ufficio buio, sola, con la sagoma inquieta di uno sconosciuto. Poi la sua torcia si accese evidenziando il pallore grigiastro della sua pelle, illuminandone l'uniforme.

«Se potesse mostrarmi la struttura» disse.

«Certo» risposi. «Se c'è qualcosa che posso fare, chieda pure.»

Chiudemmo a chiave l'ufficio e ci avviammo. Riflettei su quello strano e oscuro inizio del mio turno. *Domani Santiago*, mi dissi rassicurandomi.

4

Gli diedi le indicazioni mentre percorrevamo il corridoio principale. «Qui ci sono gli ascensori» spiegai. «Di qui si accede allo scantinato...»

«Questo cos'è?» Si era fermato vicino al carrello con le vernici e i pennelli, stava sollevando i teli protettivi.

«Domani chiudiamo per quindici giorni» risposi. «Arriveranno gli imbianchini. Cambieranno la carta da parati. Gli operai sistemeranno un ponte pericolante sulla riva, sostituiranno le tegole del tetto, verranno i giardinieri e via discorrendo.» Lui annuì e io ripresi il tour. «Più avanti ci sono le cucine, il bar e qui a destra la garden room.»

Gaines aspettò che aprissi la porta e accendessi le luci. La garden room era la nostra sala conferenze: tavoli con tovaglie bianche, caraffe, ciotole con caramelle, penne e notes omaggio. Le portefinestre davano sul prato terrazzato, ma quella sera offrivano solo una vista sul cuore di Ezra. Ascoltai l'ululato sordo dell'uragano mentre il poliziotto controllava i chiavistelli e la porta antincendio. Soddisfatto, mi fece un cenno e lasciammo la sala al buio.

«La cucina è qui a sinistra» dissi appena raggiungemmo una porta a vento d'acciaio. «Posso prepararle qualcosa se ha fame.»

Lui non rispose. Mi domandai cosa avesse attirato la sua

attenzione. Un attimo dopo capii: l'anta di sinistra era leggermente arretrata sui cardini, il paraspifferi a spazzola sibilava quando l'aria lo attraversava. Un'altra porta, o una finestra, era aperta da qualche parte all'interno. C'era un ingresso di servizio che dava sul cortile posteriore. In autunno avevo visto i furgoni della macelleria scaricare i pezzi di carne: i maiali tagliati a metà, i tacchini spennati simili a zaini. La porta della cucina espirò di nuovo. Forse quella di servizio era aperta. Se era così, sarebbe potuto entrare qualcuno.

«È normale?» chiese l'agente Gaines. Senza aspettare una risposta, spinse leggermente la porta a vento con la spalla.

Le superfici metalliche brillarono nell'oscurità effimera. Si intravidero i profili dei banchi di lavoro, delle cappe aspiranti e dei pensili della dispensa. Il personale di cucina aveva pulito tutto prima di andarsene, il pavimento luccicava illuminato dalla torcia di Gaines. Là al buio faceva più freddo che in corridoio; aspettai vicino alla porta mentre il poliziotto entrava tagliando a fette lo spazio con la torcia come fosse un coltello, inquadrando i ripiani, la griglia, i lavandini e i rubinetti. «Questa dove va?» chiese parlando al di sopra della sua spalla.

«Nella cella frigorifera» risposi, indicando una sfilza di blocchi di carne appesi e di mucchi di patate pelate, pronte per essere arrostite. Lui la ignorò e controllò la porta di servizio in fondo, ben chiusa, e individuò la fonte della corrente: la griglia rumorosa di un condizionatore. «Falso allarme» annunciò e tornò indietro zoppicando. «La storia della mia vita» aggiunse mentre mi superava per uscire in corridoio.

Arrossii per il sollievo. «Dopo c'è il bar.»

Quando entrammo Jaival Parik si girò, distogliendo lo sguardo dal telefono. Batté le palpebre per la sorpresa studiando Gaines, ma si riprese in fretta. Gli presentai l'agente e si diedero la mano. «Sembra ferito» commentò Jai.

«C'è stato un incidente sulla strada di montagna» rispose lui. «Come ho spiegato alla signorina Yorke, devo pensare alla sicurezza dell'albergo. La mia priorità è l'incolumità degli ospiti, perciò nell'immediato futuro le chiederò di restare in camera sua mentre mi occupo del problema.»

«Del problema?» Jai spostò il suo sguardo interrogativo da me al poliziotto, per posarlo di nuovo su di me. «Cosa sta succedendo?»

«Nulla di cui preoccuparsi, signore. Chiedo solo che vengano spente tutte le luci non indispensabili durante l'uragano. Per sicurezza.»

«Mi stupisce che con questo tempo non ci sia già stato un blackout» osservò Parik. «Ho comprato un amplificatore di segnale, un modello sofisticato a forma di parabola, l'ho pagato una fortuna, ma non riesco a prendere niente. Due giorni fa andava bene, ma appena è arrivato Ezra...» Gonfiò le guance.

«È qui per lavoro, signore?» chiese Gaines.

Jai sorrise. «No. Sono qui per camminare. Ma è un pessimo momento. Il meteo mi ha rispedito dalla mia posta elettronica.» Sollevò il cellulare per dimostrarlo. Sfoderò un largo sorriso rivolto a entrambi, e una fila di denti luminosi. «Non vedo l'utilità di nasconderci al buio.»

«Deve solo lasciarmi fare il mio lavoro» rispose l'agente studiando il caminetto. «Possiamo risolvere in fretta la questione.»

Andò in fondo alla sala, scostò con cura le tende e iniziò a controllare i chiavistelli delle finestre.

Jai mi si avvicinò mormorando: «Cosa sta combinando?».

Non mi piacque quella postura da cospiratore e non avevo alcuna intenzione di rivelare più di quanto avessi già fatto a un uomo che registrava i discorsi. D'altronde, non volevo nemmeno nascondere informazioni senza motivo. «Teme che possa esserci un evaso» dissi, mentre cercavo di scuotermi di dosso un gelo sgradevole. Aver svelato il problema peggiorò in qualche modo la situazione. Se davvero il prigioniero era là fuori, si sarebbe dovuto riparare dal maltempo. Era mio compito provvedere alla sicurezza degli ospiti.

«Un che?»

«C'è stato un incidente sulla strada di montagna» spiegai, osservando Gaines verificare che la porta antincendio fosse ben chiusa. «Qualcuno è fuggito.»

«Dal carcere?»

«Presumo. L'agente non è così disposto a rispondere alle domande.» Mentre parlavo, passai mentalmente in rassegna gli ingressi: la reception, la cucina, la cantina, gli edifici annessi. Era possibile che il nostro visitatore fosse già dentro?

Jai fischiò. «Che razza di ultima notte per lei, eh? Scommetto che non vede l'ora di prendere quel volo.» Si sfregò le mani. «C'è qualche possibilità di avere un altro Malbec?»

Gliene versai un bicchiere. Lui lo fece roteare e lo annusò, momentaneamente rapito. Gaines si era accertato che le porte della terrazza fossero chiuse e ora con le mani accostate al vetro, stava scrutando l'oscurità. Terminati i controlli delle finestre, venne verso di noi strisciando il dito sul telefono per avere conferma di quanto aveva detto Jai sulla presenza di segnale. Lo rimise in una tasca del giubbotto anticoltello chiusa con il velcro, notando il vino mentre ci raggiungeva. «L'hotel ha una rete telefonica interna?»

«Possiamo contattare gli ospiti nelle stanze, se è questo che intende.»

Lui annuì. «E se volessi comunicare con i colleghi alla stazione? Avete un telefono satellitare? Radio portatili?»

«I sorveglianti hanno i walkie-talkie» risposi. «Sono in un ufficio nel seminterrato.»

«Devo vederli. Signorina Yorke, le spiace?» Indicò il mio portachiavi. Ne avevo quasi trenta e le esaminai prendendo quella giusta tra pollice e indice. Mi tremarono le mani quando la sollevai. Gaines si rivolse a Jai: «Signore, perché non prende il suo drink e torna in camera, chiudendo la porta e le finestre?».

Lui fece una smorfia. «Ma questa è la cosa più interessante che sia accaduta in questi giorni.»

«Per la sua sicurezza, preferirei che facesse come ho detto, signore.»

«Agente...» Jai sorrise «so badare a me stesso.» Scostò il bicchiere. «Vorrei venire con lei. Guarda caso mi occupo di tecnologia della comunicazione. Sono un tecnico di trasmissione. Sono bravo con i congegni: proprio quello che le serve in caso di problemi con le radio.» Il poliziotto lo studiò in silenzio per un istante. «E se funzionano» propose Jai «mi toglierò dai piedi.»

«D'accordo» affermò infine l'agente. «Signorina Yorke, ci faccia strada per cortesia.»

Scendemmo la ripida scala di cemento oltre la porta della cantina. I corridoi del seminterrato avevano il soffitto basso ed erano illuminati da strisce di LED coperte di ragnatele. I mattoni erano bianchi, i pavimenti di calcestruzzo e i muri tappezzati di tubi, una rete di arterie avvolte da un materiale gommoso riflettente color argento. Da qualche parte, non molto lontano, la caldaia borbottava. Quel luogo era soffocante, insolitamente umido. Arrivai a metà, spalancai una porta laterale e accesi una luce.

Gaines ignorò la stanza e scrutò il corridoio. «Cosa c'è più in là?»

Non andavo di frequente sottoterra. «La caldaia, il locale degli oggetti smarriti, i vecchi magazzini...»

«Vado a controllarli.»

«Non credo che ci siano finestre. E nemmeno porte esterne. Non ci troverà nessuno nascosto!» esclamai. Eppure, mentre lo dicevo, mi sentii rodere dal dubbio. Se qualcuno fosse riuscito a entrare, magari usando il vecchio scivolo per il carbone o la porta antincendio del pianterreno, dove si sarebbe nascosto? Be', tanto per cominciare c'erano quattordici camere vuote. Il mio polso accelerò.

Su entrambi i lati, diversi archi bassi davano accesso ai locali magazzino, pieni di mobili e schedari avvolti in cerate. Gaines li illuminò con la torcia e si irrigidì. Seguii il suo sguardo. Il pavimento sconnesso di quello spazio buio si stava allagando.

Tornato in corridoio, passò un dito sui muri bianchi. Erano umidi. «O è neve sciolta,» affermò «il che non mi sembra probabile, oppure avete qualche tubo rotto.» Sottili rigagnoli si stavano formando nelle fessure del pavimento. La polvere, inumidendosi, si trasformava in una poltiglia grigia. Gli addetti alla sorveglianza non avevano detto nulla quando se n'erano andati quel pomeriggio.

«È normale?» chiese Jai.

«No.» Li condussi più avanti, in un altro spazio caldo e umido. La caldaia sibilava in una pozza alta fino alla caviglia. Mi venne male al pensiero del registro incidenti e di tutte le scartoffie. Forse se avessi cominciato quella notte, Mitchell avrebbe potuto finire il mattino seguente. «Non l'ho mai visto così» dissi a Gaines.

Controllammo il fondo del corridoio, niente porte, niente finestre, niente tubi che perdevano, quindi tornammo nell'ufficio dei sorveglianti. «Un problema alla volta» affermò il poliziotto. «Diamo un'occhiata alle radio.»

Li feci entrare. Gli uomini avevano abbellito la stanza. I muri erano di mattoni grezzi, però c'erano un tappeto, un tavolo, un divano e una poltrona con un cuscino del Cally Thistle. Le pareti sembravano asciutte; erano coperte di scaffali industriali di metallo, contenenti in genere libri e dossier; su un ripiano c'era un vecchio apparecchio radio e lettore CD, su altri i video dell'impianto TVCC in scatole etichettate. Un posacenere con due mozziconi di sigarette rollate a mano. Un orologio da muro che indicava le otto e dieci.

Sulla scrivania c'erano due ricetrasmittenti portatili accanto a una postazione di ricarica vuota con cinque posti. Gaines le esaminò, ruotò una manopola, premette un paio di tasti.

«Sono scariche» annunciò inserendole nella postazione e voltandosi verso Jai. «Ha familiarità con questo modello?»

«Con questo in particolare no, ma con molti altri simili. Sono radio standard usate dalle squadre di sorveglianza. Mio zio aveva un negozio pieno di roba del genere quand'ero piccolo: cellulari grandi quanto mattoni, desktop di seconda mano, stampanti a getto d'inchiostro, radio CB.» Gli sorrise e prese a osservarle. «Scommetto che ha qualcosa di simile nella sua auto di pattuglia.»

Il poliziotto scrollò le spalle. «La tengo sintonizzata sullo stesso canale e premo il tasto per parlare. Non ho idea di come funzioni in realtà.»

«Posso fare un tentativo, provare a studiarle» esclamò Jai rimettendole a posto e sfregandosi le mani mentre si sedeva.

«Resti qui, signor Parik, per la sua stessa sicurezza. Tornerò tra poco a vedere come va. Non si muova, okay?» Rivolgendosi a me, aggiunse: «Mentre il signor Parik pensa alle radio, voglio controllare l'altro ospite».

«Alex Coben, stanza sedici» gli ricordai.

«E dov'è ora il signor Coben?»

«È una lei» replicai. «Non la vedo da quando ho finito il turno stamattina.»

Lui grugnì. «Be', devo parlarle. Può fare strada per favore?»

Mi ritrovai perplessa. «Crede che sia sicuro?»

Gaines annuì, comprensivo. «Signorina Yorke, resteremo insieme e faremo tutto come si deve, d'accordo? Appena avremo messo in sicurezza l'albergo, non ci sarà ragione di preoccuparsi.»

«Certo» risposi sforzandomi di apparire convinta.

Lasciammo Jai appoggiato allo schienale della sedia, assorto ad analizzare le radio. Chiusi la porta dietro di noi.

5

Portai l'agente Gaines nel corridoio principale verso l'ascensore, sentendolo trasalire a ogni passo incerto che faceva. Il secondo piano era tutto carta da parati William Morris, scene di caccia incorniciate e applique di vetro inciso. Le ombre mi rendevano nervosa.

«Visto da fuori, sembra che abbia tre piani» osservò il poliziotto quando uscimmo.

Assentii. «Il personale alloggia all'ultimo.»

«Quindi la sua stanza è lassù?» Indicò il soffitto.

«Esatto. Quel piano è l'unica possibilità di trovare un segnale nel caso Jai non riesca a mettere in funzione le radio.»

«Me ne occuperò tra un attimo» rispose. «Per prima cosa, assicuriamoci d'essere tutti sani e salvi.»

Percorse il corridoio raggiungendo il divanetto sotto la finestra e il tavolino in fondo, con le copie di *Horse and Hound*, *Shooting Times* e *Conde Nast Traveller* disposte a ventaglio, e un vaso color crema con delle rose dal profumo stucchevole e i petali già marrone lungo i bordi. Si fermò un attimo a guardare la libreria con i volumi rilegati in pelle mentre mi sporgevo al di là del divano per sbirciare oltre il vetro. La bufera infilò le sue gelide dita nel telaio facendomi drizzare tutti i peli sulle braccia. La notte era un continuo brontolio, le correnti d'aria polare premevano sulle tegole del tetto. Oltre c'era solo tenebra implacabile.

La stanza sedici era alla nostra sinistra. Il poliziotto bussò. «Mi scusi?»

Dopo qualche istante di silenzio mi lanciò un'occhiata interrogativa. Alzai le spalle. Bussò di nuovo. «Signora Coben?» Mi aspettai di sentire la sua voce irritata in risposta, magari proveniente dal bagno, invece non accade nulla. Forse dormiva. L'agente abbassò la maniglia. La porta era chiusa a chiave. «Si sarà appisolata?» mi chiese. Scrollai ancora una volta le spalle. «Signora Coben?» Aspettammo. «Dev'essere fuori» concluse. «Però mi sembra improbabile. Quando l'ha vista l'ultima volta?»

In sala colazione quel mattino, il tintinnio sonoro delle posate mentre il personale apparecchiava. L'odore della salsiccia quadrata, del pudding nero, degli *scones* di patate. La musica classica per gli ospiti, la radio commerciale in cucina dietro il passavivande, lo chef che cantava impiattando le uova. Jai si era alzato presto per studiare le cartine e bere un caffè nero. Alex Coben era arrivata più tardi e si era seduta in fondo alla sala, al tavolo vicino alla finestra davanti al giardino terrazzato che digradava verso la sponda del lago. Aveva letto l'*Herald*, ordinato una omelette e fatto alcune telefonate mentre il cibo si raffreddava. Lo aveva lasciato là, era uscita e aveva salito le scale per andare a letto.

Ero di turno la notte precedente, quando aveva fatto il check-in, perciò cercai di considerare il suo arrivo con occhi nuovi, ma non riuscii a trovare nulla di insolito. Si era presentata con un'auto a noleggio, aveva attraversato la reception con un grande trolley e avevamo scambiato qualche parola mentre firmava i moduli, ma se Gaines mi avesse chiesto una descrizione, non so se le avrei reso giustizia. Con il mio metro e ottanta, sono più alta di molti uomini, perciò sono abituata a godere di quel piccolo vantaggio quando accolgo gli ospiti. Alex Coben era di alcuni centimetri più bassa e indossava abiti sportivi: una felpa nera, leggings e scarpe da corsa. Era snella e agile, con la corporatura tipica di chi praticava *fell running*. E le mani, piccole e forti, erano da scalatrice. Abbiamo un sacco di persone atletiche dalle nostre parti – le escursioni in mountain bike costituivano gran parte delle attività all'aperto a Fort William – e dal suo aspetto si capiva che facesse parte del gruppo. Capelli neri corti, una borchia nel labbro, altre sulle orecchie in alto, una specie di tatuaggio sul lato del collo, sopra il colletto della felpa. Aveva più o meno la mia età. Dissi a Gaines quello che ricordavo.

Lui si prese il labbro inferiore tra i denti fissando il vuoto. «Una turista?»

Alzai le spalle. «Non ci ho quasi parlato. È arrivata due sere fa, ha preso una camera per due notti. Stamattina ha parlato a lungo al telefono, quindi forse è qui per lavoro.»

«Che dati chiedete alla reception?»

«Nome, indirizzo, un numero di contatto.»

L'agente annuì, preoccupato. «Apriamo questa porta.»

Strisciai la carta. La stanza sedici era buia e l'aria fredda. La chiamai, non ci fu risposta, perciò infilai la chiave elettronica nella fessura e accesi le luci. Il caminetto e il tappeto scarlatto, una vasca con i piedi a zampa di leone e le tende spesse tirate di un bovindo che dava su Loch Alder. Accanto alla testiera c'era un'altra finestra più piccola. Anche lì le tende erano tirate, però erano bagnate e gonfie. L'anta a ghigliottina era aperta, vibrava nelle guide ronzando come una vespa in un vaso.

Sembrò per un attimo che Alex Coben si fosse gettata di sotto.

Gaines camminò sul tappeto sollevando cauto gli scarponi per verificare di non aver lasciato impronte. «Spenga le luci per favore, signorina Yorke» disse aspettando vicino alle tende. Vedevo il suo alito.

Tolsi la chiave e appena risprofondammo nel buio, mi ritrovai appoggiata al muro, tesa. *Dov'era?* L'agente scostò le tende e scrutò la bufera studiando i pini scuri. Poi osservò la neve che si era depositata sul davanzale cercando con attenzione qualsiasi indizio che fosse stata smossa, prima di scostarla con la mano, abbassare la finestra e richiudere le tende bagnate.

Si schiarì la voce come se avesse trattenuto il respiro e disse: «Là fuori non c'è traccia di nessuno».

Nella penombra notai che il resto della stanza era in ordine. Il personale aveva rifatto il letto e sostituito gli asciugamani in bagno prima di andarsene, in modo che Mitchell finisse le pulizie una volta iniziato il turno il giorno seguente. La luce sopra lo specchio era stata lasciata accesa. La mensola accanto al lavandino aveva una busta con la zip per i trucchi e gli articoli da toilette. Guardai il poliziotto ispezionare l'armadio. Gli appendiabiti vuoti sbatterono gli uni contro gli altri. C'era la valigia rigida con cui l'avevo vista entrare, la cerniera aperta, tanto che sembrava sorridere. Gaines sollevò il coperchio con la punta dello scarpone. Mi aspettavo di vedere una serie d'abiti di ricambio, invece era vuota, la sua roba era sparita.

L'unico indizio era il telescopio sul treppiede piazzato davanti al bovindo. Non aveva nulla a che fare con l'albergo; se lo era portato dietro di sicuro. L'agente ne sembrò colpito, benché fosse un kit standard per il birdwatching. Scostò le tende e girò attorno al telescopio chinandosi per guardare e regolare l'oculare con i guanti bagnati. «Cosa c'è laggiù?» chiese invitandomi ad avvicinarmi.

Il bovindo era rivolto a nord, verso il lago e le pendici inferiori del Bray Crag. Non avevo bisogno di guardare attraverso la lente per sapere su cosa fosse puntato. Non c'era altro da osservare che l'acqua ghiacciata e il fianco del monte. «Le aquile dorate?» buttai lì.

Gaines si chinò a controllare con un grugnito. «Forse. Vicino a uno specchio d'acqua del genere potrebbero esserci anche quelle dalla coda bianca. La parte centrale non è ancora ghiacciata. O le oche? L'Alder non è famosa per questo?»

Era così. Ogni inverno le oche facciabianca arrivano a frotte dalle Svalbard. Non sono come le oche del Canada con cui avevo familiarità nelle distese fangose del Northumberland. Le facciabianca strillano e starnazzano come auto bloccate in un ingorgo, soprattutto quando si radunano sull'acqua o volano formando lunghe file. Loch Alder non è il Lomond ma ha profonde gole lungo i bordi, scavate dall'acqua che scende dal fianco del Farigaig, e loro amavano fare il nido lontano dai predatori, in alto, tra le rocce. Era possibile che Alex le stesse osservando.

Gaines stava aprendo i cassetti del tavolo. «Be',» commentò quando ebbe finito «niente telefono. La valigia è vuota, non c'è traccia di abiti sportivi o di scarponi da trekking. Il che suggerisce che sia uscita, probabilmente a piedi, e se il telescopio è un indizio di qualche tipo, potrebbe essere andata a esplorare la sponda del lago. Quindi oggi è uscita presto?»

Cercai di trovare un senso in quella situazione ma non c'era nulla di logico. *Alex Coben mancava da stamattina?* Sentii lo stomaco torcersi. Se era là fuori, in mezzo a Ezra, forse non era l'unica. «Non... non posso fornirle nessun particolare» riuscii a rispondere. «Non ero in servizio.»

Lui si passò la mano sulla bocca. Si percepì il rumore della barba corta che sfregava sulla pelle del guanto nella camera vuota. «Avete un'armeria?»

Sentii le forze abbandonarmi.

Il Mackinnon era in origine un capanno da caccia privato e i nostri ospiti sembravano dividersi piuttosto equamente tra quanti volevano osservare gli animali selvatici e quanti volevano ucciderli. Avevamo ancora una discreta quantità di cacciatori ai quali noleggiavamo le armi. Nei miei diciotto mesi all'albergo, un luogo in particolare era rimasto indelebilmente legato a un reato. Era colpa mia se l'armeria racchiudeva energie scomode, che era meglio non disturbare. Quello che avevo combinato là più di un anno prima mi teneva ancora sveglia la notte.

«Sì» confermai tastando le chiavi in tasca. Nel locale, situato sopra i garage in un edificio ai piedi del vialetto, di fronte al parcheggio, poteva entrare solo il personale autorizzato a usare i nostri fucili. Io non ne facevo parte.

«Ho bisogno di accedervi.»

«Senta, agente Gaines,» replicai «le spiace dirmi cosa sta succedendo esattamente?»

Mi rivolse un sorriso che mi parve fin troppo collaudato. «È solo una precauzione.»

«Non posso consentire l'accesso all'armeria» obiettai. «Non sono autorizzata a usarli. E il trasporto prigionieri non implica la dotazione di armi da fuoco?» Mentre lo dicevo, mi ricordai che la sua fondina era vuota, come le tasche del giubbotto anticoltello. Ci fu silenzio. «Che fine ha fatto la sua pistola?»

«L'ho persa nell'incidente.» Gaines fece un respiro e raddrizzò le spalle fissandomi in volto. Lasciammo la camera sedici e indugiammo in corridoio. «Okay, vuole sapere quello che sta succedendo.» Sospirò mettendo insieme una risposta adeguata. «Facevo parte di un convoglio di tre veicoli. Stavamo trasportando un prigioniero in un'altra struttura dopo una lunga situazione di stallo a Porterfell.»

«I disordini che ho visto prima?»

Lui annuì. «Le condizioni meteo erano insidiose e il mezzo con il prigioniero che stavo seguendo è uscito di strada. Ho perso il controllo della mia vettura. Quando ho ripreso conoscenza, ho constatato che il furgone di trasporto era aperto e il prigioniero scomparso. Sapevo dell'albergo e sono venuto dritto qui. Era difficile vedere con chiarezza nella bufera, ma non ricordo tracce. La neve è ancora fresca quindi, a meno che non abbia seguito una strada del tutto diversa, è improbabile che il nostro fuggitivo si trovi da queste parti. Però è sempre possibile. La mia principale preoccupazione è contattare i colleghi e chiedere che mandino una squadra prima che l'evaso si allontani troppo. Nel frattempo, dobbiamo restare al sicuro, perciò devo avere accesso all'armeria. Mi assumo la piena responsabilità.»

Cercai di inumidirmi le labbra e feci la domanda che avevo in testa da quando mi aveva raccontato per la prima volta la sua storia. «Allora quant'è pericoloso esattamente quest'uomo?»

L'agente si sfregò un occhio con il pollice. «Nelle circostanze attuali costituisce una minaccia» rispose. «Ma abbiamo stabilito che non si trova all'interno dell'edificio. Quindi ora la mia priorità è assicurarmi che tutti vengano protetti.»

Ezra ci ricordò la sua presenza sferzando stizzoso i bovindi.

«L'armeria è sopra i garage» dissi. Un'intensa sensazione di gelo si diffuse sotto le costole, come se stessi affondando. «Ora le mostro.»

L'idea di mettere piede in quel locale era ancor meno allettante della prospettiva di incontrare il prigioniero.

6

I garage si trovavano all'altezza del primo tornante del vialetto ripido, in direzione della strada di montagna, a solo dieci minuti a piedi nella neve. Sentii il bisogno assurdo di ricordare i sistemi di sicurezza dell'hotel, come se fossi parte in causa. «I garage sono stati ricavati da una stalla» spiegai. «I portoni al pianterreno sono chiusi a chiave.» Prendemmo l'ascensore per tornare alla reception. «C'è un impianto di videosorveglianza. E all'ingresso c'è un keypad per digitare la password.»

«Bene.» Gaines si chiuse la cerniera della giacca zoppicando verso l'ufficio. «Signorina Yorke, devo dare un'altra occhiata alla pianta dell'albergo. Entrate e uscite.»

Nell'ufficio presi una giacca trapuntata con i colori della divisa del personale e me la infilai mentre lui studiava nuovamente la planimetria.

«Meglio non uscire dalla porta girevole» concluse. «Useremo un ingresso di servizio. Ne ho visto uno in fondo alla cucina.»

Non mi ero mai trovata all'aperto in mezzo a una simile bufera. L'aria scura era un muro opprimente, una massa rumorosa. In pochi istanti la neve portata dal vento mi entrò sotto la camicia e mi colò sulla nuca tormentandomi con i suoi rivoli sinuosi mentre richiudevo la porta posteriore della cucina. Una volta messe le chiavi in tasca, indicai la direzione e avanzammo verso il vialetto nella neve alta fino al polpaccio. Ormai i bordi del posteggio non erano che una serie di creste bianche. I piedi mi si intorpidirono quasi subito. Tutt'intorno a noi una nube bassa veniva spezzata dal vento in tante piccole strisce che correvano veloci. Gli alberi ululanti si stagliavano sotto un cielo color banchisa polare.

Gaines arrancò in salita con la testa bassa, chino nel vento. Le luci del vialetto erano spente, perciò i garage, situati a destra della strada in una rientranza circondata da pini, non erano che una sagoma bassa e scura dai margini indistinti. Pensai all'uomo disperato che forse stava vagando nella notte, sul punto di morire congelato, alla ricerca dell'albergo per ripararsi. Davanti a noi si accese una luce forte e dovetti proteggermi gli occhi con un braccio. I portoni del garage avevano l'illuminazione azionata da un sensore di movimento accanto alla telecamera. Ci fermammo lì sotto, la schiena contro le pietre del vecchio edificio. In quel punto protetto riuscii a percepire il respiro irregolare di Gaines. Le nubi di condensa formate dal suo alito si susseguivano nella luce. Guardando da dove eravamo venuti, il Mackinnon, di solito luminoso come un faro, era una maschera nera, il suo volto ridotto a un involucro privo d'occhi. Vicino alla porta della reception il vecchio larice ondeggiava, e la sua cima mozzata si piegava.

L'agente indicò con il pollice i due portoni. «Cosa c'è là dentro?»

«I SUV» risposi. Era un sollievo non dover urlare. «Li usano in genere i sorveglianti. Andiamo a prendere gli ospiti alla stazione, facciamo commissioni.»

«Sono equipaggiati per viaggiare in queste condizioni?»

Sentii il sudore bagnarmi l'attaccatura dei capelli. Stavo cercando di non agitarmi all'idea del viaggio in macchina il mattino dopo, ma data l'intensità della bufera la strada sarebbe stata ben presto impraticabile. Gli spazzaneve comunali l'avevano ripulita la settimana precedente accumulando la neve sui bordi, a formare alti muri, però se Ezra avesse continuato a imperversare, avrebbero stentato a passare un'altra volta. Figuriamoci la mia Nissan due ruote motrici. Almeno i SUV dell'hotel erano 4x4, anche se avevo visto gli addetti montare le catene in caso di maltempo. Avrei potuto prenderne in prestito uno, pensai improvvisando in preda all'ansia, e lasciare la mia auto qui. Mitchell avrebbe potuto venderla e spedirmi il denaro.

«Signorina Yorke?» incalzò Gaines.

Strinsi le mani a pugno cercando di scaldarmele. «Forse. Ma sarà dura» dissi avvicinandomi alla sua spalla per farmi udire. Colsi una zaffata di sudore. Avremmo dovuto farci strada sul ripido vialetto, girare a destra e seguire quindi il percorso tortuoso sul Farigaig. Un bel po' di curve strette da affrontare, più l'ulteriore complicazione delle banchine pericolose, cosa che il mio compagno conosceva bene. Era stato fortunato a cavarsela solo con un ginocchio fracassato. «C'è una possibilità, ma più la bufera va avanti, meno mi piace.»

«Comunque, ha le chiavi?» Annuii. Si voltò a guardarmi. «Devo assicurarmi di non perdere il nostro evaso, non deve diventare una minaccia più grave di quanto già non lo sia. Vorrei che mi consegnasse quelle del garage e dell'armeria.»

Ero abituata ad aiutare la polizia. Difficile non farlo, essendo cresciuta con un fratello come Cameron. A vent'anni avevo rilasciato dichiarazioni scritte, portato biscotti sui piatti più belli della mamma (voleva sempre dare il meglio quando c'erano di mezzo le autorità, come se le sue porcellane potessero in qualche modo compensare il comportamento del figlio), avevo convinto e lusingato se necessario, spesso dal sedile posteriore di un'auto di pattuglia. Cercai di soffocare un forte senso di malessere mentre toglievo le chiavi dall'anello. Forse i SUV dell'albergo non erano l'unico sistema per andarmene il giorno dopo. «Dovrà restituirmele» affermai. «Sono responsabile della sicurezza dell'hotel oltre che degli ospiti.»

Lui si sfilò il guanto, allungò la mano segnata e io gliele porsi. «Ci sono altre vie d'uscita?»

«No, a meno che non voglia prendere la barca.» Indicai oltre il giardino, ridotto a una distesa grigia di neve, la linea del ghiaccio spesso che delimitava il bordo del lago. «Il molo è a circa un chilometro e mezzo.»

Loch Alder era uno specchio profondo d'acqua dolce color canna di fucile che occupava la valle tra le cime gemelle. I monti ci proteggevano durante la stagione dei moscerini, nelle giornate estive soleggiate, rendendo le acque del lago così calme da riflettere le nubi alte, soffici come cotone, e gli uccelli che volteggiavano in cielo. Gli acquarellisti venivano per i panorami e gli ospiti facevano un giro in barca o il bagno, sfruttando le piccole spiagge per i picnic. Ma durante le violente perturbazioni invernali l'Alder restava immobile, stretto nella morsa del ghiaccio, che dalle insenature si estendeva via via verso l'interno e si ispessiva tanto da richiamare i pattinatori più temerari. Nell'ultima settimana, nei punti più bassi, era diventato una lastra di vetro fumé spessa cinque centimetri e ricoperta di neve, così che a un occhio inesperto sembrava che si fosse ristretto. Più o meno al centro una sottile striscia nera di liquido si muoveva ancora come una ferita frastagliata.

«È gelato. Non è una grande alternativa» commentò grugnendo mentre si avvicinava alla porta. Concordai con un cenno e guardai il grosso agente maneggiare goffo la chiave dell'armeria. La infilò nella serratura, la girò con forza per spaccare il ghiaccio formatosi nel meccanismo, poi spinse la porta aprendola.

Ero qui per la prima volta dopo un anno. Provai un brivido di vergogna.

Il nostro alito formò della condensa quando entrammo lasciandoci la bufera alle spalle. Gaines richiuse la porta a chiave. Il gesto non mi piacque. C'era ghiaccio all'interno delle finestre, notai, prima che la luce esterna si spegnesse e cercassimo le nostre torce al buio. Lui fu il primo ad accenderla e fece scorrere il fascio di luce sul pavimento. Nella penombra sembrava avere due borse pronunciate sotto gli occhi. La sua bocca era piegata in una smorfia di tensione perenne. Alla nostra destra si apriva una porta che dava accesso ai garage, noi tuttavia andammo verso le scale.

Salendo, le vicende del mio passato si risvegliarono in me. L'ultima volta che avevo salito quella scala era stato nell'oscurità, durante un turno a dicembre, più di un anno prima. Cameron era morto da due settimane, ero spaventata e a pezzi. I miei turni di notte allora erano lunghe battaglie contro la disperazione e il terrore. Ero sua sorella, e se anch'io fossi stata presa di mira? avevo pensato. Mi serviva protezione.

Quella notte le luci di Natale dell'albergo erano un pugno di lustrini gettati sull'asfalto umido. Il bar era chiuso, gli ospiti dormivano e io lavoravo in quel limbo indistinto tra mezzanotte e l'alba, in cui i pini neri sopra la riva del lago sembravano essere in frusciante combutta e i loro rami, urtandosi spinti dal vento, creavano un'eco che si udiva al di sotto del richiamo dei gufi. Ero sola, eppure per qualche motivo non mi sembrava così, per via della paura dell'attesa che mi pulsava nelle vene. Avevo attraversato la reception deserta del Mackinnon fino alla porta d'ingresso e, lasciando gli ospiti al sicuro nei loro letti, mi ero diretta ai garage...

Io e Gaines salimmo tra i cigolii verso la porta elettronica dell'armeria, una pesante lastra di metallo con una tastiera. Inserii la data della costruzione dell'albergo, proprio come un anno prima, e accendemmo le luci. Era un ambiente senza finestre con un tetto spiovente e una moquette bordeaux. Al centro, esattamente sotto la striscia LED, c'era un mobile con il ripiano di vetro grande quanto un tavolo da biliardo.

Una dozzina di fucili da caccia era disposta in fila su un panno scarlatto. I calci di noce erano stati lucidati fino a brillare.

7

Sui lati c'erano dei cassetti. Gaines li aprì.

Ne conoscevo il contenuto da quella frenetica notte di dicembre. Ricordavo di avervi frugato dentro al buio con le dita che mi tremavano. In uno c'era una serie di cannocchiali neri. Alcuni erano telescopici, altri *red dot*. Un secondo fu scartato dall'agente, all'interno c'erano solo fucili ad aria più piccoli, un altro era pieno di scatole di cartone grandi quanto un palmo, disposte con cura. Il poliziotto fece un verso di approvazione e iniziò ad aprirle estraendo con cura gli inserti sagomati di polistirolo. In ogni spazio c'era un proiettile infilato a punta in giù.

Un elenco dettagliato dichiarava il contenuto esatto di ciascuno. Un anno prima avevo dovuto modificarlo per non far sembrare che mancasse qualcosa, occultando la scomparsa anche nei registri perché la dotazione apparisse in ordine. Sapevo che sarebbe bastata una verifica veloce, riga per riga, delle liste per individuare il trucco; mi aspettavo d'essere scoperta, invece non era successo. Nei mesi successivi la tensione non si era mai allentata davvero. Ciononostante, avevo pensato spesso di restituire il fucile rubato, ma l'idea di una seconda incursione segreta al buio e di un'ennesima manomissione dell'elenco era troppo. Ora che avevo dato il preavviso, le mie alternative si erano ridotte a zero. A Natale avevo riconosciuto a me stessa che il fucile sarebbe rimasto al sicuro dov'era, nascosto, ben oltre la mia partenza. Solo io conoscevo il posto. Forse un giorno qualcuno lo avrebbe trovato per caso. Fino ad allora sarebbe rimasto là, ricordo perenne della mia paura nei giorni immediatamente seguenti la morte di Cameron.

«È mai andata a caccia?» domandò Gaines aprendo il vetro del mobile. Battei le palpebre con il respiro affannoso e scossi la testa. «Io ho il porto d'armi e l'addestramento, perciò posso utilizzarli in sicurezza» spiegò. «Lei invece no, perciò voglio essere chiaro: per nessuna ragione deve usare queste armi. Lo farò solo io. Intesi?»

«Intesi» risposi con la gola secca.

«Sono Remington» proseguì parlando in parte a se stesso, come se stesse rievocando le battute di caccia della sua infanzia. Tirò una maniglia sul lato destro e apparve un alloggiamento vuoto. «Quattro colpi nella camera interna» disse inserendo le cartucce, sistemandole al loro posto e richiudendo il fucile. Piazzò il calcio contro la spalla, ne valutò il peso e lo tenne davanti a sé. «Qui c'è la sicura» affermò esaminandolo prima di reggerlo in verticale. «Bene. Grazie, signorina Yorke. Non si è mai troppo prudenti.»

Annuii lentamente cercando di mettere da parte i miei ricordi e di capire quello che era appena accaduto. C'erano parecchie implicazioni in quella breve e inutile dimostrazione fatta da lui, e non me ne piaceva neanche una.

«Quando torneremo in albergo, desidero che stia lontano dai pericoli» dichiarò mentre si sistemava il fucile a tracolla, chiudeva lo zaino e se lo caricava in spalla. «Farò un altro tentativo con il cellulare. Lei presidierà la reception, verificherà che l'hotel resti sicuro. D'accordo?»

Cercai di parlare ma dalla mia bocca non uscì suono. Non avevo passato molto tempo a contatto con i poliziotti negli ultimi anni, ma Gaines mi stava risvegliando ricordi inquietanti, risalenti a tanto tempo addietro.

Avere un fratello come il mio aveva significato rinunciare a molte aspirazioni personali. Le altre ragazze avevano il fidanzato, io ero ammanettata a un delinquente. I compagni se ne andavano, chi per un lavoro fisso, chi per un anno sabbatico, io tornavo a casa ogni fine settimana, responsabile esausta di un criminale adolescente. Mentre la mia migliore amica Jesse festeggiava il suo ventiquattresimo compleanno, io prendevo in prestito l'auto del suo ragazzo per andare in cerca di mio fratello; percorrevo il centro di Newcastle battendo le strade come un molestatore sessuale. Ricordo ancora il ticchettio del riscaldamento, il rumore dei tergicristalli scassati, la vergogna e la disperazione di quella lunga notte.

Poi, un giorno quell'incubo durato otto anni cessò di colpo.

Come tutti, allora, seguivo la storia di Troy Foley. Era difficile evitare i servizi sul famigerato trafficante d'armi, rimasto a lungo latitante e infine catturato in un'operazione sotto copertura dagli agenti a Hackney. Spulciavo le notizie in preda al fascino dell'orrido via via che altri membri della sua banda venivano arrestati. Ogni giorno c'erano nuove rivelazioni. Troy Foley comprava pistole e caricatori ad Atlanta e, come avevano scoperto, li spediva nel Regno Unito all'interno di condizionatori. In seguito era emerso che, una volta a destinazione, venivano consegnati a indirizzi collegati con le bande di Bristol,

Manchester e Glasgow. Con il progredire delle indagini, i complici furono stanati a uno a uno.

Poi annunciarono l'arresto di Cameron Yorke, ventuno anni, di Corbridge nel Tyneside, in relazione alla distribuzione di armi da fuoco illegali. Mio fratello fu descritto da un investigatore come uno degli elementi chiave di Troy Foley nell'organizzazione delle bande che trasportavano le armi da un'area all'altra. Leggere di mio fratello criminale in un quotidiano nazionale fu un pugno allo stomaco da cui non mi sono mai del tutto ripresa.

Con il suo arresto, gli anni di estrema tensione sarebbero dovuti finire, invece, immersa com'ero da tanto tempo in una realtà disfunzionale, non sapevo più cosa fosse normale. Mi ero occupata di adolescenti problematici e di salute mentale, scritto la tesi per la laurea magistrale sui disturbi della condotta e in particolare sull'atteggiamento oppositivo provocatorio, svolto attività di volontariato nei centri di igiene mentale, ero persino diventata esperta di ordinamento penale e detenzione giovanile. Ero così focalizzata sui guai altrui che per anni non avevo mai pensato a me stessa. Dopo il master, ebbi la fortuna d'essere assunta come docente a contratto dall'Università di Edimburgo. Mi specializzai in psicologia dell'errore nel processo decisionale: la mano invisibile di Cameron pilotava le mie scelte anche allora. Insegnai per tre anni, i più felici e appaganti della mia vita, ma quando lo trasferirono a Porterfell, rinunciai all'incarico accademico e lo seguii. Credevo di farlo per proteggerlo. Non avevo immaginato che avrei finito per dover proteggere me stessa.

«Dovrà stare all'erta» stava dicendo Gaines. «Sia accorta. E non lasci entrare nessuno. Sarà un turno lungo alla reception.

Nel suo alloggio ha qualche oggetto personale che potrebbe renderle le cose un po' più facili?»

Gracchiai una risposta pensando alle mie guide turistiche e al manuale di conversazione, e lui annuì richiudendo il mobile. Ci avvicinammo alla porta. «Il maltempo dovrebbe attenuarsi verso mezzanotte» affermò mentre scendevamo. «Quindi mancano ancora, cosa, tre ore? Prenderò contatto con i miei colleghi e se saremo pazienti e cauti, risolveremo questa storia.»

Chiuse la porta, infilò le sue nuove chiavi in tasca e affrontammo il viaggio di ritorno attraversando il parcheggio in direzione della porta posteriore della cucina. Un modo per cercare di riequilibrarmi, di controllare il battito martellante del mio cuore era camminare lentamente con la testa china contando i respiri. Così mi capitò di notare le nostre orme. Soltanto dieci minuti prima quelle dell'andata erano fresche e ben definite. Ora erano segni più vaghi, ricordi sempre più sbiaditi del nostro passaggio. Ancora mezz'ora e probabilmente non sarebbero state altro che una serie di ondulazioni, di creste e avvallamenti, destinate a scomparire ben presto. Una volta sottovento, protetti dall'edificio principale, le impronte tornarono nitide. Al riparo dal vento duravano di più.

Mentre annaspavo nel buio, la mia mente faticò a inquadrare un ricordo improvviso. Era un fatto importante che al momento avevo quasi dimenticato.

All'altezza della porta di servizio, ci arrivai. La neve ai piedi dei portoni dei garage formava una lunga striscia morbida, bianca, scostata dalla costruzione perché qualcuno li aveva aperti. Erano basculanti e sollevandoli, si inclinavano verso l'esterno spostando la neve prima di scorrere nelle guide in alto. Grazie all'edificio quella striscia era stata protetta dal vento. Nelle ultime settimane era caduta molta neve e le temperature di febbraio l'avevano conservata, tanto che aveva formato cumuli duraturi; ma i sorveglianti avevano gettato ghiaia di recente, dunque significava che quella era neve fresca e che la striscia si era formata da poco. Mi sforzai di ricordare i movimenti di quel pomeriggio. Buona parte del personale era partita mentre chiudevamo l'albergo. Gli addetti alla ristorazione avevano noleggiato un minibus, e finito il turno dell'ora di pranzo, vi avevano caricato i bagagli. Il pulmino aveva i finestrini abbassati e la radio accesa. L'autista aveva strombazzato allegro quando erano partiti, risalendo il vialetto tra i muri di neve sporca della settimana precedente. Subito dopo erano giunte le nubi e alle quattro Ezra imperversava. Ricordavo di aver sentito il vento ululare. Mitchell se n'era andato alle cinque. Forse quella striscia di neve scostata era opera sua. Viveva in una fattoria ristrutturata a cinque chilometri di distanza, abbastanza vicino da poter venire a piedi al lavoro, ma con il brutto tempo era possibile che avesse preso un SUV. Gli ospiti non avevano accesso al garage e ad ogni modo erano arrivati con mezzi propri; le sagome innevate delle auto dei nostri due clienti spiccavano ravvicinate in un angolo del posteggio. Quindi quella sera era stato aperto? Mi voltai a guardarlo chiedendomi se tornare indietro a dare un'altra occhiata. La lampada azionata dal sensore di movimento si era spenta e l'edificio se ne stava acquattato nell'oscurità, robusto e basso contro il pendio, in attesa.

Quei segni nella neve erano un mistero, però una cosa era certa: qualcuno era entrato nel garage, forse nel tardo pomeriggio o la sera, in un momento in cui nessuno avrebbe notato una luce nel buio della bufera. E quel qualcuno non ero io.

8

«Signorina Yorke!» L'agente Gaines teneva il fucile in modo rilassato e con una mano vicino alla bocca aspettava davanti alla porta di servizio. A quanto pareva, mi ero fermata e stavo fissando la neve che avevamo smosso all'andata. «Signorina Yorke!»

Alzai la mano e arrancai verso di lui cercando le chiavi in tasca per rientrare. Sgocciolando sul banco della reception, il poliziotto ricontrollò invano la linea esterna, dopodiché indicò con la testa l'ufficio. Entrammo, appoggiò con cura la nuova arma allo schedario, accese la lampada da tavolo e si sistemò su una sedia sibilando a denti stretti.

«Vuole che le controlli il ginocchio?» gli chiesi prendendo la sedia opposta e scambiando la torcia con il kit di pronto soccorso.

Lui si sfilò rigido la giacca e cominciò a flettere le dita per scaldarle, la fronte corrugata per il dolore. «Va tutto bene» riuscì a dire. «Signorina Yorke. Grazie per l'aiuto che mi ha dato finora.»

«Mi chiami Remie» affermai.

«Donald» replicò lui. «Don. Salve.» Mentre sorrideva con riluttanza, scorsi per un attimo la persona dietro la maschera professionale. *Un frequentatore di pub, pensai, un uomo che amava bere in compagnia, un cattivo golfista e, vista l'assenza di una fede*, supposi, *divorziato*. Stavo guardando un agente di polizia prossimo ad affrontare la notte più impegnativa della sua carriera. «Remie» affermò piegandosi in avanti, «adesso sei responsabile della reception.» Aveva il colletto della camicia bagnato, i polsini sporchi e le nocche macchiate di sangue. Lo guardai srotolare la benda, controllare la ferita sotto. «Farò un altro tentativo di contattare i miei colleghi per informarli dell'accaduto.» Se la tolse e l'appallottolò. Gliene porsi una nuova. «Andremo a prendere quello che ti serve in camera, poi voglio che torni qui. È meglio che non ti sieda dove sei ben visibile dalla porta, ma resta abbastanza vicina da poter vedere, non si sa mai.»

«Vedere cosa?» chiesi avvertendo un formicolio sulla pelle. «Senti. A chi esattamente devo stare attenta?»

«Il nostro fuggitivo è un uomo pericoloso.» Gaines prese il fucile.

«Pericoloso come? È armato?»

«Non lo so, ma ho perso la pistola nell'incidente, quindi è possibile. Ed è sottoposto a massima sorveglianza.» Cameron era un detenuto a bassa sorveglianza. Ciò significava che era un omicida. Mi sentii male. «È un violento e un manipolatore, ti basti sapere questo» proseguì l'agente. «Ora, ti voglio qui a tenere d'occhio la reception, perciò andiamo a prendere la tua roba. E mentre saliamo al tuo alloggio, vorrei fare un salto dal signor Parik. Vedere come se la sta cavando con le radio.»

L'allagamento nello scantinato stava peggiorando. In cima alle scale, puntai il fascio della torcia nell'oscurità puzzolente di muffa e lo guardai frangersi in una miriade di schegge su uno strato di liquido. Gaines sussultava a ogni passo in discesa. Il corridoio era una lunga pozza d'acqua nera.

Il poliziotto abbassò un piede e valutò la profondità. «È bassa» disse. Era preoccupato quanto me, ma si tenne qualsiasi pensiero per sé.

Avanzammo tra gli sciaguattii, l'aria era fredda e nauseante. Da qualche parte nell'albergo i tubi rotti stavano vomitando liquidi. Udii il borbottio e il brontolio della vecchia caldaia. I fatti delle ultime ore mi avevano conferito la capacità di saper guardare le cose in prospettiva e ora il probabile errore di Jai con la registrazione non sembrava più così sinistro. Forse ci avrebbe informato dei suoi progressi con il sistema di comunicazione, così pensavo mentre aprivo la porta della stanza dei sorveglianti, creando un'onda di ritorno che si riversò sulle nostre scarpe.

Lo spazio al di là era deserto.

Gaines avanzò tra gli schizzi fino al tavolo. «Le due radio sono sparite» osservò.

Mi guardai attorno. L'orologio a muro indicava le nove e cinque. Tutto il resto sembrava identico a come lo avevamo lasciato, tranne il tappeto fradicio che si era in parte sollevato e stava galleggiando. Il liquido lambiva i piedi del tavolo. «Magari l'acqua lo ha spaventato» buttai lì.

L'agente si prese il collo con entrambe le mani per passarle poi tra i capelli brizzolati imprecando. «Sono stato chiaro circa il fatto che non dovesse muoversi. Molto chiaro. Questo complica le cose. Come posso garantire la sua incolumità se si sposta?»

Prima Coben, adesso Jai. Due stanze vuote. Mi si gelò il

sangue nelle vene. Non mi piaceva quello che stava rimuginando la mia immaginazione, perciò dissi: «Forse tornerà».

Lui si accigliò. «Andiamo di sopra.»

Prendemmo di nuovo l'ascensore e ben presto mi ritrovai nella mia stanza all'ultimo piano.

Restando sulla soglia con Gaines, trasalii per l'imbarazzo. Avevo trentatré anni e dormivo in un letto singolo. Ci sono tante cose che una persona avrebbe dovuto realizzare alla mia età, e tutto nella mia camera al terzo piano, ricavata sotto il tetto spiovente, con un tavolo, un lavandino e una nicchia per la doccia, indicava che io non lo avevo fatto.

La mia piccola valigia, già pronta e chiusa sul letto, conteneva una felpa con cappuccio e pantaloni da ginnastica, magliette, jeans e scarponcini da trekking. Nella sua gemella aperta c'era il resto dei miei vestiti, un mucchio di guide da viaggio e di libri per l'osservazione delle stelle, mille euro e il mio passaporto. Il comodino raccontava un'altra triste storia: altri volumi, la mia palla da hockey su prato vecchia dieci anni, una Bauer arancione brillante che mi ero tenuta dopo aver segnato tre volte di fila in una partita all'ultimo sangue contro Kelvinside e, la mia mazza appoggiata al muro accanto alla testiera. I cassetti del tavolo, ancora da svuotare, erano pieni di lettere di Cameron, molto brevi, scritte goffamente a macchina, e di carte del processo di appello. Il bagno conteneva una borsa per i trucchi, uno spazzolino e un asciugacapelli. Tutto lì.

«Gran parte delle mie cose sono in un deposito» spiegai agitandomi.

Lui grugnì. «Sei in partenza, a quanto vedo.»

«È la mia ultima notte» confermai. «Domani prendo un volo per Heathrow.»

Gaines mi guardò, gli occhi scuri sotto le sopracciglia insanguinate. «Da Aberdeen? È escluso.»

Feci un respiro lento, profondo. «Arrivata a Inverness, le strade saranno buone.»

Il poliziotto scrollò le spalle. «Prendi tutto quello che ti può servire» suggerì. «Un libro, un thermos per il tè. Quella mazza da hockey potrebbe tornare utile. Giochi ancora?»

«Ormai di rado.»

Estrasse il telefono. «Sarebbe bene che ci tenessimo in contatto. Quando il maltempo passerà, forse avremo una possibilità. Dovremmo scambiarci il numero, non si sa mai.»

Controllò e mi dettò il suo, e io lo inserii, imbarazzata, per paura che vedesse i miei contatti. Il mio cellulare aveva una dozzina di numeri in memoria. Uno era di Mitchell, uno dello chef, un altro di una società chiamata Safe Storage di Aberdeen. Gli altri appartenevano a colleghi del dipartimento di Psicologia di Edimburgo, nomi che mi scatenarono il dolore della nostalgia. C'erano anche due vecchie amiche che mi erano rimaste vicine negli ultimi anni dell'adolescenza mentre Cameron scardinava la normalità. Uno era della mamma, con accanto una notifica di chiamata persa: aveva telefonato quel pomeriggio ma non le avevo risposto. E l'ultima voce non era affatto un recapito telefonico. Era un numero di sei cifre che Cameron mi aveva dato l'ultima volta che gli avevo fatto visita a Porterfell. Lo feci scorrere, insieme agli altri, e lessi il mio numero a Gaines. Ero così concentrata a nascondere la triste situazione dei miei contatti che non prestai molta attenzione al telefono dell'agente.

Solo dopo mi colpì il suo aspetto nuovo.

«Cercherò di contattare i miei colleghi e di mantenere in sicurezza l'albergo» dichiarò Gaines. «Se accadesse qualcosa di strano, e intendo *qualsiasi cosa*, sentiamoci. Anche se non riusciamo a parlarci, un messaggio potrebbe arrivare. E controlla la camera del signor Parik, fammi sapere se sta bene.»

«Certo.»

Indugiammo nella penombra blu-nera dell'ascensore. «Buona fortuna» dissi con voce roca.

«Heathrow» replicò con un sorriso mentre ci separavamo. «Continua pure a sognare.»

Seguii la sua sagoma dalle spalle larghe mentre si allontanava nell'oscurità. Dopodiché tornai in camera mia a prendere la mazza da hockey.

9

Tornata nell'ufficio della reception, preparai il caffè e mi sedetti con le suole degli scarponi contro il calorifero in attesa che mani e piedi si scaldassero, la mazza sulle ginocchia. Era una Gray's Midbow, comprata di seconda mano l'ultimo anno di università, tutta coperta di graffi e righe. Allora avevo l'abitudine di tormentare il nastro dell'impugnatura, di grattare il silicone con l'unghia del pollice durante i discorsi con la squadra all'intervallo, la mente fissa su Cameron. Distratta, mi ritrovai a farlo ancora: infilai l'unghia sotto il nastro in preda all'ansia, cominciai a stuzzicarlo come se fosse una crosta.

Non la usavo da nove anni. D'un tratto mi tornò in mente un ricordo, doloroso come una pugnalata, forte e intenso come una fitta. L'ultima cosa che avevo colpito con la mazza che tenevo sulle gambe erano le dita di un giovane.

Stavo cercando di proteggere Cameron. Suppongo di aver pensato che una reazione improvvisa, brutale potesse bastare a svegliare mio fratello, a cambiare il corso della sua vita. Mi sbagliavo. L'unica vita che era cambiata quella sera era stata quella della vittima. Gli avevo spaccato le ossa della mano destra.

Il fine settimana del sedicesimo compleanno di Cameron fu l'ultimo periodo in cui mamma e papà vissero insieme. Ero tornata a casa, come al solito, il venerdì sera – nonostante gli sforzi, non ero mai riuscita a pulire del tutto il sedile del passeggero dal sangue di mio fratello quella notte di un anno prima – avevo disfatto la valigia nella mia stanza e avevo giocato a hockey nel mio vecchio club sabato pomeriggio. I miei non sapevano dove fosse andato Cameron venerdì sera. Cenammo insieme, guardammo la TV e cercammo di non parlarne. Furono visibilmente sollevati appena rientrò alle sei di sabato pomeriggio. Il fatto che si fosse ricordato che sua sorella maggiore era a casa per una festa in famiglia era ormai considerato encomiabile, a dimostrazione di quanto la situazione fosse peggiorata.

Uscimmo a mangiare una pizza in città. Per tutto il pasto Cameron sembrò ansioso, come se stesse attendendo qualcosa di meglio. Sperando di poter ritrovare l'intimità della notte in cui era stato accoltellato, tentai di parlargli. Tutto quello che fece fu stringere la tovaglia tra le dita e controllare in continuazione il suo nuovo telefono. Il cellulare aveva già suscitato qualche perplessità a casa, perché era uno dei tre che si portava dietro. Quella sera bevve un paio di birre, sempre sconsolato, e sfoderò un sorriso forzato quando brindammo al suo compleanno. Si era tagliato i capelli corti e aveva sviluppato un tic nervoso, ripetuto: si passava le dita sul cuoio capelluto, dalla nuca alla fronte. Aveva le unghie tutte rosicchiate e la punta delle dita ingiallite dal tabacco.

Una volta rientrati, esplose tutto. Papà si mise comodo con il telecomando del televisore in mano, le gambe allungate, i piedi incrociati all'altezza delle caviglie, e propose di guardare un DVD. Cam, piazzato davanti alla finestra della cucina che dava sulla strada, spiegò che aveva intenzione di uscire. Nostro padre restò male e mia madre perse il controllo. Cameron si appoggiò al banco, gli occhi vitrei, lo sguardo fisso su un punto a media distanza, chiudendo le mani a pugno nelle tasche dei jeans mentre la mamma gli urlava che la famiglia era più importante degli amici nelle occasioni speciali.

«Tua sorella è tornata a casa!» lo ammonì agitando un dito. Si era fatta apposta le unghie e vederla così infuriata, con il trucco, il cardigan e i capelli acconciati, era spaventosamente triste.

«E io ho un lavoro da fare!» strillò lui.

La mamma aveva già sentito quella risposta. «Stare seduto nei furgoni?» chiese increspando le labbra. «Hai mai controllato cosa c'è dietro?»

Cameron scoppiò a ridere gettando indietro la testa. «Mamma, non hai idea di come funzioni il mondo. Non hai la minima idea.»

«Cosa sta succedendo?» intervenni.

«Si è di nuovo invischiato con quella banda.»

Mi sentii sprofondare a poco a poco e mi augurai che non fosse vero. Cameron scoppiò in un'amara risata scostando le tende della cucina e controllando la strada prima di riattivare il suo costoso telefono e controllare se c'erano messaggi.

«È vero?» chiesi. Conoscevo la banda a cui si riferiva la mamma. Avevo trascorso notti insonni da quando Cameron aveva cominciato a frequentarli, a quattordici anni. Ragazzi ribelli del luogo, con alle spalle un'infanzia caotica, che facevano ciò che volevano. Uno in particolare, Danny Franks, aveva una faccia da topo, un padre assente e una madre arrestata per frode sui sussidi. Franks aveva iniziato con gli atti vandalici per passare poi ai piccoli furti e alle droghe leggere. Dopo era diventato più malvagio. Pendevano su di lui un'accusa di stupro e un incidente d'auto, che secondo le voci era una truffa a danno della compagnia d'assicurazione. Da quando me n'ero andata, avevo perso il conto, ma nei fine settimana trascorsi a casa avevo avuto qualche sporadico aggiornamento: ammonimenti della polizia, un arresto, un periodo trascorso ai servizi sociali. «È ancora quel Danny Franks? Cameron, è un tipo poco raccomandabile.»

«Non ti ci mettere anche tu» replicò piegando le dita tremanti a mo' di artigli e passandosi le punte con le unghie rosicchiate sul cuoio capelluto. «La mamma non era contenta quando non avevo un lavoro. Adesso ce l'ho, e non lo è lo stesso» disse. «Ho bisogno di fumare. Vado fuori.»

«È brutta gente!» aggiunse la mamma.

La bloccai sollevando una mano. La notte dell'anno prima, quella con il sangue e i nomi delle stelle, avevo avuto la vaga speranza di poter arrivare là dove lei non poteva. «Aspetta, Cam. Un attimo. Che cosa fai?»

«Lascia perdere» rispose imboccando il corridoio e prendendo un giubbotto dal gancio.

«Ecco!» gridò la mamma. «Scappa ancora una volta dalle tue responsabilità!»

La mandai in salotto e chiusi la porta, poi lo afferrai prima che se ne andasse. Facevo da paciere e da intermediario da tanto tempo, sapevo come gestire esplosioni del genere. «Non dovresti passare il tempo con quel ragazzo» gli dissi.

«Rem, tu non capisci» osservò infilandosi il giubbotto. «Nessuno capisce.» Di nuovo si passò gli artigli sulla testa. Erano dita gialle, con le unghie contornate di sangue. E al polso aveva un costoso orologio da sub che non riconobbi. I tre telefoni e l'orologio insieme denotavano una sorta di escalation. Non mi piaceva per niente, ma stavo perdendo quel po' di ascendente che avevo su di lui.

«Posso darti una mano» dissi. «Puoi venire a stare con me per un po'.»

«Vaffanculo» mi rispose, dopodiché se la svignò sbattendo la porta talmente forte che rimbalzò e si riaprì. Nello stesso istante scorsi la mia mazza da hockey tra le giacche e le scarpe nell'atrio, dove l'avevo lasciata, e fuori, il furgone in strada. Franks era al volante con la portiera aperta. Udii il rimbombo della musica. Quando percorsi il sentiero verso il cancello, sentii l'odore della marijuana, la vidi annebbiare l'interno del parabrezza. Ero in preda ai fumi del vino e della rabbia, stringevo saldamente la Midbow con entrambe le mani.

Un attimo prima che gli spaccassi le dita, Franks stava ridendo. Si era voltato verso Cameron nella cappa di fumo alzando la voce perché lo sentissi. «Ehi, da quando tua sorella è diventata una gnocca da scopare? Non mi dispiacerebbe strusciarmici un po' addosso.»

Strinse mollemente il volante con la destra, in alto. Accorciai la distanza con il furgone.

Giocavo molto a hockey. L'Edinburgh University Ladies aveva dieci squadre di hockey su prato; io mi alternavo tra la prima e la seconda in base alla mia forma. Sapevo colpire con forza e precisione, perciò quando abbassai la mazza sulla mano esposta di Franks gli polverizzai le ossa metacarpali. Cacciò un urlo, simile al lamento acuto di un bambino, tenendosi la mano fracassata.

Il resto della sera è confuso ma ricordo ancora oggi le grida e i mugolii di Danny Franks, tra dolore e incredulità. Rammento che Cameron che lo accompagnò al pronto soccorso e poi una discussione feroce il giorno seguente, a qualche ora, mentre facevo le valigie. Mamma e papà si separarono alcune settimane dopo. Io tornai a Edimburgo e aspettai la chiamata della polizia.

Non arrivò mai.

Ezra spadroneggiava con i telai delle finestre del piano di sopra e mi scosse dai miei ricordi. Ascoltai il vento sferzare i vetri dell'atrio. Da qualche parte all'ultimo piano Gaines stava cercando il segnale. Jai era assente ingiustificato, Coben scomparsa. Per un breve, folle istante pensai che le cose non sarebbero potute andare peggio. Poi ci fu un rumore al banco della reception. Il citofono.

C'era qualcuno fuori, chiamava per entrare.

Sentii un fremito di panico in fondo alla schiena. Non so quanto rimasi seduta nell'ufficio prima di riuscire a mettere in moto il mio corpo ma quando lo feci, mi alzai lentamente, con i muscoli che dolevano e il sangue che mi pulsava nelle vene. *Potrebbe essere la bufera. Un guasto elettrico. Meglio chiamare Gaines.* Il telefono mi cadde di mano mentre selezionavo la rubrica e premevo il suo numero. Seguì un silenzio senza speranza mentre aspettavo: non c'era nemmeno il segnale di linea. L'orologio indicava le nove e venticinque. Provai a inviare un messaggio – *C'è qualcuno alla porta. Scendi* – e guardai i dati caricarsi fino a un quarto, imbattersi in un muro invisibile e bloccarsi del tutto. Impossibile comunicare.

Il secondo squillo mi fece cadere il cellulare di mano. Precipitò capovolgendosi e dovetti cercare tastoni sotto il tavolo di Mitchell con le dita goffe e impacciate, come se avessi ancora i guanti invernali. La visuale era tale che chiunque stesse citofonando non poteva assistere a quella dimostrazione di terrore, ma se volevo battere in ritirata seguendo Gaines di sopra, avrei dovuto attraversare l'atrio facendomi vedere. Misi il telefono in tasca, incrociai le braccia e mi passai le mani sudate sulle maniche di poliestere della giacca cercando di asciugarle. I ricordi della mazza da hockey mi innervosirono. Però la mazza poteva essere utile. Afferrai il manico della Midbow e mi sforzai di stabilizzare la presa, un movimento familiare che avevo compiuto migliaia di volte sui campi d'erba AstroTurf di Edimburgo. Quelle sere mi sembravano ormai lontane un'eternità.

Era Alex Coben, mi rassicurai, tornata dalla passeggiata, sollevata di avercela fatta. O qualcun altro. Un prigioniero, infreddolito e disperato. Il poliziotto era arrivato quasi due ore prima, perciò qualsiasi nuovo visitatore era sopravvissuto almeno altrettanto, con temperaturesotto i meno dieci gradi a causa del *wind-chill*, senza una giacca, senza cibo, con pochi posti dove ripararsi. Premere il citofono di un albergo vuoto e desolato era di certo l'ultimo gesto, dettato dalla disperazione. Era probabile che non fosse nelle condizioni di rappresentare una minaccia, anzi avrebbe forse avuto bisogno di cure mediche immediate. Immaginai qualcuno che entrava barcollando e si raggomitolava impotente con le dita congelate, mettendosi a urlare a mano a mano che si scaldavano. Presi il kit di pronto soccorso e aspettai un istante per calmare il respiro.

Quando arrivò il terzo trillo, ero pronta. Andai dall'ufficio al banco della reception, mi sedetti, appoggiai la mazza contro il tavolo e posai il kit. «Hotel Mackinnon» dissi al citofono. «Siamo chiusi al momento. Posso esserle utile?»

Aveva ragione Gaines, il buio giocava a mio favore. L'unico fattore che alterava la visuale del mondo esterno erano i puntini blu equamente distanziati delle luci riflesse sul pavimento. Il resto era abbastanza buio perché riuscissi a distinguere forme e movimenti.

C'era una persona al citofono.

È sorprendente tutto quello che puoi capire da una silhouette. Non era Alex Coben. Era un uomo, più piccolo del primo visitatore, stava chino vicino alla porta per ripararsi e si teneva il cappuccio della giacca nera abbassato fin sugli occhi. Non era propriamente noncurante – nella sua postura e nei suoi gesti c'era una certa urgenza – ma non sembrava neppure che un paio d'ore nella bufera lo avessero messo in ginocchio. Mi ritrovai a rivedere lo scenario del congelamento. Era indietreggiato un po' dal citofono, notai, e strizzava gli occhi per scrutare al di là del vetro. L'angolazione mi impediva di scorgerne il volto.

Lo osservai avvicinarsi di nuovo, premere il campanello con il pollice. La sua voce, quando mi arrivò, era secca, stanca e inglese. Del Nord, con le vocali anteriori quasi aperte. «Signora, devo entrare.»

Mi schiarii la gola. «Mi dispiace, abbiamo un problema. Ho istruzioni di non far entrare nessuno.»

«Sono un agente di polizia, signora.» Dal suo accento si intuiva che le colline tra Leeds e Manchester fossero casa sua.

Provai un gran sollievo. Un secondo agente, forse il collega di Gaines – non ne aveva fatto menzione ma era un convoglio di tre mezzi, *perché mai non gli avevo chiesto dell'altra auto?* – lo aveva seguito scendendo dalla strada di montagna. Dovetti bloccarmi per non abbandonare subito il banco con le chiavi in mano. «Okay» dissi soffocando la gioia e mantenendo un atteggiamento professionale. «Ho bisogno di vedere un documento se possibile. È il regolamento dell'albergo.»

L'uomo premette un distintivo sul vetro. Una fototessera su un pezzo di plastica bianca. Era troppo lontano perché potessi distinguerla chiaramente, ma anche se fossi stata in grado di farlo, non avrebbe avuto importanza.

Quello che l'uomo disse subito dopo mi lasciò senza fiato.

«Gaines 4256. Agente Donald Gaines, polizia scozzese. C'è stato un incidente sulla strada di montagna.»

10

I miei pensieri si incepparono.

Farfugliai e riuscii a dire con voce roca: «Prego?».

«Agente 4256 Gaines, signora. Sto cercando di gestire un'emergenza e mi serve aiuto...» Stava parlando con calma ma il sibilo tra le orecchie mi rendeva impossibile concentrarmi. Le parole filtravano attraverso gli scricchiolii e il rumore del vento che distorceva la sua spiegazione. «... E temo che la situazione sia complicata, signora, per il fatto che non sappiamo più dove sia il detenuto. Devo entrare.»

Il mio cuore si rattrappì fino a essere grande quanto una palla da hockey. «Detenuto?» ripetei.

«Se potessi entrare, le direi tutto quello che vuole sapere. Allo stato attuale il maltempo sta rendendo la situazione problematica e ho bisogno di chiedere rinforzi, ma non c'è copertura.» Si scostò dal citofono, il volto indecifrabile al buio. Sollevò le braccia fino all'altezza delle spalle con i palmi rivolti all'esterno in un gesto interrogativo, poi si avvicinò di nuovo. «Inoltre, signora, ho bisogno di medicazioni. Sono rimasto ferito nell'incidente. Apra la porta per favore.»

«Non posso.» Tentai di ignorare il formicolio sulla pelle e di mettere una certa fermezza nella voce. «E se non fosse chi dice d'essere?»

Ci fu silenzio. Osservai l'uomo valutare le alternative. La vidi indietreggiare con le mani sui fianchi, più agile di Gaines, e allungare il collo per controllare i piani superiori. Poco dopo si accostò per parlare. «Signora, ora inserisco il mio tesserino di riconoscimento nella fessura per la posta. Solo il tesserino. Venga a prenderlo, lo controlli. Resterò dove può vedermi.» Sollevò lo sguardo in attesa. Immaginai di aver tardato a rispondere perché premette di nuovo il pulsante. «Non posso farle del male qua fuori. Controlli soltanto il tesserino.» Lo indicò.

C'era una cassetta della posta a destra della porta. Avevo la chiave. Era un piano abbastanza semplice. Non vedevo come potesse andare storto, quindi mi alzai e mi avvicinai con la mazza da hockey. Mi sforzai di apparire naturale, forte, ben dritta, ma i miei fianchi sembravano ondeggiare sopra le gambe di un'altra. Ci vollero tre tentativi per inserire la chiave nella toppa e girarla per aprire la cassetta. Dentro non c'era niente oltre al tesserino. L'aria al suo interno era gelida, come lo spazio di decompressione tra una campana subacquea e l'acqua nera glaciale. Presi il tesserino. Era grande quanto una patente, la plastica fredda al tatto.

Lo girai. Erano passati un po' di anni dall'ultima volta che avevo visto un tesserino di un poliziotto. C'era una foto istantanea, tipo passaporto, di un uomo dal volto sottile con la fronte alta, i capelli chiari e gli occhi un po' troppo ravvicinati per poter essere bello. Guardai oltre il vetro. L'individuo all'esterno era al centro di un cerchio di neve smossa. La bufera gli sferzava la giacca, tanto che doveva tenere il cappuccio abbassato. Il vento gli appiccicava i capelli sulla fronte, segnata da un taglio irregolare su cui aveva iniziato a formarsi la crosta. Un brutto livido gli colorava la tempia e l'occhio destro. Erano lesioni molto simili a quelle di Gaines. Subite nello stesso incidente stradale, supposi. Controllai il tesserino e lo guardai ancora. Era un'esperienza inquietante. La foto sul documento ricordava le istantanee a mezzo busto in bianco e nero scattate con una macchina fotografica montata su uno schermo e stampate con una buona stampante, o quelle che i visitatori portavano al collo con un cordino quando entravano negli edifici pubblici del Paese. Immagini del genere, mi resi conto, appiattivano qualsiasi tratto caratteristico, come se la faccia fosse un paesaggio i cui rilievi significativi fossero stati cancellati dalla neve.

L'uomo scrollò le spalle vagamente imbarazzato mentre un sorriso gli incurvava un angolo della bocca. «Sono io» disse rassicurante e si avvicinò ancora al citofono. «Qui fuori fa freddo, signora!» esclamò. Sembrava convinto che l'avrei accontentato: attendeva d'essere obbedito, sfregandosi le mani per poi mettersele sotto le braccia.

«Un secondo, agente» risposi. «Devo verificare una cosa.» Mi girai e senza guardare indietro, tornai al banco, posai il tesserino sulla tastiera e presi il telefono. È strano come il contesto cambi la nostra opinione delle persone. Volevo parlare con Jai. Composi il numero della sua stanza e quando il citofono ronzò ancora, lo ignorai. Il telefono suonò tre volte e a ogni squillo mi sentivo peggio.

Jai infine rispose e io parlai in uno slancio di gratitudine. «Sta bene, che sollievo. Credevamo che fosse scomparso.»

«Il seminterrato aveva iniziato ad allagarsi» spiegò. «Non volevo rovinarmi le scarpe da ginnastica. Ad ogni modo, ho messo in funzione le radio e pensato che ci fossero maggiori possibilità di avere una buona ricezione quassù.»

«Ha avuto fortuna?»

«No. Poi mi sono imbattuto in Gaines, e mi ha detto di restare in camera.»

«Quando?»

«Sta bene?»

«Può andare a chiamarlo? È al piano di sopra, alla ricerca del segnale.»

«Lo so. Ha preso una delle due radio. È salito per tentare di chiedere aiuto forse una decina di minuti fa. Però mi ha detto di non lasciare la stanza.»

«Può per favore andare a controllare, signor Parik?»

«Jai.» Ci fu una pausa. Un sospiro. «D'accordo. Resti in linea.»

Fissai il tesserino e sentii rumori indistinti di movimento. Percepii la sua porta chiudersi con un *clic*. Premetti il tasto del citofono e dissi: «Un secondo, signore».

L'agente all'esterno rispose qualcosa, ma io rivolsi l'attenzione al telefono.

Jai tornò senza fiato. «Non riesco a trovarlo. Sono fuori forma» ansimò. «Ho comprato un vogatore durante il Black Friday ma chi l'avrebbe detto, non sono riuscito a usarlo. Cosa c'è? Che succede?»

Mi leccai le labbra. Erano screpolate e secche. «C'è un secondo sconosciuto alla reception.»

Riuscii in pratica a udire i suoi pensieri. Quando riprese a parlare, ogni spensieratezza era scomparsa. «Chi è?»

«È un altro poliziotto. Sostiene d'essere l'agente Don Gaines.»

Lo ascoltai respirare. «Sta scherzando» esclamò. «Voglio dire, mi sta prendendo in giro, vero?»

«No.»

«Lo ha lasciato entrare?»

«No. Ho bisogno che scenda e mi aiuti a decidere.»

«Gaines? Sul serio? Aspetti, arrivo.»

Appena posai il ricevitore, il nostro visitatore suonò di nuovo. Risposi. «Grazie per aver aspettato» dissi con voce professionale. «Dovevo solo effettuare una verifica.»

«Capisco, ma si tratta di una questione urgente, signora. Cercarmi su Google non aiuterà.»

«Non l'ho fatto. Internet non va.»

A quel punto ci fu una pausa. Fuori, un mulinello di neve salì verso l'alto. «Immagino che i telefoni non funzionino?»

«La linea interna c'è, ma quelle esterne sono interrotte. Mi spiace.»

Lo vidi appoggiare la fronte al telaio della porta girevole. «D'accordo» affermò. Una raffica investì le finestre innevate. Si calò il cappuccio sulla fronte, si stabilizzò e si preparò ad affrontarla. Appena passata, schiacciò di nuovo il tasto del citofono. «Vorrei che mi facesse entrare.» Sotto quella paziente richiesta avvertii i primi segni di irritazione.

«Sto solo attendendo... un collega.»

Udii il trillo dell'ascensore e le porte aprirsi. Jai arrivò silenzioso nell'atrio. Aveva i capelli sciolti e il cappellino degli Yankees in testa. «Dov'è?» indicai con un cenno la porta. «Posso vederlo?»

Sollevai il tesserino e mi si avvicinò per prenderlo. Lo studiò, poi guardò la porta. «Ha intenzione di lasciarlo entrare?»

Mi ritrovai a passare l'unghia del pollice sull'impugnatura della Midbow, a staccarla compulsivamente pezzetto dopo pezzetto riempiendomi la punta delle dita di colla appiccicosa. Mi imposi di smettere e tentai di analizzare bene la questione.

«Dovremmo farlo? Non penso che abbiamo scelta. È un uomo in mezzo alla bufera e là fuori è sotto zero.»

«Sì, ma sarà davvero lui?»

Sbottai. «Non lo so! Giacca nera con cappuccio, scarponi neri, assomiglia un po' alla foto... lei che ne dice? Potrebbe essere chiunque.»

«Ha parlato di un prigioniero» affermò Jai. «Potrebbe essere quel tizio.» Assentii, al che aggiunse inutilmente: «E se fosse pericoloso?».

«Be'» risposi. «Ho questa.»

«Una mazza da hockey? Sul serio? Porterfell ha centinaia di detenuti di massima sorveglianza. Gente che sconta lunghe condanne.» Puntò un dito in direzione della porta. «Là fuori potrebbe essercene uno. Mi pareva che il poliziotto volesse vedere a tutti i costi l'armeria. C'è andata, giusto?»

«Non ho il porto d'armi.»

Jai sbuffò incredulo. «Ha importanza? Dobbiamo essere in grado di difenderci. Glielo avrà fatto presente, suppongo. Le ha offerto un'arma?»

Gli raccontai della dimostrazione, di quanto avesse insistito perché fosse l'unico armato. «Ha preso anche la chiave» spiegai agitandomi tra me. «Perché nessun altro possa avere accesso ai fucili.»

Lui guardò al di là della porta girevole. Osservai il suo pomo d'Adamo muoversi mentre deglutiva. «Dovremo tornarci e scassinare la porta» affermò. «Ha un piede di porco o qualcosa del genere? Potrei forzarla.»

Ebbi la sensazione che tutto stesse sfuggendo al nostro controllo. «È ad alta sicurezza» replicai. «Robusta. Non possiamo semplicemente andare là e abbatterla.»

Mi guardò con la bocca semiaperta. «Remie, è la sua ultima notte. E là fuori c'è un prigioniero in fuga.»

«Non lo sappiamo con certezza.»

«Questa storia non mi piace.»

«Nemmeno a me, ma non possiamo lasciare quell'uomo sotto la bufera» osservai. «Ha mai sentito parlare del "bias di conferma"?» Jai mi guardò perplesso. Mi ritrovai a bisbigliare, come se il poliziotto fuori potesse origliare. «La tendenza a interpretare le informazioni in modo da confermare le nostre precedenti convinzioni» spiegai. «Raccontare per primo la tua storia non la rende per questo più vera.»

«Non la seguo.»

«Sappiamo che non ci sono due poliziotti» affermai. «Quindi uno degli sconosciuti è qualcun altro. Gaines sembrava piuttosto autentico, ma se il vero agente fosse l'uomo là fuori?» domandai cauta.

Una vena gli pulsava sulla tempia. «Gaines *è lui*?» sibilò scrutando la porta per voltarsi quindi a controllare il corridoio alle sue spalle. Il carrello degli imbianchini se ne stava immobile nello spazio buio che portava al silenzio della garden room, alla cucina e al bar. All'improvviso rividi me e il primo Gaines mentre spegnevamo le luci dell'albergo lasciandoci dietro una scia di tenebra. «E abbiamo già fatto entrare l'uomo sbagliato?»

Avevo la pelle rovente. Annuii.

11

Jai si mordicchiò l'unghia del pollice con i denti. «Dovremmo farlo entrare e rinchiuderlo» concluse. «Interrogarlo.»

Provai un vago moto di rabbia. «Gesù, che notte» sbottai, poi feci un profondo respiro riempiendomi i polmoni e cercando di riequilibrarmi. «Se è della polizia, potremmo finire nei guai» osservai pensando al mio volo, vedendomi già riaccompagnata dal gate all'atrio da due agenti in uniforme.

«Dobbiamo proteggerci» replicò Jai, con tono di scherno. «L'unica cosa che abbiamo è una mazza da hockey.»

Fissai il mio compagno. Il suo suggerimento mi sembrava sbagliato e faticavo ad accettarlo mentre mi sforzavo di spiegargli le mie preoccupazioni. «E se quell'uomo fosse armato?»

«Be', allora è lui il poliziotto» rispose prima di accigliarsi e aggiungere: «A meno che non abbia rubato la pistola e l'uniforme».

Il citofono suonò di nuovo. Guardammo l'individuo nella neve al di là dell'atrio. Ci stava dicendo qualcosa. L'indecisione non sembrava più un'alternativa. Premetti il pulsante del citofono con dita tremanti. «Vengo ad aprirle, signore. Ma la metterò nell'ufficio.» Sollevai la Midbow e mi voltai verso Jai. «La prego, mi accompagni.»

Lui deglutì annuendo. Camminammo sulla moquette. Sentivo il mio polso accelerato mentre aprivo la porta. Ancora una volta una figura avanzò negli spicchi girevoli ed emerse nell'oscurità calda dell'atrio con la pelle bluastra, contornata di ghiaccio. Il nostro secondo visitatore era un uomo con i capelli biondo-rossicci e la barba, sotto la quarantina ma sembrava più vecchio. Aveva una corporatura più esile rispetto al primo, quasi da ragazzino, più simile a me per altezza e struttura. Indossava una giacca nera impermeabile con tasche button-down, un robusto giubbotto anticoltello, pantaloni neri e scarponi da poliziotto. Batté le palpebre dei suoi occhi grigi e si scostò il cappuccio. Aveva sbattuto violentemente la testa, *o era stato colpito*, mi dissi: aveva la fronte tutta gonfia, di color blu-nero. Il sangue era fuoriuscito dalla pelle lacerata e si era coagulato, la zona attorno all'occhio e sopra il naso stava già diventando scura. Alzai la mazza.

Lui osservò inespressivo l'arma. «Agente 4256 Gaines» affermò. «Lei è?»

«Dobbiamo chiederle di restare nell'ufficio per un po'» spiegai. La voce mi uscì debole. «Le lascerò un kit di pronto soccorso e le porterò da mangiare. Purtroppo, c'è una cosa che dobbiamo fare prima di...» Non riuscii a concludere in modo diplomatico e lasciai la frase in sospeso, indicando la stanza con la lampada da tavolo accesa.

«Non capisco. Devo contattare i colleghi e avvertirli dell'emergenza.»

«Devo chiederle di andare in ufficio» ripetei.

L'uomo allargò i piedi. «Signora, sono un agente di polizia. Con tutto il rispetto, ho un lavoro da fare.»

Il mio polso impazzì mentre mi chiedevo come impormi.

Grazie a Dio, c'era Jai. «Signore, la signorina Yorke sta solo prendendo una precauzione necessaria. Lei non è il nostro primo visitatore questa sera. Non ci vorrà molto per stabilire cosa sta succedendo. Nel frattempo ha ragione: dobbiamo essere cauti e proteggerci. Dovrà attendere nell'ufficio, qui.»

«E lei è?»

«Jai Parik, signore.»

«Faremo il più in fretta possibile» aggiunsi.

L'uomo incrociò le braccia e protese il mento osservandoci. Sentii un forte odore di neve sciolta e di gasolio. Immaginai un veicolo accartocciato che sibilava nella neve, il motore sventrato e fumante. Mantenemmo le nostre posizioni in uno stallo silenzioso. Alla fine cedette. «Come volete.»

Si incamminò aprendosi la giacca e cominciò a sfilarsela da una spalla, la schiena e il collo rigidi per il dolore. Scorsi una camicia bianca infilata in una cintura spessa. Ma in questo caso non c'erano pance debordanti alla Don Gaines, quel tizio era magro e muscoloso. Manganello, fondina ascellare vuota. Gaines Uno, l'uomo che credevo fosse il vero Don Gaines, era arrivato senza la pistola e aveva raccontato una storia per giustificarne la mancanza. Ora avevamo un secondo agente nella stessa posizione.

Lo accompagnai nell'ufficio della reception indicandogli la scrivania. Lui si girò e si sedette osservandoci. L'effetto fu di una spiccata differenza: l'ultima persona a buttarsi su quella sedia, sanguinante e grugnente, era stato un Don Gaines che emanava paura a ondate. Questo Gaines era agile e con un bel fisico, calmo nonostante le ferite. Possedeva quell'aria determinata da "mascella contratta".

«Avete avuto altre visite? Cosa intende?»

«È venuto un uomo circa due ore fa» risposi dalla soglia. Studiai la sua espressione aggiungendo: «Un agente di polizia».

Le sue sopracciglia insanguinate si avvicinarono e il suo volto si contorse in una smorfia. Parlò con tono pacato, tranquillo. «E dov'è ora?»

Rimasi sulla porta, le chiavi già inserite nella serratura domandandomi quanto rivelare. «Si è allontanato in cerca di un segnale di rete.»

Il nuovo visitatore deglutì. Collo sottile, clavicole sporgenti sotto la camicia e la cravatta. «È uscito nella bufera?»

Scossi la testa. «È su, al terzo piano.»

«*All'interno* dell'albergo?» Guardò dietro di me, scrutando palesemente Jai a caccia di indizi. «Che aspetto ha quest'uomo?»

«Le assomiglia un po'» risposi. «Ma è più grosso. Di alcuni centimetri più alto. E più vecchio.»

«Vi ha mostrato il tesserino?»

Mantenni un'espressione neutra mentre riflettevo. Gaines lo aveva premuto contro la vetrata accanto alla porta quand'era arrivato. Mi ero avvicinata per lasciarlo entrare. Avevo controllato il documento da vicino? *Eccome.* Solo che non riuscivo a ricordare la foto. Era possibile che me la fossi dimenticata? Mi schiarii la voce. «Certamente.»

Forse dal mio tono trasparve una certa insicurezza. Lui inarcò un sopracciglio, poi trasalì per il dolore. «Lo ha guardato bene?» Non sapevo cosa rispondere. Quell'individuo aveva premuto qualcosa contro il vetro. Avrebbe potuto essere qualsiasi cosa. Il poliziotto attese estraendo un paio di pillole da un blister, prendendole dalla stessa tasca con il velcro usata da Don. Grugnì. «Ha un po' d'acqua?»

Indicai con un cenno la caffettiera, che conteneva ancora una tazza di caffè. L'agente si girò, se lo versò e si cacciò in bocca le compresse. Passai al vaglio le opzioni, le mani scivolose sull'impugnatura della mazza. Essere sincera e raccontargli tutto o era preferibile dargli informazioni in modo selettivo? Deglutii faticosamente. «Ha detto d'essere l'agente Don Gaines della polizia scozzese.»

L'uomo stava sorseggiando il caffè. Si bloccò alzando lo sguardo. Nei suoi occhi ci fu un lampo di qualcosa ma nella penombra era difficile dire cosa. «Questo spiega molte cose.» La sua voce era inflessibile, diretta e inespressiva. «Quell'uomo è pericoloso. Devo trovarlo. Se potesse lasciarmi fare il mio lavoro...»

«Aspetti» esclamai prendendo le chiavi. «Solo pochi minuti, per favore. La chiuderò dentro.»

Lo osservai dal vetro mentre giravo la chiave, aveva un'aria in parte frustrata e in parte indignata. *«Mi chiude dentro?»*

«Devo discuterne un momento...»

«No, mi deve ascoltare» ringhiò al di là del vetro della porta. «C'è un uomo in questo hotel. Ed è pericoloso. Il mio compito è proteggervi ma non posso farlo da quest'ufficio. Non si allontani, signorina, è importante, nessuno di voi due sa in quale pericolo vi troviate. Io sì.» Quando riprese a parlare, la voce gli tremò. «Per favore. Non lasci l'atrio. Si prenda pure un attimo ma resti vicino, dove posso tenerla d'occhio. Okay?»

Si scostò la frangia bionda con la mano dalle dita sottili e la manica della camicia si sollevò mostrando un vago tatuaggio tra i peli dell'avambraccio sinistro. Quelle erano le opzioni che avevo per le mani, pensai. Tatuaggio/niente tatuaggio. Tesserino/niente tesserino. All'idea la schiena mi si imperlò di sudore.

Assentii. «Va bene» risposi.

Ci ritirammo al banco della reception e Jai vi si appollaiò sopra. Accostai la sedia e attendemmo nella luce che usciva dall'ufficio. Avevamo appena preso un prigioniero. Jai pescò la radio portatile dalla tasca, l'accese e io restai a guardare tormentando il nastro della mazza mentre studiava le manopole, il volto serio illuminato. Alle sue spalle, dall'altra parte dell'atrio, la porta girevole era bloccata. Ezra diede un colpo al vetro gettando una bracciata di neve congelata contro i pannelli.

«Niente da fare con la radio?»

Jai scosse la testa e si spostò il cappellino all'indietro sollevandone la tesa. «Funziona» disse sospirando. «Ma non riusciremo ad avere un segnale decente. Dipende dal luogo in cui si trova il ripetitore, suppongo. Ad Aberdeen? Non lo so.» Girò una manopola e mi mostrò il display. Sul piccolo schermo giallo apparve il numero di un canale. C'era un'icona, due frecce sovrapposte puntate in direzioni diverse, il simbolo universale della comunicazione a due vie. «Vede? Ma se qualcuno riesce a sentirci è tutt'altro paio di maniche.» Premette il pulsante in alto. «Pronto. Qualcuno ci riceve? Mi sentite?» Aspettammo ascoltando in silenzio. Jai riprovò. «Pronto? C'è qualcuno? Siamo all'hotel Mackinnon. Ci serve aiuto.»

Ci fissammo, sempre in attesa. Jai posò la radio sul banco. «Ho provato ogni tanto da quando l'ho rimessa in funzione» affermò. «Ma finora niente. Ho dato l'altra al poliziotto. Al primo.» Si rosicchiò l'unghia del pollice. «Adesso vorrei non averlo fatto.»

Questo significava che il primo Gaines poteva sentirci mentre chiedevamo aiuto? Non c'era nulla che potessimo fare, ma il pensiero mi raggelò ugualmente. «E gli altri canali?»

«Li ho passati in rassegna per vedere quello che trovavo. Per il momento siamo in un vicolo cieco. La nostra unica speranza è che il maltempo diminuisca un po' e si possa capitare qualcosa.» Guardò fuori nella notte. «Non sembra che ne abbia l'intenzione. Questa faccenda non mi piace. Allora, cosa facciamo con quel tizio nell'ufficio?»

Feci un lungo respiro. «Quando non c'era,» dissi «Gaines mi ha raccontato qualcosa di più su quello che è successo sulla strada.» Allargai le dita sulle cosce e mi fissai le mani nella semioscurità. «Ha spiegato che stavano trasportando un carcerato ma che hanno perso il controllo dei mezzi e si sono schiantati. Si è svegliato nella sua macchina.» Jai ascoltava, il volto nell'ombra. Non sono del tutto certa che fosse spaventato. La paura era qualcosa che dimorava sul bordo degli occhi e nella forma della bocca, e lui non trasmetteva segnali del genere. Coglievo rabbia, frustrazione, non terrore. Ad ogni modo, non avevo il tempo di interrogarmi. Continuai. «Non ha voluto dirmi chi fosse il prigioniero scomparso, ma ha sottolineato che è pericoloso. Mi ha avvertito di non lasciare entrare nessuno. Il nostro nuovo visitatore… be', anche lui è disarmato.»

Jai assentì. «A una prima impressione mi sembra autentico. Posso rivedere il tesserino?»

Ripescai il documento dalla tasca posteriore sinistra e lo posai sul banco tra noi. Lui lo studiò.

«Crede che sia falso?» gli domandai.

E mentre lo esaminava, riaffiorò un ricordo.

Avevo visto la mia buona dose di documenti falsi in passato. Era l'ennesima conseguenza delle scelte di vita di Cameron. Negli anni successivi la fatidica sera del suo sedicesimo compleanno, aveva cominciato a frequentare liberamente i bar e i club più loschi di Newcastle, e quando tornavo a casa da Edimburgo il fine settimana, mi chiamavano spesso perché andassi a recuperarlo in qualche bettola a Benwell o a Scotswood. Mi è rimasta impressa una sera in particolare, quella in cui aveva la macchina fotografica. Dopo che gli avevo spaccato la mano, Danny Franks era finito ai margini della cerchia di mio fratello e la sua assenza aveva comportato un posto di lavoro libero, che Cam si era offerto di coprire. Ciò significava che mio fratello guadagnava bene e spendeva senza limiti. Era sabato, abbastanza tardi, tanto che avevo bevuto alcuni bicchieri di vino ed ero stata costretta a smaltirli a forza di pane tostato e caffè nero prima di prendere la mia Volvo scassata per riportarlo a casa.

Cameron stava bevendo in un pub ricavato in un complesso abitativo, un edificio degli anni Cinquanta con un brutto rivestimento di cemento bianco e legno mezzo marcio. Le finestre erano appannate dalla condensa per il calore dei corpi, e dall'asfalto spaccato spuntavano erbacce. Davanti c'erano un'aiuola incolta e un tavolo da picnic semidisintegrato. La porta era sul lato.

Mi appoggiai al muro evitando lo sguardo del buttafuori, un uomo imponente con una pancia enorme e i tatuaggi dei Motörhead, e attesi.

Dovevano essere le dieci e mezzo quando Cameron riemerse. Era fatto o ubriaco, o entrambi. Aveva un cappellino da camionista a tesa larga, un paio di Nike e una maglietta di Armani decorata con borchie dorate. E questa macchina fotografica al collo, una reflex digitale. Si era chiaramente divertito a usarla all'interno e spuntò, traballante, per fare una foto al buttafuori. Lui, ovviamente, lo conosceva: si scambiarono qualche battuta e Cameron si prese uno schiaffo amichevole sull'orecchio prima di raggiungermi barcollando. Ero la prossima in lista per il trattamento. Il flash mi stordì. I primi scatti all'insegna di quella luce violenta devono avermi colta alla sprovvista, con gli occhi sgranati, contro il muro imbiancato del palazzo. Me ne fece molti altri mentre lo conducevo all'auto, e quando lo caricai sul sedile del passeggero stava ridendo sguaiatamente mentre rivedeva le foto della serata.

«È mia» rispose quando gli chiesi della macchina.

«Ma figurati, Cam» replicai riattraversando il centro cittadino. «Costano un sacco di soldi quegli aggeggi.»

Reagì scattandomi foto finché minacciai di lasciarlo a piedi per il resto della strada fino a casa.

«Cosa sta succedendo?» gli domandai.

Cameron sorrise. «La mamma continuava a insistere perché andassi al college. Poi perché mi trovassi un lavoro. Sai a volte com'è. Adesso che ho un po' di soldi, non le va bene nemmeno questo.»

«Forse dovresti risparmiarne un po'» osservai in uno dei tanti inutili tentativi di convincerlo a gestire i suoi introiti. «Potresti trovarti una casa, renderti indipendente.»

«Non ho bisogno di grattacapi del genere.»

«Ma i telefoni, l'orologio, ora la fotocamera. Dove li prendi?»

«Da un amico.»

«Sarà tutta roba rubata» riflettei.

Reagì con un'aria fintamente stupita. «Gesù, tu credi?»

Arrossii violentemente mentre guidavo, non sapendo cosa fare o cosa dire. Una parte di me era infuriata per l'ingiustizia: avevo un lavoro, un affitto e delle responsabilità, ma ero io quella con l'auto malridotta e le scarpe da supermercato. «Ma perché ti serve?» chiesi scostante.

«Per le foto dei documenti.» Frugò nella tasca dei jeans ed estrasse un ventaglio di carte. «La tessera della palestra» annunciò sorridendo. «Il casinò. Il circolo del biliardo. Il documento del college per i bar e i saloni di tatuaggi.»

«Potresti ottenere un documento del college frequentandolo per davvero.»

«Non ricominciare, cazzo.»

«Ma hai una mente brillante, Cam» esclamai, detestando il tono petulante che finivo per adottare ogni volta che iniziavamo a fare quei discorsi. «Te la caveresti bene. E ti divertiresti.»

«Smettila *e basta.*» Sospirò guardando nella notte mentre continuavo a guidare. «Tu hai la tua vita» disse poco dopo. «Io la mia. Ho un lavoro, un po' di soldi. Qual è il problema? Che non lo faccio nel modo giusto? Nel "modo Remie"?»

Mi agitai nel silenzio che seguì, sentendomi in colpa. Avevo studiato il rifiuto mentale: diniego, lo chiamavano. Negavi per evitare i traumi. Quella sera riportando a casa mio fratello, mi resi conto che ero io ad attuarlo. Non sarebbe mai tornato a scuola. Se volevo aiutarlo, avrei dovuto modificare il mio approccio. Quando ci fermammo a un semaforo, gli chiesi le carte e lui me le porse. Erano realizzate in modo professionale, tutte con foto nitide che lo ritraevano dalle spalle in su. Incredibile.

«La gente gli dà solo un'occhiata» mi disse riprendendosele. «Sono tutti così fiduciosi, sai?»

«Un giorno ti prenderanno» affermai.

Lui scoppiò a ridere e rispose: «Probabilmente».

Jai mi restituì il tesserino con un'alzata di spalle. «Mi sembra l'uomo nell'ufficio, ma potrebbe anche non esserlo. Com'era il tesserino di quell'altro?»

«Di Gaines?» Mi preparai. «Non credo di averlo controllato.»

A quelle parole alzò lo sguardo. Un'altra raffica di neve congelata tempestò il vetro. Mi fissò incredulo. «Cosa? Non l'ha verificato?»

«Lo ha premuto contro la vetrata» spiegai arrossendo. «Mi sembrava a posto. Ma non l'ho controllato da vicino. Non potevo sapere quello in cui ci saremmo cacciati, no?»

Sprofondammo nel silenzio. Jai studiò il tesserino un'ultima volta, me lo restituì e si mise a ruotare il kit di pronto soccorso con l'indice. «E il primo uomo... è di sopra da qualche parte con una radio» disse. «Che opinione si è fatta di lui?»

Riesaminai mentalmente tutto quello che avevo visto del primo Don Gaines. Avevo conosciuto parecchi agenti di polizia attraverso Cameron, e lui sembrava corrispondere alle caratteristiche. Lo sfinimento dovuto a un lavoro faticoso, metodico aveva toccato il tasto giusto per me. «Credo che con molta probabilità sia autentico» risposi. «Un uomo per bene. E lei?»

Jai rifletté. «Ho una certa difficoltà a fidarmi dei poliziotti. Da bambino, e con questo intendo all'inizio degli anni Novanta, vivevo vicino al tempio di Neasden, e tornando dalla preghiera, io e i miei fratelli venivamo tormentati in ogni modo da un agente in particolare. Era un tizio grosso e muscoloso con la faccia rossa e la barba, di solito lo piazzavano a dirigere il traffico davanti alla scuola di Brentfield Road. Ci prendeva di mira con commenti sprezzanti e via discorrendo.»

«Che brutto. Mi dispiace.»

Lui scrollò le spalle. «A volte mi chiedo se ce lo meritassimo. Forse eravamo impertinenti, non ricordo.»

Guardai verso la luce dell'ufficio. Il nuovo visitatore era diverso da Gaines, quello era certo. Più giovane, molto più forte e in forma, sembrava più svelto a pensare, più professionale. Il secondo uomo era l'immagine di una disciplina coltivata, richiesta nel suo lavoro. Se Gaines aveva raggiunto l'apice della carriera e ora stava andando un po' alla deriva, quell'uomo era ancora in ascesa. Eppure, c'erano forse soltanto dieci anni tra loro. «Il problema è» commentai «che conosco meglio Gaines. Il primo, intendo.»

Jai si passò una mano sul collo e si stirò la barba. «Allora dovremmo andare a conoscere il nuovo. Magari potremmo fargli qualche domanda.»

«Ne ha qualcuna in mente?»

Buttò fuori il fiato e scosse la testa. Mi alzai. Il poliziotto era davanti alla parete di vetro dell'ufficio, appoggiato al telaio della porta. Si era versato un po' di caffè e stava stringendo la tazza nella mano. Il suo alito, scaldato dalla bevanda, appannò il vetro quando alzò la voce. «So il tema della vostra piccola conferenza» esclamò e attese che ci avvicinassimo prima di riprendere a parlare.

Non ero pronta per quello che disse pochi istanti dopo. La sua voce suonò lievemente attutita dal vetro, così per un attimo le sue parole mi giunsero come in sogno, tanto inattese da sembrare irreali, per poi diventare pungenti come uno schiaffo improvviso.

«Questa storia riguarda Troy Foley» disse guardandoci uno alla volta.

Sentii la mia bocca spalancarsi e mi ritrovai a battere le palpebre, la mente inceppata.

12

«Mi scusi?» esclamò Jai.

«Temete che sia Foley – cosa che chiaramente non sono, avete il mio tesserino – o che lo sia l'uomo di sopra.»

Dovevo essere riuscita a tirar fuori un «Cosa?» perché l'uomo nell'ufficio si ripeté.

Riascoltai le parole, stavolta più lentamente, cogliendo un vago lampo di dubbio nei suoi occhi mentre parlava. «Troy Foley, il prigioniero evaso» affermò. «Dovevamo trasportarlo a Glenochil.» Attese. «Mi dispiace, vi sto confondendo.» Strinse di nuovo la tazza e il vapore salì verso le sue sopracciglia aggrottate, sporche di sangue. «Mi sarei aspettato che un agente giunto qui vi informasse della situazione.»

«Lo ha fatto. Un po'.» Mi sembrava di aver ricevuto un pugno. Battei le palpebre per schiarirmi la vista, faticando a digerire la rivelazione. «Sta dicendo che Troy Foley era a Porterfell?»

Il poliziotto al di là del vetro annuì. «Avrebbero dovuto tenerlo temporaneamente, dopo che Barlinnie era diventato aggressivo. Ma ha finito per starci un anno, e adesso ha ripetuto il giochetto: è stato coinvolto in una rissa la scorsa settimana e in un'altra mentre lo trasferivamo, questo pomeriggio. Allora ne sa qualcosa.»

«Ho seguito la vicenda come tutti» spiegai con la gola secca, sentendomi addosso lo sguardo di Jai.

«Contrabbandiere, capo di una banda, trafficante d'armi» proseguì il poliziotto. «Ora, ascoltatemi. Voglio essere assolutamente chiaro su questo punto, okay?» Aspettò finché non gli facemmo un cenno in silenzio. «Quelle cose che avete visto sui giornali, le sue descrizioni, sono vere. Quel carisma, quell'immagine da uomo del popolo? Veri. Foley mi fa gelare il sangue nelle vene, ma quando ho interagito con lui era il fascino in persona. Abbiamo impiegato tanto a prenderlo perché è così incredibile, così convincente. Riesce a sfuggire, sa incastrare gli altri. Sa parlare. È abile a recitare, ha contatti e avvocati costosi.» Sospirò. «Mi spiace dirvi tutto questo.»

«Gaines non ha fatto nomi.»

L'agente alzò un dito e parlò con durezza. «Torni indietro un istante. Vuol dire che *Foley* non lo ha fatto. Si è presentato come Gaines, ma quello sono io. Le ha mostrato qualcosa che ha scambiato per un tesserino della polizia, un suo tipico espediente. Scommetto che ha usato un diversivo quando ha estratto il documento. Le avrà mostrato un'altra cosa. Probabilmente in fretta e da lontano. Vuole che lo crediate Gaines; ha giocato sul vantaggio che gli ha dato il fatto d'essere arrivato per primo. Ora capisco perché avete agito in questo modo.» Annuì deciso a entrambi. «E che dovrò faticare parecchio per conquistarmi la vostra fiducia. Sentite, voglio facilitarvi le cose.» Si tolse lo sfollagente dalla cintura e lo posò piano sul tavolo accanto agli antidolorifici. I suoi gesti esagerati erano quasi teatrali. «Lascerò il manganello qui» annunciò facendo un passo indietro e allungando un braccio per richiamare la nostra attenzione. Poi sollevò la giacca mostrando la fondina vuota. «Sono disarmato. Ho cercato di prendere una scorciatoia scendendo nel bosco. Un grosso errore. Lassù la neve è instabile e sono caduto. Ho perso l'orientamento e la mia Glock.» Lasciò il caffè sul tavolo accanto al manganello e tornò da noi, restando in piedi con le mani incrociate dietro la schiena, in una posa che avevo visto adottare dagli agenti lungo i percorsi delle parate. Nei suoi occhi grigi si celava uno sguardo placido, benché avesse gli angoli della bocca tesi per il dolore. Si passò la lingua sui denti e proseguì. «Avete il mio tesserino, sono disarmato. Non posso fare nient'altro, a parte sottolineare l'urgenza della situazione. Per quanto Troy Foley sia un manipolatore, dobbiamo ricordare che è un uomo pericoloso con precedenti di violenza.» Si portò la mano con le dita allargate sulla fronte massacrata. Dalla pelle lacerata all'altezza del sopracciglio sinistro sgorgò un po' di sangue nero. «Quando ho ripreso conoscenza, sono rimasto indietro per le mie ferite. Ho dovuto controllare il luogo dell'incidente e ho perso altro tempo quando sono caduto nel bosco. Mi dispiace che abbiate dovuto collaborare da soli con un impostore così a lungo, deve essere stato disorientante e stressante. Ma adesso sono qui e dobbiamo agire insieme. Dovete fidarvi di me.»

Impallidì e si appoggiò alla porta, il suo volto si piegò maggiormente verso il vetro. Sulle sopracciglia aveva alcune gocce di sudore, rosate per la presenza di sangue. Un agente con una lesione importante alla testa stava lottando contro la commozione cerebrale per convincerci a liberarlo. Cacciai la mano in tasca in cerca delle chiavi, poi mi bloccai. «Un secondo» gli dissi, presi quindi Jai per il braccio destro e lo trascinai nel buio. «Mi sembra vero. Ma anche Gaines mi aveva fatto quest'impressione. Non possono essere entrambi poliziotti.»

Lui era cupo in volto. «Mi piace quel tipo. Ha appena posato il manganello sul tavolo» osservò. «Mentre la prima cosa che ha fatto quell'altro è stata armarsi. Mi fido di più di questo.»

Pensai a Gaines e mi venne in mente una considerazione. *La strana dimostrazione parziale del fucile del primo agente.* Gliela descrissi. «Mi stava mettendo in guardia» spiegai. «Cercava di aiutarmi. Un fuggitivo non lo avrebbe fatto. Il primo uomo non può essere Foley.»

«Però ha preso le sue chiavi, non se lo scordi, e l'ha lasciata soltanto con una mazza da hockey. L'ha messa nella posizione in cui voleva lui. Ed è proprio il genere di manipolazione che ha descritto il secondo poliziotto.»

«No, credo che mi stesse mostrando come usare i fucili, per ogni evenienza.»

«Allora il secondo è fasullo?» Jai sbuffò l'aria verso l'alto inarcando la schiena e scrutando il soffitto. «Meglio per il primo poliziotto armarsi con la scusa di proteggerci e dopo confiscare le chiavi, non crede? Il nuovo agente ha detto che Foley è persuasivo.»

«Il vecchio poliziotto, il nuovo poliziotto» ripetei sospirando frustrata. «Sarà più facile se li chiamiamo semplicemente Uno e Due.»

Il mio compagno si sistemò il cappellino e si grattò la barba. «Certo. Allora c'è qualche altro modo in cui potremmo confermare l'identità di quest'uomo?» Indicò in direzione della cella improvvisata. «Di Gaines Due, intendo. I codici di stazione? Le singole stazioni di polizia hanno dei codici, presumo.»

Gaines Due stava aspettando stancamente. Il manganello era ancora sul tavolo alle sue spalle. Alzò la testa appena entrammo nella chiazza di luce. La sua faccia era una mappa di contrasti, gonfia e nera attorno alle sopracciglia e al naso, pallida lungo la mascella e nella zona delle labbra. Stava digrignando i denti. «Il vostro sistema di telecamere di sorveglianza è inadeguato» affermò.

«Dev'essere aggiornato.»

«Aggiornarlo non basta. Ce ne sono solo sei, e quattro sono all'esterno, tre delle quali coperte di neve. Non ci aiuterà a rintracciare il fuggitivo. Non abbiamo più tempo.» Ci guardò con maggiore freddezza. «Non voglio dovervi accusare di aver intralciato un'indagine.»

«Non stiamo intralciando niente» ribattei. «Siamo prudenti.» Davanti a quelle parole si corrucciò, si voltò verso il tavolo e prese il caffè borbottando tra sé qualcosa di indecifrabile. «Ho una domanda per lei» incalzai. «In quale stazione opera e che codice ha?»

Il poliziotto sollevò un sopracciglio insanguinato. «Sul serio, signora?» Attese, e quando non risposi, disse: «A Inverness. È un codice a quattro cifre ma non lo ricordo». Non ci fu alcun segno di vergogna o di imbarazzo. «Gli agenti non ricordano i codici delle stazioni. Sono stato trasferito da Bradford. Sono nella polizia scozzese solo da un paio di settimane. E...» si toccò il margine del taglio con la punta di un dito «sono stato coinvolto in un incidente. Ho una commozione cerebrale. Non vi servono lezioni su ferite alla testa, commozioni cerebrali e memoria, presumo.» Si leccò le labbra. «Sentite, non posso tollerare quello che state facendo: è un grosso errore. Ma capisco la vostra difficile situazione. Vi chiedo almeno di mettervi al sicuro. Lei dovrebbe chiudersi nella sua stanza, signora. E anche lei, signore. La prego di non prendersi la responsabilità di rintracciare quell'uomo o di immischiarsi in qualsiasi modo.» Si allungò in avanti. «Ma soprattutto, devo proteggere le persone comuni. Ci sono altri ospiti?»

«Una. Si chiama Alex Coben, ma non è in camera sua e non sappiamo dove si trovi.»

Gaines sospirò frustrato. «D'accordo. Allora dobbiamo stabilire dove sia andata questa Alex Coben. Qual è la sua stanza?» Glielo dissi spiegandogli che avevo già controllato. Accolse le mie parole con un cenno. «Allora sarà fuori a camminare, suppongo. Potrebbe essere rimasta bloccata dal maltempo da qualche parte. Di bene in meglio. Nessun altro a cui dobbiamo pensare? Il personale dell'albergo?»

«La stagione della caccia si è conclusa venerdì. Sono partiti tutti questo pomeriggio. Jai se ne va domani.»

«Il signor Parik è un ospite? Me lo ha presentato come un collega» osservò Gaines Due prima di addolcirsi. «Comprensibile. Aveva bisogno di un secondo parere. Okay. Allora mi descriva quello che ha fatto il primo visitatore. Con precisione, nei dettagli.» Mi studiò con uno sguardo intenso.

Appena fui al centro della sua attenzione, le mie azioni precedenti mi parvero ingenue. Arrossii. «Abbiamo controllato che l'albergo fosse sicuro. È voluto andare nell'armeria. Ha chiesto a Jai di mettere in funzione le radio.»

L'agente spostò indietro la testa. «Armeria? Si è armato?»

«Credevo che fosse un normale poliziotto. È arrivato senza pistola. Ha detto di averla persa nell'incidente.»

Gaines Due intrecciò le dita fissando per terra. Guardai le sue spalle sollevarsi e abbassarsi. Una vena gli pulsava alla base del collo. Quando parlò, era ansioso. «Non mi piace. Non posso proteggervi se non sono armato. Dov'è l'armeria?»

Descrissi la posizione e gli raccontai di Gaines Uno – *ades-*

so dovevo considerare che fosse Foley? – e delle chiavi. «Le ha prese» dissi trasalendo di fronte all'assurdità di quelle parole. «Mi ha costretto a toglierle dal portachiavi e a dargliele.»

L'agente imprecò. «Quindi ha accesso esclusivo alle armi? Davvero sta andando di male in peggio.» Sospirò. «Senta, non farei il mio dovere se non ribadissi il concetto. Troy Foley è un criminale pericoloso. Se riuscite a raggiungere un posto sicuro, solo finché non sarà passato il maltempo, da questo momento in poi ci penserò io. Chiudetevi nelle vostre camere. Quando sarò certo che siete tutti e due fuori dai giochi, rintraccerò il nostro visitatore. Me ne occuperò io.»

Sembrava un piano plausibile e una facile via d'uscita. La tentazione di lasciargli gestire l'intero pasticcio era forte. «Mi dia un minuto» risposi. Lui cominciò a protestare ma io gli parlai sopra. «Torniamo fra poco.»

A quel punto sospirò. «Mi sembra ridicolo che debba contrattare la mia scarcerazione. Il fuggitivo è a piede libero da quasi tre ore ormai. Il tempo è *fondamentale.*»

Annuii lasciandogli intendere che comprendevo e ci ritirammo verso il banco della reception per un ultimo consulto.

Fuori, la neve mulinava come una gabbia fluida.

13

«Riesaminiamo tutto» dissi camminando su e giù. «Uno e Due arrivano disarmati ma con due storie diverse. Uno si arma immediatamente. Due vuole fare lo stesso.»

Jai si prese il labbro inferiore tra i denti. «Guardiamola in un altro modo. Troy Foley è prigioniero. Fugge dal mezzo quando si schianta. Non può avere con sé un'arma, è a costretto rubarla. Forse qualcosa è andato storto. Forse la storia della caduta nel bosco è vera.»

«Okay» dissi. «E l'aspetto? A me sembrano entrambi poliziotti. Uno indossa di certo un'uniforme con un documento rubato. Cose del genere possono trovarsi nel bagagliaio di un'auto di pattuglia, immagino.»

«E l'ora d'arrivo?» fece Jai studiando di nuovo la radio. «Gaines Uno si presenta per primo, ovviamente. È plausibile che l'autista di un mezzo di scorta subisca ferite più lievi, si riprenda più in fretta e giunga qui più velocemente?»

«Se sei ammanettato in un cellulare, potresti impiegare di più a scappare. Il che suggerisce che Gaines Uno sia vero e l'uomo nell'ufficio sia Foley.»

«No. Quel tizio ha detto di aver controllato i colleghi, di voler chiedere aiuto via radio. Mi sembra verosimile. A meno che non abbia aspettato apposta.»

«Non la seguo.»

«Mi sto chiedendo se ci sia qualche vantaggio nell'arrivare secondo. Una ragione per cui Gaines Due possa aver atteso prima di fare la sua comparsa.»

Sospirai. «Da quel che vedo, non ce ne sono. Chiunque si presenti per primo ha la possibilità di raccontare la sua versione, e questa diventa la verità che il secondo visitatore deve contraddire. "Bias di ancoraggio", si chiama. Facciamo ampiamente affidamento sulle prime informazioni che ci vengono date su un argomento e non riusciamo ad adattarci quando ce ne arrivano di nuove.»

Lui mi studiò in silenzio con le sopracciglia sollevate. «Stava attenta a scuola, vedo.»

«Psicologia era la mia passione.» Mi sedetti ruotando la sedia avanti e indietro, allungando le cosce. «I tesserini? Li hanno tutti e due.»

«Ma solo uno è autentico. Questo significa che Gaines Uno è Foley, giusto? Non ha un vero documento: solleva qualcosa sperando che lei non controlli.» Jai indicò l'ufficio. «Ma Due ha il suo tesserino con sé.»

Considerai l'osservazione. «Le luci?» buttai lì. «Uno voleva spegnerle tutte.»

«Certo. Perché non voleva che la polizia lo seguisse quaggiù? O perché temeva che lo facesse Foley? Può essere entrambe le cose.»

«E le priorità?» tentai. «Uno voleva contattare i colleghi...»

«E Due ci vuole nelle nostre stanze per poter rintracciare il primo visitatore. Dovrebbe voler contattare la sua squadra?»

«Gaines Due ha un telefono?» mi domandai pensando al fatto che gli effetti personali dei prigionieri venivano messi in una scatola e conservati fino al giorno della scarcerazione. Però gran parte dei detenuti usava cellulari di contrabbando, soprattutto i membri del crimine organizzato. «Gaines Uno lo aveva» dissi. «Ci siamo scambiati il numero.» Poi mi venne un pensiero opposto che mi stordì come un pugno. Il telefono di Uno era nuovo, proprio il genere di apparecchio che hai quando usi diversi cellulari usa e getta. Sconfortata, lo riferii a Jai.

«Ha dato un'occhiata allo schermo?» incalzò. «C'era uno sfondo? Una foto di famiglia?» Scossi la testa e lui sibilò a denti stretti. «Non prova niente però, giusto?»

Mi sfregai gli occhi guardando nella notte. «E l'uniforme? C'è qualcosa che li distingue?»

«Tutta roba nera da poliziotti.» Jai alzò le spalle.

«Okay, analizziamo il comportamento. Gaines Uno era chiaro e deciso. Ha chiesto delle radio e dei telefoni. Voleva le luci spente e l'albergo in sicurezza.»

«Ma non sappiamo abbastanza del secondo uomo per confrontarli. Almeno a me Due sembra più... vero. Più duro e in forma.»

«Anche i prigionieri possono avere quell'aspetto» precisai ricordando le mie visite regolari a Porterfell. «Dentro, non hanno niente da fare tranne allenarsi.» Ascoltammo il vento. Forse sbagliavo a sperare, ma mi sembrava che si stesse indebolendo un po'. «Non possiamo aspettare per sempre» dissi infine. «Da qualsiasi parte la rigiriamo, uno di loro è pericoloso.»

Jai si toccò la bocca con il dorso della mano. «Io dico di liberare il nostro prigioniero e che se la vedano loro due» affermò. «Dovremmo andare nelle nostre camere e starcene al sicuro, come ha suggerito. Voglio dire, non so lei, ma io ho una famiglia a cui pensare.» Mi guardò con noncuranza facendo un respiro. «Immagino anche lei.»

Mi sentii avvampare. Eccolo di nuovo, un segno della stranezza di quell'uomo. Non riusciva a frenare le domande. Ruotai la sedia osservando la bufera. «No» risposi con freddezza. «Viaggio molto.»

«Ah. L'albergo la manda dappertutto?»

«Più o meno» mentii. Mi lanciò un'occhiata che non riuscii a decifrare nell'oscurità. «Non possiamo discuterne all'infinito» affermai alzandomi.

«Allora, lasciamo uscire Gaines Due, d'accordo? Lo spediamo nel buio sperando che lui e Gaines Uno si eliminino a vicenda» disse Jai.

Eppure non ero ancora sicura. Al momento avevamo poche informazioni concrete a disposizione, e le certezze parevano effimere, sfuggenti, difficili da mettere insieme. Una cosa era chiara: se avessimo fatto un passo falso, saremmo stati spacciati.

Ci avvicinammo all'ufficio. Girai la chiave, spalancai la porta e mi spostai per lasciar passare l'agente. Stava studiando la pianta dell'albergo. «L'armeria è qui, vero? Sopra il garage per gli ospiti.»

Assentii. Il poliziotto restò sulla soglia per un istante squadrandoci. «Allora» affermò allargando le braccia con i palmi rivolti verso l'alto. «Foley è pericoloso e io devo trovarlo. Ho bisogno di un'arma.» Cercai di riflettere, ma non riuscii a trovare una via d'uscita in mezzo a un groviglio di possibilità. Gaines Due ruppe il silenzio. «Mi servirà almeno il manganello.»

«Voleva che andassimo nelle nostre stanze. Mi sembra il modo migliore di procedere. Lo apprezzo» risposi.

«Nessun problema. Vi accompagnerò. Ha detto che Foley è salito di sopra in cerca del segnale. Quando è stato esattamente?» Controllò l'orologio. «Adesso sono quasi le dieci.»

Quasi le dieci? Il tempo era andato alla deriva, si era dilatato. Gaines Uno era scomparso da più di un'ora. Era indubbiamente troppo. «È passato un po'» ammisi.

Il poliziotto si accigliò studiando il corridoio che ci avrebbe portato agli ascensori. «Restiamo al buio» affermò. «Prendete le torce. Non voglio che sappia dove può trovarsi uno qualunque di noi. Si girò e infilò il manganello nel gancio. «Gli ha aperto qualche stanza con la sua chiave?»

Esitai. «No. Credo... di no. Gli ho mostrato alcune camere ma ho tenuto la chiave elettronica.»

«Quindi non si sta nascondendo dietro una porta chiusa.» Gaines ci guardò con i suoi occhi grigi. «Rimaniamo uniti. Non allontanatevi. Signor Parik, lasceremo lei per primo.»

«Sono al secondo piano» replicò lui con la gola evidentemente asciutta.

L'agente annuì. «Vado avanti io» affermò. «Venitemi subito dietro, restate in allerta.»

Gaines era tutto cautela, ginocchia flesse e manganello pronto. Io tenevo la torcia, che disegnava strisce spezzate di luce davanti a lui. Superammo il carrello delle vernici e salimmo le scale. Il nostro visitatore allungò il collo per controllare il pianerottolo prima che lo seguissimo furtivi. Le scale, larghe e curve, con una moquette verde bosco e una passatoia dai bordi dorati, si dividevano in due sotto un paio di ritratti vittoriani in cornici pesanti, per poi ricongiungersi. Salimmo ancora fermandoci per scrutare il pianerottolo successivo e i corridoi ai lati. Orientai il fascio della torcia in basso, formava una chiazza pallida attorno alle nostre caviglie. Il corridoio del piano di Jai terminava in uno spazio con un divanetto sotto la finestra, un cassettone antico e una coppia di poltrone in pelle. La torcia trasformò i vetri in lastre opache grigio acciaio mentre la puntavo sui cuscini e sul legno lucido.

Gaines si voltò a guardare nella direzione da cui eravamo venuti e Jai passò la carta elettronica sul lettore. Aprì la camera. «Dove la trovo se ho bisogno?» mormorò.

Indicai le scale di servizio ma il poliziotto intervenne. «Non avrà bisogno di lasciare la sua stanza, signor Parik. Aspetti con pazienza finché non verrò a comunicarle che la situazione è sotto controllo.»

Salire agli alloggi del personale fu snervante. La torcia gettava luce sui gradini ripidi. L'ambiente era austero e disadorno. Non ci si muoveva agevolmente. Seguii Gaines, gli occhi fissi sui tacchi dei suoi scarponi mentre camminava. Al terzo piano la carta da parati aveva un motivo floreale color carbone e avanzai incerta in quella giungla grigia verso la mia camera in fondo, con il cuore che mi martellava forte in gola. «Sono laggiù» dissi.

Lui mi bloccò.

A metà strada c'era l'impronta indistinta di una mano sulla carta da parati, ad altezza spalla. Sembrava nera alla luce della torcia ma sapevo che stavamo guardando sangue. Dalla moquette del corridoio trasudava un liquido quando la calpestavamo.

Puntai la luce sui nostri piedi. Eravamo in una pozza. Feci

un passo indietro, sollevai lo scarpone e lo tenni sospeso. Lo osservammo gocciolare.

«C'è acqua sulla moquette,» affermò Gaines Due «sangue sul muro.»

Esaminammo l'impronta. Le dita erano ben allargate, come se una persona ferita si fosse sorretta. O fosse stata spinta a terra. Sentii un dito invisibile tracciarmi una linea gelida lungo la colonna vertebrale e mi girai di scatto con la pelle d'oca. Il corridoio era deserto. Mi rimproverai – *respira, Remie* – riportando lo sguardo sulla parete. L'impronta sembrava delle dimensioni e della forma esatta della mano di Gaines. Di Gaines Uno, mi corressi. Controllai la pozza per terra e alzai istintivamente lo sguardo al soffitto. Forse si era rotto un altro tubo.

«Da dove arriva l'acqua?» chiesi tenendo la voce bassa.

Restammo vicini al buio, in ascolto. Non c'erano gocciolii né perdite. Solo l'infuriare del vento contro le finestre. Le cose si stavano calmando un po' là fuori. Lo avevo notato nell'atrio e anche da quassù era evidente. Forse Ezra si stava finalmente esaurendo. «Neve sciolta?» suggerii. «Se è entrato coperto di neve.»

«Abbiamo superato una porta senza un numero» bisbigliò l'agente. «Proprio là.»

Ci voltammo e le nostre scarpe fecero *cic ciac* sulla moquette bagnata. «È l'accesso al tetto» spiegai.

Il poliziotto annuì. «È salito ed è ridisceso portandosi dietro la neve. Cosa sta facendo?»

«Ha una delle radio dell'albergo. Sta cercando il segnale» dissi. «Per chiamare i colleghi.»

Lui sogghignò. «I colleghi? Ha bisogno di qualcuno che lo

porti via dalla montagna. Dio solo sa chi arriverà se riuscirà a mettersi in contatto.»

Gaines Due studiò la porta di accesso al tetto, si accostò e osservò la barra a spinta. Nella luce della torcia vidi una vaga macchia di sangue sul metallo. Sembrava che Gaines Uno fosse andato sul tetto, fosse tornato e la avesse richiusa. Il sangue indicava che si era ferito lassù, non qui in corridoio. Era rientrato e l'aveva chiusa invece di aspettarci sul tetto per tenderci un'imboscata.

L'agente allungò le braccia e fece un respiro. Spinse quindi la barra alle estremità per non sporcarsi le mani. La porta si socchiuse. L'aprì un po' di più con la spalla. Udii i cumuli di neve scricchiolare dietro il metallo mentre spingeva. Vista la forza richiesta, Gaines Uno non era salito lassù da poco. *Da quanto era scomparso? Novanta minuti?* I fasci delle torce inquadrarono aria gelida e mucchi di piccoli cristalli di ghiaccio. I piedi di una scala. Il secondo Gaines uscì nel freddo e salì la scala d'acciaio. C'era silenzio, tanto che si sentiva il metallo risuonare sotto i suoi scarponi. Il vento si era calmato. Lo seguii arrivando a una passerella di sicurezza che dava accesso al tetto piatto fra le sezioni spioventi più in là. La neve arrivava alla caviglia ed era calpestata. C'era passato qualcuno. Osservai i grossi fiocchi cadere nell'aria notturna, atterrare e rendere via via più indistinte le tracce precedenti, che giudicai recenti.

Gaines Due mosse la torcia sull'accozzaglia di parti spioventi. «Mi aiuti a orientarmi» disse, tenendo una mano sugli occhi per evitare che i fiocchi gli cadessero sulle ciglia. Non ebbe bisogno di alzare la voce. Il vento era calato abbastanza da rendere udibile il baccano dei corvi che stavano nidificando nel bosco. I loro versi striduli echeggiavano dappertutto.

Indicai il monte nella nebbia individuando il vialetto a zigzag dell'hotel, sembrava un filo tra i pini neri fitti. «Lei è sceso da quel bosco. La strada principale è un chilometro e mezzo più avanti, oltre la montagna, e Porterfell è da quella parte. Sopra la linea degli alberi, qui, c'è il Farigaig.» Il suono della mia voce mi stupì in quella tenebra immobile. Mi girai a sinistra e indicai oltre il colmo del vecchio tetto. «Non può vederli, ma il parcheggio e la reception sono laggiù. Sotto di noi ci sono il giardino terrazzato, i campi da tennis e infine la sponda del lago» spiegai. «La proprietà si estende per un chilometro lungo la riva fino al recinto perimetrale.»

Gaines stava per dire qualcosa quando sentimmo gli alberi. Diede le spalle alla distesa d'acqua ghiacciata e socchiuse gli occhi studiando i piedi della montagna coperti di vegetazione. «Cos'è stato?»

Un gemito sordo, stranamente animale. Poi un altro. Gli alberi sembravano lamentarsi tra il gracchiare dei corvi.

«Non lo so» risposi standogli accanto. Fianco a fianco, eravamo della stessa altezza, con il Farigaig che si stagliava imponente su di noi.

«Non mi pare nulla di buono.»

Aspettammo. Per un po' non accadde niente. Infine si ripeté. Era un cigolio, e si spostava. Guardai tra i pini, lungo il fianco scosceso, cercando di stabilirne la fonte, ma risuonò e si disperse. Uno schianto e uno schiocco improvviso crearono un'eco, dopodiché ci fu silenzio, fatta eccezione per gli uccelli.

L'agente si passò le dita sulle labbra. «Dalla strada il pendio scende ripido. C'è un sacco di neve.»

Vero. Da quando mi ero trasferita, avevo esplorato molto la zona e il tratto di bosco tra l'albergo e la strada era impervio.

Perché i veicoli potessero percorrerlo in sicurezza, avevano dovuto realizzare un vialetto con una serie di tornanti. Gli escursionisti e i camminatori costeggiavano in genere l'acqua invece di salire. La foresta lassù era un groviglio di cedri e pini precariamente abbarbicati, di grossi massi e strapiombi formati da rocce esposte. «Ci si arrampica più che camminare» commentai. «La neve non sembra troppo stabile.»

«L'ha mai sentito gemere così?»

Orientai la torcia verso il bosco scuotendo la testa. Il fascio si frammentò a circa sei metri da noi, all'altezza del bordo del tetto, illuminando solo i fiocchi che cadevano. Mi sentivo nervosa e fragile, il battito del mio cuore era frenetico. La foresta gemette di nuovo. Là fuori nel buio la neve in movimento vorticava facendo rumore.

«Andiamo nella sua stanza» affermò Gaines.

Una volta rientrata, mi girai davanti alla mia porta. «Adesso sono a posto, agente. Grazie.»

Lui scosse la testa. «Non ancora, signorina. Devo controllare la sua camera.»

Provai di nuovo un'ondata di imbarazzo. Il letto singolo, le valigie. Girai la chiave e spalancai la porta. Lui entrò cauto e io lo seguii.

«La portafinestra del balcone è chiusa a chiave?»

«Sì.»

Lanciò un'occhiata al letto, ai bagagli. «Che succede?»

«Ho preparato tutto» risposi guardando l'orologio. «Parto tra nove ore.»

Gaines Due si ritirò in corridoio controllando di nuovo il buio. «Da Aberdeen? Auguri.»

«La bufera passerà» replicai decisa.

Lui annuì distratto, l'attenzione già rivolta alle scale. «Sia prudente, signorina. E grazie per il suo aiuto stasera.»

Guardandolo allontanarsi, pensai al sito web del servizio valanghe, quello che racchiudeva il Mackinnon in una gabbia di puntini rossi, e mi sforzai di non considerare le possibili implicazioni per i miei voli.

14

Sola in una stanza chiusa a chiave, andai avanti e indietro mettendo il cellulare in ogni posizione possibile, pregando di trovare il segnale, preoccupata per il maltempo.

Dopo un po' smisi, rendendomi conto che i miei sensi si erano acuiti. C'era un rumore alla finestra. Controllai il display luminoso dell'orologio sul comodino. Le dieci e quaranta. Andai al balcone, aprii la porta e la bufera entrò prepotente portando con sé una spolverata di neve. Mi infilai la giacca e scrutai il giardino dell'albergo dal mio punto di osservazione. C'era una figura sul prato terrazzato sotto la mia camera, guardava in alto.

Era Gaines. Il primo.

Il che significava che Troy Foley si trovava sotto il mio balcone. Aveva una palla di neve nel guanto destro, il braccio sollevato e pronto. Il fucile era nella neve, tra i suoi scarponi. Gaines Due aveva detto che avrebbe tentato qualcosa, che avrebbero trovato un pretesto per ristabilire i contatti. Era quello. «Remie» chiamò abbassando il braccio e puntando la torcia all'insù.

Sollevai una mano perché il fascio era accecante. «Che succede?»

«Puoi parlare? Ho alcune domande.»

C'era una scala antincendio che scendeva dal balcone. Se mi fossi rifiutata, sarebbe potuto salire lui, anche se la ferita al ginocchio lo avrebbe ostacolato parecchio. Mi chiesi se ci fosse qualche possibile vantaggio nel fingere di ignorare la sua vera identità. Forse sì. Scesi cauta mettendomi i guanti. Ezra, da grande imbroglione qual era, investì la vecchia struttura di ferro scuotendola nei suoi rivetti. Avevo la mente in subbuglio. Foley era un uomo che dava l'impressione di collaborare, un attore provetto. Dall'ultima rampa osservai l'agente che attendeva nella neve in quella nuova ottica: la sua massa goffa, i pantaloni strappati all'altezza del ginocchio, le orme irregolari.

Mi salutò con la mano, sembrò sorridere sollevato mentre alzava la voce e diceva: «Mi fa piacere rivederti. Sapevo che eri all'ultimo piano ma ho perso l'orientamento. Ho lanciato palle di neve per cinque minuti. Alle finestre sbagliate, a quanto pare».

Mi strinsi di più il cappuccio. «Dove sei stato?»

La sua espressione, pur deformata da una smorfia, mi fece capire che aveva notato che ero diversa. «Stai bene? È successo qualcosa?»

Stavo tenendo le distanze. Vedevo che lo turbava. «È arrivato un visitatore» dissi.

Lui sgranò gli occhi. «Il mio detenuto? Sei illesa? Dov'è ora?»

Scossi la testa e parlai al di sopra del vento. «Non è così semplice, Don. È un agente di polizia, o dice di esserlo. E si è presentato dicendo di essere te.»

Fu un colpo tale che spalancò ancora di più gli occhi. «Cosa? Come?»

«Ha un tesserino.»

«È il mio, Remie.» Gaines Uno si chinò a raccogliere il fucile, studiò la bufera battendo le palpebre e sfregandosi la fronte ferita con il guanto. «Deve avermelo preso subito dopo l'incidente, quando ero privo di sensi. Insieme alla pistola. Merda» sbottò.

«Non ha una pistola.»

«Non è possibile.»

«Ha detto di averla persa scendendo qui dal luogo dell'incidente.»

«Mi ha rubato la pistola e l'ha persa? Non la bevo. L'ha nascosta da qualche parte.» Gaines Uno mosse la mandibola come se stesse digrignando i denti. Ruotò il suo corpo massiccio verso il lago in lontananza e piegando la testa per ascoltare gli alberi mentre riportava l'attenzione su di me. «Remie, non volevo dirtelo ma la situazione cambia di continuo e devo essere onesto con te.» Mi invitò ad avvicinarmi. Feci riluttante due passi avanti e lui si infuriò. «Dài, Remie, non mordo. Devi stare attenta con quell'uomo. Dov'è ora?»

«Ti sta cercando. Ha detto a me e a Jai di restare in camera.»

Il poliziotto parve sconcertato per un istante, poi si ricompose. «Forse è un bene. Forse posso riprenderlo.» Osservò di nuovo l'oscurità, irrequieto. «Se vi ha detto di andare nelle vostre stanze, sa dove siete. Non mi piace. Remie, quell'uomo si chiama Troy Foley.»

«Lo so» replicai risparmiandogli la spiegazione. «Ce lo ha detto.»

Gaines Uno apparve, o finse di apparire, di nuovo sconvolto. Era convincente. «Cosa, lo ha ammesso?»

«No. Ha detto che tu eri Foley.»

«Gesù. Non credergli.» Il vento era calato al punto che riuscivamo a sentire i corvi impegnati nelle loro conversazioni gutturali tra i rami sopra di noi. Mi chiesi se l'uragano iniziasse a perdere forza. «Remie, io sono l'agente 4256 Don Gaines della polizia scozzese. Ho due figli, Emma e Joe. Mia moglie si chiama Jackie. Abbiamo trascorso il Natale insieme per la prima volta in tre anni e i bambini ne sono stati felici. Ho ricevuto un dopobarba in regalo, abbiamo guardato il discorso della Regina e giocato a un assurdo gioco da tavolo che non capivo. Sono un uomo comune, Remie. L'impostore non sarà in grado di raccontarti tutte queste cose perché fino a questo pomeriggio era dietro le sbarre a Porterfell.» Controllava i dintorni mentre parlava e il suo sguardo stava diventando disperato. «È pericoloso, Remie, e ti dirà qualsiasi cosa.» Subito dopo gli venne un'idea e si raddrizzò. «Suppongo che sappia dell'armeria.»

Qualcosa di Gaines Uno sembrava strano, come se si sforzasse un po' troppo di essere se stesso. «Sì» risposi. «Voleva un fucile.»

«Naturalmente. Presumo che non...»

Scossi la testa. «Non ha il codice della serratura elettronica. E sei tu quello che ha le chiavi dell'edificio.»

«Ciononostante, in questo momento sa dove trovarti. Questo significa che sei in pericolo» affermò. «E l'altra ospite. Coben. Si è fatta vedere?»

«Purtroppo no.»

«Dopo che ci siamo visti ho controllato il giardino dell'hotel. Di lei non c'è traccia. Non ho avuto fortuna nemmeno con la radio. Ma ho visto un edificio sulla riva del lago.»

«La rimessa per la barca.»

«Esatto. Non c'è sulla cartina nel tuo ufficio.»

«No. È a un chilometro e mezzo di distanza sulla sponda, oltre il recinto perimetrale. Ho la chiave del cancello.»

«E Foley non ne è a conoscenza? Perfetto. Là tu e il signor Parik sarete al sicuro, se vi servirà un posto dove nascondervi. Il sentiero nel bosco è percorribile?» Non era facile rispondere a quella domanda. L'avevamo chiuso al pubblico alcune settimane prima a causa di un ponte pericolante. Forse avrebbe retto un'altra attraversata. Alla fine annuii scrollandomi la neve che mi si era accumulata sulle sopracciglia. «Bene. Il signor Parik ha ottenuto qualche risultato con la radio?» Gli dissi di no e lui imprecò. «Be', è escluso che ci sia campo alla rimessa per la barca; dovete restare in alto e continuare a provare. Sembra che il tempo stia migliorando. Fai uscire il signor Parik dalla sua camera e sistemalo da qualche altra parte. Se dovessi temere per la tua o la sua incolumità, o in caso di qualsiasi emergenza, vallo a prendere, portalo alla rimessa e restate lì.»

Mi sforzai di dare un senso a quelle raccomandazioni contrastanti. Tesa e sfinita, optai per mostrarmi accondiscendente. Avrei riflettuto meglio in seguito. «D'accordo» assentii.

«Remie, un'ultima cosa, ed è molto importante: non dire a nessuno che mi hai visto. Il mio unico vantaggio in questo istante è che Foley non sa dove sia o quale sia il mio piano, quindi stai attenta a non...» Gaines Uno esitò, alzò lo sguardo sul Farigaig scrutando le cime degli alberi. «Cos'è stato?»

Era lo stesso rumore che avevamo udito sul tetto. Come descriverlo: un *clac* sordo. Mentre ascoltavo, captai un altro rumore, un lieve *whump* a intervalli irregolari che mi fece pensare agli asciugamani gettati sugli scivoli della lavanderia dell'hotel.

L'agente osservò perplesso i pini con le spalle contratte. «Cosa stiamo sentendo, Remie?» chiese. Non ci fu più nulla, tranne l'oscuro sussurro della neve che cadeva e il gemito via via più forte del vento. Poi si ripeté, una sequenza di schianti e schiocchi fra i tronchi eretti. Restammo entrambi immobili. «Mentre scendevo» disse con lo sguardo puntato sugli alberi «ho cercato di tagliare per il bosco. Era troppo ripido e sono tornato indietro. Però lassù tra i pini c'erano enormi accumuli di neve sulle rocce. Grossi blocchi mi si sono staccati da sotto i piedi.» Batté le palpebre al ricordo. La neve sulla fronte gli mascherava i bordi laceri della ferita e un rivolo di sangue, nero nella luce fioca, gli stava scendendo tortuoso sulla guancia. Se lo pulì con il dorso della mano. «E la nevicata durerà ancora un paio d'ore prima che la bufera cessi. Più pesante diventerà la massa di neve lassù, più è probabile che si spacchi e cada. Abbiamo un problema. Sbrigati, Remie: porta Parik in un'altra stanza. Continuate a provare con la radio. Se va tutto a rotoli, andate alla rimessa e cercate di contattarmi. Tornerò da voi.»

Gli augurai buona fortuna e lui si allontanò zoppicando nel buio con il fucile. Risalii la scala antincendio fino in camera con la schiena a pezzi, i piedi intorpiditi e la testa piena di insicurezze. Chiusi la portafinestra e mi scaldai davanti alla stufa elettrica sforzandomi di trovare un senso in tutto quello che conoscevo. Avevo davanti solo una caterva di problemi e possibilità conflittuali, nessuno dei quali sostenuto da prove.

Quello che più mi assorbiva era il gemito spettrale della neve. Fui grata quando il vento si alzò e lo coprì. Benché sapessi meglio di altri che coprire qualcosa non significava farla scomparire.

15

Pensai al mio incontro con Gaines Uno, lo sviscerai, lo analizzai in cerca di incongruenze. La storia della famiglia il giorno di Natale sarebbe potuta sembrare la più normale del mondo. Ora, alla luce delle nuove informazioni, la vidi per quello che era: un espediente ben studiato, una recita magistrale.

A meno che non lo fosse.

Camminai su e giù, riflettendo sul consiglio che mi aveva dato fuori, nella bufera. Spostare Parik in un'altra stanza non faceva una grinza. D'altro canto, era un suggerimento dato da un uomo che si era accertato di stabilire con precisione quali ospiti ci fossero e in quali camere, e che ora sapeva dove trovarmi dato che ero uscita sul balcone e scesa a incontrarlo. Guardai la mia misera camera in mansarda, valutando le implicazioni. Per quanto mi sforzassi, non vedevo alcun male nello spostare Jai. Mi stavo preparando psicologicamente a una passeggiata con la torcia fino al piano degli ospiti, sotto la mia camera, quando bussarono alla porta.

Il rumore mi fece sussultare e mi impaurì. Restai accanto alla stufa elettrica. «Sì?» esclamai cercando di infondere tutta la sicurezza possibile nella mia voce.

«Sono io.»

«Jai?»

«Sì. Fammi entrare.»

Andai alla porta. Lui stava sorridendo e sollevando la radio. «Abbiamo qualcosa. Ho sentito una voce, Remie. C'è qualcuno là fuori.»

«Oddio.» Il sollievo mi inondò il petto. Avevamo una via d'uscita.

Jai assentì. «Adesso non riesco a captarla ma l'ho sentita un minuto fa.»

«Hai chiesto aiuto?»

«Ho tentato» rispose. Chiuse la porta e ci radunammo vicino alla stufa. «Però andava e veniva. Non so se mi abbia sentito. Dobbiamo trovare Gaines Due e dirglielo.»

«Non è così semplice» replicai e quando mi guardò con aria interrogativa gli descrissi il mio recente incontro con il primo Gaines. «Mi ha detto di non riferire a nessuno che l'ho visto» conclusi.

Jai rimuginò sulle mie parole. «Be', per forza ha detto così.»

«Però sembrava sincero. Mi ha raccontato di sua moglie e dei figli. Ha aggiunto che Gaines Due gli ha rubato il tesserino.»

«È quello che avrei detto anch'io se fossi...» Esitò. «Aspetta, eri sola con lui, era armato e non ha sparato. Non ti sembra che questo faccia di lui il vero poliziotto?»

«L'ho pensato in un primo momento» ammisi. «Ma mi sono anche detta che di certo gli sono molto più utile viva. Conosco l'albergo, la proprietà, la strada che scende alla rimessa per la barca. Ha bisogno di avermi dalla sua parte, almeno per ora.»

«E questo cosa mi rende? Un potenziale ostaggio?» Jai attraversò la stanza avvicinandosi alla portafinestra. Di nuovo provai un fastidioso fremito di inquietudine. Stava guardando tutte le mie cose. Mi chiesi per l'ennesima volta se avesse un suo piano e fino a che punto potessi fidarmi. Non riuscivo a scrollarmi di dosso la sensazione che persino lui, il mio presunto alleato, non mi stesse dicendo la verità. Lo osservai mentre scrutava il buio fuori dandomi la schiena, le spalle curve per l'ansia. «Dov'è ora?»

«Potrebbe essere ovunque» risposi. «Dimmi della radio. Voglio sentire la voce. Posso chiamare?»

Jai si girò e mi porse l'apparecchio con un sospiro sconfortato. «Fa' pure.»

Lo guardai andare avanti e indietro e premetti il pulsante. «Pronto. Qualcuno mi sente?» Attesi piena di speranza. «Pronto? C'è qualcuno? Ci serve aiuto. Siamo all'hotel Mackinnon. Abbiamo un problema.»

L'aggeggio emise un *bip* sordo, poi una raffica di interferenze. Niente. Schiacciai il tasto in alto e ripetei la mia supplica una, due volte. Alla quarta, una voce, uno spirito emerso dal rumore bianco, parlò. Sentii le lacrime bruciarmi gli occhi. Era una voce di donna, una persona vera. Non riuscii a distinguere le parole.

«Pronto?» esclamai. «Mi sente?»

«È il Mackinnon?» domandò la voce.

«Sì!» Io e Jai ci scambiammo un sorriso. «La sento» risposi. «Se è vicino a un telefono, per favore chiami subito la polizia. Abbiamo urgente bisogno di soccorso e le nostre linee telefoniche sono guaste.» Rilasciai il pulsante e attesi.

«Grazie a Dio» esclamò la voce. Solo allora mi resi conto di quanto brusca e disperata fosse. La speranza in me si affievolì.

Ripetei la preghiera. «Può confermarci per piacere di aver

ricevuto la nostra richiesta? Dobbiamo sapere che gli aiuti sono in arrivo.»

«Ho bisogno io del vostro aiuto» ribatté la voce.

«No, noi... Prego?» balbettai. Ruotai la manopola del volume al massimo e la voce emerse dalle interferenze come un tuffatore dalle acque del lago.

«La mia macchina è stata coinvolta in un incidente. Sulla strada di montagna tra Porterfell e l'albergo. Mi serve aiuto.»

«Chi parla?»

«Talbot. Ditta Serco, trasporto prigionieri.»

Sentii il cuoio capelluto contrarsi. «*Trasporto prigionieri?*»

Seguì un nulla indistinto, poi: «Esatto. Siamo usciti di strada nella bufera. Sono ferita e ho bisogno d'aiuto. Mandi qualcuno, la prego».

«Io... non abbiamo personale medico qualificato sul posto.»

La voce tornò, tesa e stanca, ma lieta. «Lei si occupa del bar. La riconosco.»

La radio divenne scivolosa tra le mie dita sudate. «Lei chi è?»

Non stavo guardando Jai quando rispose, ma immaginai che quello che disse lo avesse lasciato sbigottito. «Shelley Talbot» replicò la donna alla radio. «Ero una guardia a Porterfell. Passavo a bere qualcosa il venerdì.» Me la ricordavo. Arrivava con una moto rumorosa e ci lamentavamo del tempo o ci scambiavamo notizie futili. «L'ho incontrata un paio di volte anche alla prigione, quando ero un'agente. Veniva in visita» aggiunse. «Lei è la sorella di Cameron Yorke.»

Facevo il viaggio dall'hotel alla prigione ogni quindici giorni, il sabato mattina. C'è una finestra di vetro rinforzato dove svuoti le tasche, depositi borsa e portafoglio, per passare quindi attraverso uno scanner full-body, dove ti viene incontro una guardia. Shelley Talbot mi aveva accolto parecchie volte. Era una donna tarchiata e allegra, con i capelli tinti di rosso. Mi accompagnava in una sala austera color grigio nave da guerra con un televisore fissato al muro, tavoli e sedie. Le guardie se ne stavano inespressive con le mani dietro la schiena a sorvegliare i detenuti che chiacchieravano a bassa voce con i propri cari angosciati. Io mi sedevo e aspettavo Cam. Un cicalino annunciava il suo arrivo. Le sue scarpe da ginnastica con la suola di gomma stridevano sul pavimento lucido mentre una guardia lo faceva entrare. Restavamo seduti l'uno di fronte all'altra. Quando la visita terminava e lo guardavo riattraversare la doppia porta per tornare in cella, Shelley mi conduceva fuori.

Premetti il tasto della radio. «Mi ricordo di lei.»

Shelley rise. Fu un suono breve, strozzato. Seguì una pausa prima che la sua voce tornasse. Quando parlò, sembrava senza fiato. «Cristo, sono contenta di aver trovato qualcuno che conosco. Chi è l'altra persona?»

«Abbiamo chiesto a un ospite di cercare di comunicare con le radio. C'è anche un poliziotto. Gaines.»

«Gaines.» Un'altra pausa. «Lo conosco. Un tipo fidato, Gaines.»

Lasciai sedimentare quella notizia per un istante, quindi avvicinai di più la radio. «Shelley, le sembrerà assurdo ma le spiacerebbe descrivermelo?» Stavolta la pausa fu così lunga che dovetti controllare che fosse ancora in linea. «Shelley? Scusi se glielo chiedo.»

«Non mi sento granché bene» rispose. La sua voce andava e veniva tra le scariche statiche. «Ho bisogno dell'aiuto della polizia. E anche del vostro.»

«Shelley. Ha modo di restare al caldo?»

Ci fu silenzio per quasi un minuto. Poi: «Sono ancora qui. Sto cercando di uscire. Il furgone è caduto con la portiera del guidatore in basso, perciò dovrò arrampicarmi. L'abitacolo si sta allagando».

«Ripeta, per favore. Allagando?»

«Ci sono pozze di neve sciolta e fango» sibilò. «Dovrò cercare di muovermi. C'è un...» Il resto delle sue parole divenne confuso e la sua voce scomparve del tutto.

Con la stessa velocità con cui era comparsa, Shelley sparì. La chiamai più volte cambiando posizione nella stanza. Aprii la portafinestra e mi azzardai a uscire nella notte per ritentare. Niente. *Shelley Talbot.* Era una presenza fissa nel bar dell'albergo il venerdì e mentre pensavo a lei, ripetendo il suo nome nel vuoto delle scariche statiche, divenne più reale. Si lamentava sempre della musica al bar: "robaccia popolare", la chiamava incurvando bonariamente un angolo della bocca in un sorriso. Aveva un debole per il whisky invecchiato e disprezzava i "ragazzi di città bevitori di lager", termine con cui definiva, presumo, gli impiegati di Inverness. Amava in particolare una foto sopra il bar, una vecchia immagine di una decina di membri del personale in posa ufficiale sul molo, con le acque del lago che lambivano i pali di legno nuovi. La superficie dell'acqua era gremita di oche facciabianca. Supposi che fosse stata scattata negli anni Trenta. A quel tempo il Mackinnon era un capanno da caccia, perciò gli uomini avevano un fucile in spalla sopra la giacca di lana, pantaloni alla zuava, panciotti e baschi. Parlava con un entusiasmo contagioso della sua motocicletta: amava viaggiare. Non glielo avevo chiesto, ma mi aveva messo a parte dei suoi ricordi personali di un viaggio sull'isola di Pasqua quando aveva capito che avrei lavorato ancora quindici giorni dopo aver dato il preavviso e sarei partita per il Cile.

Sì, Shelley Talbot amava parlare.

16

Nessuna risposta alla radio. Sentii il panico cristallizzarsi.

«È una situazione seria. Jai, dobbiamo aiutarla» dissi passando al vaglio e scartando una serie di possibili piani. Guardai l'ora. Le undici e un quarto. «Saranno forse tre chilometri fino al punto in cui si trova, sulla strada di montagna, dopo il vialetto.»

«Tre chilometri sono un'eternità» commentò. «Fuori le condizioni sono proibitive. Come faremo a raggiungerla? Quando saremo là, come la riporteremo indietro?»

«Magari trascinandola sulla neve? Non lo so. Senti, l'albergo ha numerosi indumenti per le attività all'aria aperta. Se ci equipaggiamo bene, dovremmo farcela.»

«E Shelley potrebbe darci una mano» aggiunse lui mettendo insieme le cose. «È una testimone. Conosce Gaines. Avrà una bella storia da raccontare, ci scommetto. Cosa avete in termini di attrezzature mediche? Stecche? Bende, morfina?»

Scossi la testa. «Piccole cose nei kit di pronto soccorso. Un paio di defibrillatori in cantina. Niente di importante.»

Tolse il cappellino degli Yankees, si scostò i capelli e se lo rimise. «Ha chiesto l'aiuto della polizia. Potremmo mandare Gaines – Gaines Due, intendo – lassù. Aspettare qui mentre lui si occupa delle questioni pericolose.»

«Ma così restiamo soli,» sottolineai «con chiunque sia Gaines Uno.»

«Ed è peggio che arrancare nella bufera rimanere con chiunque sia Gaines Due? Non lo so. Dovremmo andare, presumo. Questa Shelley conosce Gaines, giusto? È una testimone dell'incidente. Potrebbe aver visto cose.»

Era confortante sapere che Jai era di gran sostegno. La parte circospetta di me continuava a tornare alla registrazione fatta al bar. Era stato davvero un errore? Oppure Jai era a caccia di una storia?

Cercai di non rimuginarci sopra. Shelley Talbot era nei guai ed eravamo gli unici in grado di aiutarla. «E se tentassimo di andarci in macchina?» proposi. Non avrebbe guastato po' di pratica su una strada insidiosa: in fondo, il mattino seguente avrei dovuto scendere dalla montagna per raggiungere Inverness. «L'hotel ha un paio di SUV nel garage. E anche delle catene da neve.»

Lui mi studiò, poi confessò con una scrollata di spalle: «Senti, non sono granché alla guida. L'altro giorno ho preso un'auto a noleggio alla stazione di Edimburgo e non sapevo accenderla. Sono dovuto tornare nell'ufficio a chiedere. Era piccola ma il cruscotto sembrava quello di un jet per voli intercontinentali».

«Non guidi molto?»

«Ho la metropolitana. Ho Uber.»

«Quassù è un po' diverso» osservai.

«È saltato fuori che il motore non parte se non premi la frizione. Chi lo sapeva?»

Mi venne un pensiero cupo. «Aspetta. Gaines Uno ha preso le mie chiavi del garage.»

Jai si sfregò il pollice sui denti anteriori. «C'è un altro modo per entrare?»

«Forse da una finestra.»

«Meglio di niente. Forse possiamo convincere Gaines Due a guidare. Dovremmo dirgli quello che è successo. Era al mio piano pochi minuti fa» disse. «Lo sentivo bussare alle porte. Sono uscito per vedere se potessi fare qualcosa.»

«Stava bussando alle porte?» Quel fatto mi sconcertò. Cercai di nuovo di mettere insieme i pezzi, di farmi un quadro. Gaines Due era là per tentare di capire dove fosse Alex Coben? O in quale stanza si trovasse Jai?

«Sì, a ognuna» rispose lui. «Credo che stia cercando l'altra ospite, Alex Coben... Vuole capire se sia ancora nell'albergo da qualche parte.»

«Sono piuttosto sicura che sia andata a camminare dopo colazione» affermai. Mi sembrava che i problemi mi si riversassero addosso uno dopo l'altro. «Non è rientrata.»

«Potrebbe essere un guaio. Forse si è persa o è morta congelata. Ti sembrava in grado di badare a se stessa?»

Alzai le spalle. «Penso di sì. È piuttosto muscolosa, un tipo che ama l'attività all'aria aperta.»

Jai considerò le mie parole. «Il maltempo è arrivato... quando, alle tre o le quattro del pomeriggio? Se sa quello che fa, si sarà riparata da qualche parte.»

Probabilmente aveva ragione. Coben sembrava un'escursionista esperta capace di cavarsela in condizioni difficili. Braccia toniche e mani da scalatrice.

Parlandone, mi ritrovai a ricordare qualcosa di più di lei. Ebbi alcuni flash di cui mi ero scordata quando Gaines Uno mi aveva fatto domande sul suo conto. «Era molto interessata alle cartine» affermai. «Abbiamo scambiato due parole a questo proposito.»

Alex si era chiesta se avessimo una mappa in una scala più grande rispetto a quelle che gli ospiti prendevano in prestito alla reception. Avevo dovuto rivolgermi a Mitchell ed ero venuta a sapere che si potevano ottenere carte più dettagliate, ma lei aveva rinunciato.

«Voglio vedere tutti i sentieri» mi aveva detto. «Le servitù pubbliche di passaggio ma anche altri itinerari lungo il lago e nei boschi.» Aveva modi molto diretti, che attribuii al fatto che l'inglese fosse la sua seconda lingua. Non ero riuscita a individuarne l'accento. Polacco forse?

«Abbiamo le carte geologiche» avevo suggerito.

«Non è quello che mi serve» aveva risposto brusca.

«La stanza con la mappa offre una panoramica a scala grande della zona» le avevo spiegato allora, e lei aveva passato un po' di tempo a fotografarne alcune sezioni. Era incuriosita dalle servitù di passaggio, perché poco dopo era ridiscesa con un paio di leggings e di scarpe da ginnastica infangate e, studiando le foto che aveva scattato con il telefono, era andata a correre lungo il perimetro dell'albergo.

«Be', vedi» esclamò Jai mentre glielo riferivo. Aveva un tono sicuro. «Conosce l'area circostante. Scommetto che è arrivata fino a quel pub all'incrocio.»

«Il Clachaig.» Era a otto chilometri in direzione di Fort William, e fino a lì i sentieri erano indicati con chiarezza.

«Proprio quello. Si starà scaldando i piedi davanti al fuoco laggiù.» Jai si incupì aggiungendo: «Donna fortunata».

Avevo trascorso l'intera vita desiderando d'essere qualcun'altra, una persona con una famiglia meno complicata, con un compagno, con un posto che potessi considerare mio, ma soprattutto con un fratello normale, un ragazzo che crescendo diventasse un uomo comune perbene. Ma in quel momento ero con Jai. Avrei dato tutto per scambiarmi di posto con Alex Coben, se in quell'istante si fosse trovata al caldo al Clachaig a bere un bicchiere di vino rosso.

Chiudemmo a chiave e avanzammo cauti lungo il corridoio del personale, poi prendemmo la scala di servizio per scendere.

Gaines Due era davvero al secondo piano. Era arrivato in fondo, all'altezza delle poltrone di pelle davanti alla camera sedici, quella di Alex Coben. La tenda era scostata e lui stava studiando il giardino terrazzato e la riva del lago, o forse semplicemente stava osservando la bufera. La sua silhouette era piccola e nitida.

Si girò. Era difficile leggere la sua faccia al buio, ma la sua voce suonò tesa per la rabbia a stento mascherata. «Per l'amor del cielo, vi avevo detto di restare nelle vostre camere. Ci troviamo in una situazione di pericolo. Non vi voglio in mezzo mentre cerco di rintracciare il fuggitivo.» Sbuffò brusco. «Finora l'edificio è a posto, ma devo perquisire ancora un piano e il terreno è molto vasto.»

«Arriva fino all'acqua» confermai.

Dopodiché lo informai della voce alla radio.

«Sul serio?» esclamò sbigottito. «Voglio dire, è un'ottima notizia, solo che non me l'aspettavo. Chi era?»

«Una donna rimasta ferita nel suo stesso incidente.»

Gaines Due batté le palpebre gettando la testa all'indietro. «Come, scusi?»

Ripetei il messaggio. «La donna alla radio la conosce.»

Lui sospirò. «Come? Fa parte del personale della prigione?»

«No. Lavora nella società di trasporti.»

«Certo» affermò. «Non credo di aver visto l'autista del furgone stasera. Era Pucketti? Newport?»

«Shelley Talbot.»

«Talbot. Sì. Sta bene?»

«È ferita. Pareva disperata.»

«Sarà dura per lei con questo tempo» commentò. Dopo un attimo di riflessione fece una smorfia. «Ha dato una radio a Foley, giusto? Non vogliamo che la scopra. Povera Talbot. Che incubo per lei. È una brava agente. Viene da una famiglia perbene. Ha un figlio in età scolare.» Sospirò sconsolato. «Temo che dovrò andare a recuperarla. Con Foley ancora a piede libero è in pericolo, soprattutto se ha visto qualcosa...» Ci squadrò entrambi. «Vorrei che veniste con me. Sarà una camminata faticosa, lo so, e rischiosa. Ma l'alternativa è lasciarvi qui con un fuggitivo in libertà. Anche se rimaneste in camera vostra, in queste circostanze non posso garantire la vostra incolumità.»

Il mio disagio fu evidente, anche nell'oscurità del corridoio. Sapevo, ancor meglio dell'uomo di fronte a me, che Gaines Uno si aggirava armato in zona. E conosceva la mia stanza: soltanto mezz'ora prima era sotto la mia finestra, nella neve. "Non dire a nessuno che mi hai visto. È il mio unico vantaggio." In quest'ottica la richiesta di Gaines Due era perfettamente logica. Stava facendo il suo lavoro, tenendoci lontano dai pericoli. E se fosse *lui* l'impostore? Se la richiesta di accompagnarlo in una camminata notturna pericolosa venisse da un manipolatore omicida? Avrebbe sfruttato le condizioni per liberarsi di noi in qualche modo? Non era armato, però questo non significava che non potesse farci del male... o farne a Shelley. Pensare a lei mi schiarì le idee. Io ero lì, illesa e in salute, lei invece era fuori nella bufera e stava morendo. Non avrei dovuto fare tutto il possibile per aiutarla? In fondo, non ero stata condizionata ad agire così dalla mia vita con Cameron?

Gaines Due ci osservò riflettere. Involontariamente o no, ci aveva messo con le spalle al muro: impossibile per noi consultarci e fare un piano da soli come prima. Il silenzio si protrasse mentre analizzavo le opzioni. Arma, niente arma; telefono, niente telefono... Uno, Due. Gli psicologi parlano della "sindrome della falsa dicotomia": un ragionamento erroneo indotto dallo stress in cui si pensa solo a due soluzioni contrapposte. Lo stavo facendo? Invece di adottare quell'approccio, sarebbe stato utile considerare cosa univa i due sconosciuti? Nessuno dei due aveva cercato di ucciderci... ancora, il che significava che ci ritenevano utili in un modo o nell'altro. *Come? A che scopo?* Ci avevano raccontato la stessa versione, riferito lo stesso nome. Pensare a entrambi come se fossero il potenziale Gaines mi aiutò a controllare i nervi. L'alternativa, che uno dei due fosse Troy Foley, avrebbe demolito qualsiasi fermezza a cui riuscivo ancora ad aggrapparmi.

Il silenzio mi rese impossibile pensare. «D'accordo» dissi con voce secca. «Voglio dare una mano.»

«Signor Parik?»

Jai annuì, corrucciato in volto.

«È la cosa migliore» commentò Gaines. Si toccò la ferita alla testa trasalendo. «Impiegheremo un po' a raggiungerla. Dobbiamo prepararci con cura.»

«Possiamo provare a usare un SUV dell'albergo» suggerii. «Foley ha preso le mie chiavi del garage, ma ho ancora una copia di quella dell'accensione.»

«Ci sono altri accessi ai garage oltre alla porta?» domandò Gaines.

«Una finestra sul retro, credo. Vale la pena tentare. E se non funzionasse, dovremo camminare. È bene andarci insieme. Nessuno di voi conosce il terreno come me.»

«Ho avuto difficoltà a scendere» concordò il poliziotto.

«Sì, io però ho trascorso tutte le domeniche della scorsa estate a camminare ai piedi del monte» affermai. «Dal lago alla strada. La salita nel bosco è ripida ma fattibile. Sotto ci sono delle cartine. Posso mostrarvela.»

«Cartine?» ripeté Gaines Due. «Ottimo. Avrò bisogno di darci un'occhiata.»

Pensai troppo tardi alla rimessa per la barca sulla riva del lago. Non essendo segnata sulla mappa dell'albergo, era invisibile, un posto sicuro dove nascondersi, come rilevato da Gaines Uno. Quando avessimo iniziato a consultare le guide con gli itinerari a piedi e le mappe, sarebbe subito balzata all'occhio. Avevo appena spianato la strada, rinunciato all'unico vantaggio che avevamo su Gaines Due. Quel pensiero prese a girarmi fastidiosamente nella testa.

«Ci serviranno anche vestiti adatti» affermò Gaines. «Indumenti intimi termici, scarponi, berretti e giacche. L'hotel ne ha per gli ospiti?» Annuii. «Prendete quello che potete. Recuperate le carte. Fatelo in sicurezza, portate tutto nella reception, chiudetevi nell'ufficio. Ho ancora un piano da controllare, ma farò alla svelta.»

Lo lasciammo e scendemmo le scale di servizio. Il vento sferzava i vetri e il vecchio albergo cigolava in corrispondenza delle giunture mentre passavamo.

La stanza con la mappa era un'ex dispensa senza finestre ristrutturata, un ambiente al pianterreno con il soffitto alto. Era dominata dalla pianta appesa alla parete, un'enorme cartina topografica dei rilievi e degli avvallamenti fino a Fort William a ovest, la stessa fotografata da Alex Coben. Sotto, gli scaffali erano pieni di guide con i percorsi a piedi. Sotto ancora, il mobile conteneva l'attrezzatura invernale a disposizione degli ospiti del Mackinnon: una collezione di calzature e ghette, indumenti impermeabili ripiegati, calze ripiegate, sciarpe e berretti. Esaminai i bastoncini da trekking disposti con ordine, i treppiedi e le pale da neve con la lama piatta. C'erano corde da arrampicata avvolte e ramponi appesi ai ganci sul muro, sopra pile ordinate di scatole che contenevano binocoli e guide sulla fauna selvatica delle Highlands. C'era persino un armadio di giubbotti e giacconi imbottiti, tutti con un numero per il prestito. Presi un bel po' di attrezzatura e la portai nell'atrio usando l'*open space* per depositarvela. Gaines Due, tornato dalla sua perlustrazione, aprì le mappe. Jai si occupò di mettere insieme l'equipaggiamento e io mi ritirai al banco della reception con la radio mentre pensavo alle torce, aprendone la grossa base rivestita di gomma per sostituire le batterie.

Chiamai di nuovo. «Shelley? Mi sente?» Aspettai controllando nervosa l'orologio. Era quasi mezzanotte. «Shelley? Partiamo tra poco per venire da lei. Resista.»

Puntai i loro fasci nuovi, intensi sulla moquette dell'atrio, poi le sistemai in modo che illuminassero il mucchio dell'attrezzatura. Richiamai Talbot e guardai Jai dividere e selezionare i berretti, disporre gli scarponi in base al numero e scegliersi una giacca imbottita gialla. Gaines aprì due mappe. Il Mackinnon si trovava al confine tra la carta di Loch Laggan e quella di Invergarry. Senza rientrare nella prima o nella seconda, la prigione e l'albergo occupavano la fascia di terra in mezzo. Per orientarsi, erano necessarie entrambe. Riprovai con la radio. Attesi e ritentai ancora. Passarono dieci minuti. La posai e scelsi l'abbigliamento per me: scarponi da neve, un paio di pantaloni impermeabili e una giacca invernale. Presi un paio di guanti enormi rosa e blu, recuperai un berretto e attraversai l'atrio con la roba impilandola ai miei piedi e guardando la notte.

La radio crepitò. «Ci siete ancora?»

«Shelley!» Fui pervasa da una calda sensazione di sollievo. «Sta bene? Dov'era?»

«Ho cercato di uscire» rispose grugnendo. «Una cattiva idea. Penso di avere una commozione cerebrale. E devo avere un taglio da qualche parte perché sanguino.» La sua voce, segnata dal dolore, si affievolì. Grugnì di nuovo come se stesse cercando di muoversi. «L'abitacolo si sta allagando» aggiunse.

«Shelley?» Ora gli altri mi erano accanto, stavano ascoltando. «Stiamo venendo ad aiutarla» dissi. «Resista.»

«Sono da qualche parte sulla strada principale» sussurrò. «Non lontano dall'imboccatura del vialetto. Gaines sa. Spero che sia ancora tutto d'un pezzo. Cristo, che freddo. Antidolorifici. Bende. Un whisky sarebbe gradito...» Continuò a parlare ma la sua voce sembrava impastata e il segnale sparì.

«Mi serve solo qualche minuto per consultare le carte» ci informò Gaines Due. «Sto studiando una via più rapida per attraversare il bosco. Voi due cercate di recuperare qualsiasi altra cosa possa esserci utile.»

Tornati nella stanza della mappa, togliemmo di mezzo l'attrezzatura per camminare e guardammo imbraghi, ramponi e corde. Non sapevo niente di corde da arrampicata. Quelle appese sembravano così sottili da mettere paura– supposi che fosse lo standard – e anche enormi. Dodici o quindici metri ben avvolti. Ne srotolai un paio per confrontarle e rivolsi un'occhiata implorante a Jai.

Rispose con un'alzata di spalle. «Credi davvero che ci serviranno? Io non...»

La radio crepitò di nuovo. Mi allontanai e lasciai fare a lui. «Shelley? Sta bene?»

Udii una risata tirata, sofferente. «Sopravvivo. Avevo solo bisogno di un po' di compagnia. Di qualcosa su cui concentrarmi.»

«Sono qui. Si concentri sulla mia voce. Stiamo mettendo insieme l'equipaggiamento e le provviste, cercheremo di arrivare in macchina.»

Ogni comunicazione era inframmezzata da scoppiettii e sibili. Shelley sparì in quella nebbia di rumori, poi tornò. «In macchina? Siete pazzi.»

«Potremmo non arrivare fin là ma ci proviamo. Ascolti, Shelley, so che sembra strano, ma potrebbe descrivermi Gaines? Il poliziotto?»

Jai sollevò una corda con un punto di domanda negli occhi. «Non lo so. Prendi del whisky dal bar» gli dissi. «Ci sono alcune mezze bottiglie sotto il banco.»

«Remie?» esclamò la voce senza corpo alla radio.

Impiegai un attimo a recuperare il controllo. «Forza, lo descriva.»

«Dovete stare...» Shelley biascicava. Non capii il resto.

«Può ripetere?»

«... attenti. State attenti quando salite. Mi ricevete? Guardatevi le spalle.»

«Certo. Shelley?» Per un lungo minuto pensai a quello che aveva voluto dirmi. «Shelley?»

Gaines Due mi chiamò dall'atrio. «Remie, muoviamoci. Avremo non poche difficoltà.»

«Un momento!» gridai e premetti il pulsante in alto. Avrei perso la mia descrizione. «Shelley?» Nel silenzio che seguì, una sensazione di freddo si insinuò tra le mie scapole.

«Remie, dobbiamo andare!» urlò Gaines. «Cosa succede?»

«Aspetti!» strillai accostando la radio all'orecchio e trattenendo il fiato. Sentivo Gaines Due venire verso di me.

All'improvviso ci fu una scarica di rumori. «Non ha funzionato» disse Shelley Talbot.

Prima che potessi capire il senso delle sue parole, l'agente arrivò al banco. «È tutto a posto?»

«Se la caverà» dissi alla radio e mi rivolsi quindi a lui. «Non sta molto bene. Mi sembra un po' delirante.»

«Siamo pronti» replicò infilandosi una giacca da sci nera. «Andiamo.»

Jai tornò dal bar e ci riunimmo nell'atrio, chiudendoci le giacche e controllando le torce. Scelsi uno zaino e Jai mi porse l'alcol: una mezza bottiglia di single malt. La avvolsi in un pile, la infilai dentro, chiusi la cerniera lampo e me lo misi in spalla.

Per un soffio non ero riuscita a ottenere la descrizione di Gaines. Quel pensiero fu come una pugnalata.

17

Arrancammo nel parcheggio, Gaines Due in testa, io in coda. La bufera ci isolò ognuno nel proprio mondo e impiegai quel tempo per riflettere, per vagliare le poche certezze che possedevo. Shelley era in difficoltà. Di Alex Coben non c'era traccia. E dato che stavamo andando verso il garage, mi tornò in mente, per la prima volta da quando l'avevo vista, la misteriosa striscia di neve scostata. Ogni volta che ipotizzavo una spiegazione, apparentemente fondata e attendibile, crollava alla prima analisi. Il fatto che Gaines Uno avesse preso le chiavi del garage e dell'armeria, scelta inizialmente comprensibile, ora mi pareva sospetto. Tenere gli altri lontani dai fucili rivelava l'intenzione di proteggerci, però sottraendoci le chiavi del garage ci aveva anche impedito di andarcene, lasciandoci in trappola.

Al garage la striscia di neve si era trasformata in un'ondulazione. Gaines Due ignorò il portone basculante e provò la maniglia della porta laterale, passò quindi le dita sullo stipite sibilando tra i denti e ripeté la mossa con il portone. «Sono ben chiusi» annunciò. «Mi diceva di una finestra.»

Seguimmo il muro fin sul retro. Al riparo dietro l'edificio sentivo i nostri scarponi scricchiolare sulla neve più dura sotto le gronde. Il vento stava calando un po'. Sopra di me, tra gli alberi, c'era un susseguirsi di echi: una colonia di corvi stava chiacchierando.

Gaines studiò la finestrella. Era sopra le nostre teste, grande appena per poterci passare attraverso. «Signorina Yorke» disse. «O io o lei possiamo infilarci là.»

Ci guardammo. «Ci provo io.»

«Se io e il signor Parik la solleviamo, crede di poter rompere il vetro?» Mi porse la torcia. Si appoggiarono al muro di mattoni intrecciando le mani e mi alzarono. Cominciai cauta battendo sulla finestra con la base della torcia, ma finii per colpirla con forza. Il vetro cedette al terzo tentativo e usai l'impugnatura rivestita di uno spesso strato di gomma per ripulire l'apertura, dopodiché mi allungai e azionai il catenaccio. Illuminando l'interno, ebbi l'impressione di potermi calare e così mi infilai nella finestra. Conoscevo il garage piuttosto bene: cercai il banco di lavoro, atterrai goffa e mi scrollai la sporcizia di dosso. Gli interruttori erano sulla parete vicino al portone, perciò li raggiusi e li premetti.

Quello che vidi mi lasciò ulteriormente disorientata. Impiegai un istante, stordita com'ero, a rendermi conto del nuovo sviluppo.

C'era una maniglia nel portone e, con la testa che ancora mi girava, lo aprii; nel locale entrò l'aria da fuori. La notte era ancora più calma. La neve scendeva dritta, spettrale, senza più mulinare furiosa. I due uomini se la tolsero dalle giacche e osservarono l'interno, evidentemente sorpresi quanto me.

«Appartiene all'albergo?» chiese Gaines.

«No» risposi. «Non è uno dei nostri.»

Lo studiammo dalla soglia. Meglio osservarlo da lontano, vista la stranezza della situazione. Stavamo guardando un SUV nero: brillava sotto le lampade del soffitto come se fosse nuovo. Era una 4x4 come quelle a cui si affidano i contadini da queste parti. Ne avevo visti sulle strade principali, di solito incrostati di fango e carichi di appassionati di mountain bike, o su quelle sterrate, mentre avanzavano sobbalzando tra i campi e le brughiere. La portiera del guidatore era spalancata.

«Non ha targhe» notò Jai. Lo spazio sul paraurti anteriore era vuoto. Nel metallo lucido c'erano due fori per le viti. «Sembra nuovo di zecca.»

Gaines Due avanzò lentamente in punta di piedi. Non mi piacquero le implicazioni della sua postura, ma lo seguii lo stesso. Più da vicino notai che era stata usata. I passaruota alti erano coperti di fango e neve sciolta, i fari sporchi. Era logico: qualcuno doveva averlo guidato per arrivare lì, non era piovuto dal cielo. Pensai alla striscia di neve davanti ai portoni basculanti e immaginai una persona in possesso delle chiavi entrare con il grosso SUV in retromarcia ore prima, quel giorno. Scorsi le tracce, ormai secche, che aveva lasciato parcheggiando. Accanto c'erano i due mezzi dell'hotel, sembravano tristi e stanchi a fianco del vicino lucido, e al di là di essi il tavolo da lavoro con una parete di attrezzi appesi ai ganci.

Jai girò dietro al SUV e sbirciò nei finestrini posteriori. «Una Subaru Forester» disse.

«Le fa scattare qualche campanello, signorina Yorke?» Gaines era davanti alla portiera del guidatore, accanto al grosso fuoristrada sembrava un nano.

Riesaminai in fretta l'attività frenetica del pomeriggio tentando di ricordare se lo avessi visto arrivare, se un autista avesse consegnato un pacco o preso una chiave, se un ospite avesse chiesto un posto auto in più… ma pur sforzandomi in ogni modo di trovare una spiegazione ragionevole per quanto stavo vedendo, non giunsi a nessuna conclusione soddisfacente. Non avevo niente in mano, solo un puzzle da assemblare, un insieme di rumori senza un segnale.

Poi mi venne un lampo. Per un istante restai annichilita, senza fiato. Una verità che non avevo voluto riconoscere mi stava guardando dritto in faccia. Spesso ci vuole un fattore scatenante per rivelarla, un singolo evento che ti travolge come una scossa. In quel momento, nel garage, capii.

Mi immaginai nei panni di Troy Foley e seguii il ragionamento. Se fossi stato un prigioniero in fuga, di cosa avrei avuto bisogno? Di un cambio di abiti e di un'arma. Un agente ferito di un convoglio avrebbe potuto fornirmeli. E di cos'altro? Di un riparo. Il Mackinnon lo era, ma solo se l'incidente fosse accaduto nel momento e nel posto giusto: lo spazio tra le due cartine. Dieci minuti prima o dopo, e ti ritrovavi in mezzo a duecentocinquanta chilometri quadrati di montagne disabitate. E se la tempistica era giusta, cosa serviva ancora? Un mezzo per la fuga, tipo una 4x4 rubata nascosta nei paraggi. Fui attraversata da un'ondata di gelo.

Foley aveva un complice.

Dopo essere salito nel retro del cellulare, qualcun altro doveva aver orchestrato l'incidente. La stessa persona aveva forzato le porte posteriori per farlo uscire. Era ammanettato all'interno del mezzo? Immaginai di sì, il che significava che il complice aveva gli strumenti per liberarlo. E sempre quell'individuo avrebbe potuto lasciare la Subaru nel garage dell'albergo ore prima dell'incidente.

Dunque era stato tutto premeditato. Sapendo d'essere arrivato all'ultima ammonizione, Foley scatena una rissa a Porterfell. Il convoglio parte... Il complice doveva essersi organizzato nei giorni precedenti la fuga; chiunque fosse, avrebbe avuto bisogno di un luogo sicuro in cui lavorare. *Il Mackinnon*. A questo punto non c'era che la cruda matematica. Non ero io. Il resto del personale era partito e rimanevano soltanto altre due persone. Uno degli ospiti dell'hotel doveva essere qui sotto mentite spoglie per aiutarlo nella fuga. Alex Coben, che era scomparsa a colazione lasciando la stanza vuota o... Jaival Parik. L'uomo che la sera precedente mi stava registrando con il telefono. Le due possibilità mi lasciarono svuotata. Feci un profondo respiro.

«Non c'è nulla» stava dicendo Gaines Due mentre usciva dall'auto e si stirava la schiena. «O arriva appena uscita da una concessionaria oppure è stata pulita con gran cura.» Il suo accento del Nord deformò leggermente la parola "pulita". «Niente chiavi ovviamente. Dubito che troveremmo DNA da contatto.»

«Aspetti» fece Jai. Provò il bagagliaio e trovandolo aperto, sollevò il portellone. «C'è una borsa.»

Il poliziotto alzò lo sguardo con gli occhi luccicanti.

«Cosa diavolo sta succedendo?» chiesi. Forse "gracchiare" sarebbe stato un termine più accurato: avevo la sensazione che la gola mi si fosse ispessita, come se stessi respirando con++ una cannuccia.

«Non lo so» rispose Gaines spostandosi lungo la fiancata per raggiungerlo. «Quando Foley è arrivato questa sera, era a piedi?»

«Sì. Almeno... Sì, credo. In effetti non l'ho visto arrivare.»

Restammo fianco a fianco dietro il veicolo. Nel bagagliaio c'era una piccola borsa da viaggio: nera, grande quanto una sacca da palestra. Vidi che conteneva qualcosa.

Un ricordo, corrosivo come acido, emerse dal freddo.

Stavo pulendo il retro di un furgone con Cameron. A quel tempo lavorava per la banda di Foley, benché ancora non lo sapessi. Insegnavo a Edimburgo ed ero tornata per dare una mano alla mamma. Lei e papà si erano presi una pausa. Era a pezzi mentre sgombrava le sue cose sapendo, immagino, che non sarebbe più tornato. Mi fermai il fine settimana per tirarla su di morale. Comprammo alcune lattine di margarita e ci guardammo una partita insieme.

Poi Cameron telefonò. La mia reazione fu quasi un riflesso condizionato: presi freneticamente appunti, lo convinsi a dirmi un luogo, rassicurai la mamma e feci in modo di tenerla occupata – si incupiva se pensava troppo – dopodiché recuperai la lucidità con una tazza di caffè nero, prima di caricare un po' di bottiglie d'acqua in macchina e partire alla ricerca di mio fratello. Non credo sapessi neppure dove eravamo quella notte. Tornando da Londra, aveva avuto un guasto, era uscito in qualche modo dalla A1 e si era addentrato nella fitta campagna. Stava diluviando, ma alla fine individuai il furgone in una piazzola. Riconobbi le targhe, la vernice bianca coperta di sporcizia, e mi fermai accanto a un mezzo agricolo per mandargli un messaggio. Attesi ascoltando la pioggia tamburellare sul tetto, chiedendomi che diamine stesse accadendo. Emerse dall'abitacolo con un parka nero e un paio di anfibi sudici da deserto, si avvicinò sotto la pioggia scrosciante e si sedette accanto a me. Odorava di bevande energetiche e cannabis. Aveva i capelli unti – se li stava lasciando crescere – tutti sparati, a ciuffi, e le dita gli tremarono quando si asciugò le mani sui jeans. All'epoca aveva diciannove anni.

«Hai portato la roba?»

Annuii. «È tutto nel bagagliaio. Cosa sta succedendo?»

Si passò le dita sulla testa, dalla fronte alla nuca, lasciandosi delle strisce rosse sul cuoio capelluto. «Ho avuto un guasto. Ho dovuto trasferire la merce su un altro veicolo. Devo ripulire questo e lasciarlo. Abbiamo due ore prima che vengano a prenderlo» affermò, indicando con un cenno il mezzo abbandonato sotto la pioggia. «Puoi darmi un passaggio una volta finito?»

Quando aveva tredici o quattordici anni, sarebbe stato un invito a sbottare: "Ho guidato per ore, dove diamine siamo, cosa stai combinando..." ma ormai eravamo oltre l'indignazione, la rabbia, la delusione. Quelle parole erano un copione che non avevamo più bisogno di recitare, perciò ci attenevamo a ruoli più pacati, lui brusco ma mortificato, io silenziosa e paranoica. «E se ci vedesse qualcuno? Se passasse la polizia?»

«Metti la macchina dietro quegli alberi» mi suggerì. «Se ci sbrighiamo, possiamo farcela.»

«Cosa dobbiamo pulire?»

Mi guardò. «Impronte, fibre.»

Quella notte era la prima volta che mi chiedeva qualcosa di così grosso, e mi sembrò significativo. Capii che implicava una struttura organizzata, una rete di corrieri. Una logistica segreta. Era un bel salto rispetto al furgoncino bianco e a Danny Franks. «Muoviamoci» dissi. Ci avvicinammo al mezzo, ci chiudemmo nel retro per non bagnarci e distribuii gli attrezzi. Con addosso degli stupidi guanti di gomma pulimmo l'interno di metallo con le pagliette e la candeggina mentre la pioggia batteva sul tetto. Armati di spugnette e detergenti spray, passammo poi ai sedili dell'abitacolo e al cruscotto.

Ogni volta che vedevo Cameron – a due anni dalla sera della macchina fotografica le occasioni erano sempre più rare – toccavo l'argomento della fuga, della possibilità di reinventarsi, e quella notte non fu diverso. «Devi smetterla» affermai. «Se continui così, puoi finire solo in un posto.»

Stava pulendo le pareti, abbattuto e sfinito. Non rispose finché non lo incalzai di nuovo. Alla fine mi sentii dire: «D'accordo, cazzo, la vuoi piantare?».

«Se solo potessi mettere da parte qualcosa a ogni lavoro... Accantonare per il futuro; un po' alla volta si accumula, te l'assicuro. E prima che te ne accorga, avrai abbastanza.» Da qualche tempo stavo tentando l'approccio del risparmio. L'anno precedente aveva ripreso a studiare per il diploma, ma aveva mollato il college perché era un intralcio per il lavoro. Quando lo avevo assillato, aveva confessato che guadagnava troppo bene per rinunciare; da allora non facevo che predicare noiosamente i vantaggi di crearsi un gruzzolo. «Prendi la paga» continuai «e metti via solo il dieci percento. Non ti accorgerai nemmeno che non c'è. Nessuno deve saperlo, tranne te.»

Alzò lo sguardo. La pioggia era cessata. «Ne abbiamo già discusso, Rem.»

«Sì, be', lo hai fatto?»

«Più o meno» rispose enigmatico.

«Cosa significa?» Mi rendevo conto che era un momento chiave, una svolta potenziale ma avendo lavorato con tanti giovani problematici, sapevo che qualsiasi risultato andava confermato e corroborato. Non potevo insistere oltre. Quando non rispose, dissi: «Magnifico, Cam. Davvero. Non te ne pentirai». Cercai di strappargli un sorriso, ma lui era impegnato a pulire. «Anche se hai iniziato con poco,» aggiunsi «la somma crescerà. Stai facendo dei passi avanti, Cam. Sono proprio fiera di te.»

In quell'istante alzò lo sguardo, un'espressione indecifrabile sul volto. Fu allora che udimmo l'altro motore. «Merda» sibilò, terrorizzato come mai lo avevo visto prima. Compresi che aveva paura per *me*. «Sono arrivati in anticipo. Torna in macchina. Vai.»

Corsi tra le pozzanghere. Un grosso camion passò in mezzo all'acqua stagnante sollevando ali grigie ai suoi lati. Poco dopo arrivò una Lexus nera. Guardai dalla mia auto con il cuore che mi batteva forte, i fari spenti, il parabrezza sempre più appannato via via che scaldavo l'interno, felice della presenza del mezzo agricolo infangato al mio fianco. Una figura spuntò dalla macchina: una sagoma sottile, femminile, incappucciata, con un piumino e un paio di stivali pesanti. Non guardò dalla mia parte. Parlò con Cameron, fece una chiamata, poi aprì la portiera dell'auto e indicò al passeggero di scendere. Un uomo uscì e si avvicinò al furgone, lo ispezionò, quindi prese le chiavi da Cam. Il camion si immise sulla strada e accelerò allontanandosi nel buio. Guardai i suoi fanali scomparire. La donna risalì in macchina e lo seguì.

Cam era rimasto nella piazzola, si stava abbracciando con le spalle dritte e la giacca fradicia. Sembrava avere ancora tredici anni. Lo accompagnai a casa sotto un cielo notturno terso e per tutto il tempo restò chino in avanti, fin dove la cintura di sicurezza glielo consentiva, a guardare le stelle.

Dopo un lungo silenzio chiesi: «A cosa stai pensando?». Non so cosa sperassi di sentirmi rispondere. Qualcosa tipo *Al modo di uscirne*. Oppure: *A risparmiare un po' di soldi come hai suggerito*. O: *Mi dispiace*.

Invece disse: «Ci sono più di sessanta telescopi là fuori, sai. La gente ci arriva da tutte le parti del mondo».

Ero rimasta spiazzata. Eravamo poco a sud di Durham. «Dove?»

«Nel deserto di Atacama» replicò.

18

«Non tocchi la borsa» mi disse Gaines Due. Si chinò a esaminarla girandosi poi verso di me. «Chi ha accesso al garage?»

Deglutii, cercando di rallentare il respiro. «Io… I sorveglianti. Gli ospiti pagano una tariffa addizionale per parcheggiare al chiuso.»

«Potrebbe appartenere a un cliente? Alla donna scomparsa, Alex Coben?»

«No. La sua auto è fuori sotto la neve insieme a quella di Jai. Non ho mai visto questo veicolo. Qualcuno deve averlo portato qui.»

«Qualcuno che ha accesso al garage.»

Jai giocherellava con il suo cappellino e osservava i sedili posteriori dai finestrini. «Allora perché è qua?»

«Qualcuno ce lo ha messo di proposito.» Gaines inarcò la schiena, dal suo volto traspariva chiaramente la sofferenza. «Forse con l'intenzione di usarlo stasera. Non posso esserne certo, ma credo che questa borsa sia sicura. Vedrò di aprirla.»

Io e Jai indietreggiammo guardandolo controllare il respiro, allungarsi molto lentamente nel bagagliaio e abbassare a poco a poco la cerniera lampo. Attese, poi allargò l'apertura e vi infilò dentro una mano. Estrasse qualcosa.

Si raddrizzò. «Abiti» annunciò sollevando una felpa grigio chiaro con la fodera di pile. «Da uomo. Taglia...» Verificò il colletto. «Hanno tagliato le etichette.» La piegò e la rimise in borsa. «Jeans» disse. «Sembra che ci siano anche degli indumenti intimi. Berretto e guanti. Il cambio di vestiti di qualcuno.»

«Ma perché tutto questo abbia una sua utilità,» commentò Jai passando una mano sul tetto del fuoristrada «l'incidente di prima... be', non poteva essere tale.»

Il poliziotto scrollò le spalle. «Potrebbe essere vero, ma non sono qui per fare congetture. In questo momento ho due compiti: proteggere i civili e ricatturare Troy Foley. Perciò andremo a prendere Talbot e lo faremo insieme, in sicurezza. Come sia avvenuto l'incidente è un problema di qualcun altro.»

Gaines indietreggiò mentre rifletteva con le braccia incrociate e il mento abbassato sul petto. Mi spostai lungo il lato del guidatore fino alla portiera aperta e mi infilai all'interno osservando il volante, la lucentezza dei comandi nuovi, la tappezzeria spazzolata. Sotto la leva dei tergicristalli, sul cruscotto, c'era il pulsante di accensione. Qualcuno da qualche parte aveva la chiave che consentiva l'accensione del motore. Allungai curiosa una mano.

«Signorina,» abbaiò Gaines Due «le chiederei di non contaminare potenziali prove. Non tocchi niente.»

La parola "prove" mi suscitò a poco a poco una sensazione terribile. Sarebbe diventata una scena del crimine. Io sarei stata una testimone. Nel giro di alcune ore avrei dovuto prendere un aereo. Evocai il caldo e il baccano dei bar nell'atrio dell'aeroporto, le risate allegre nella coda al check-in, la musica di sottofondo. Famiglie, bagagli a mano, giornali e bevande omaggio, senso di potenzialità, la possibilità di fuga. Heathrow, Madrid, Santiago. Chiusi gli occhi e me li asciugai soffocando le lacrime di frustrazione e sforzandomi invece di pensare a Shelley Talbot.

Gaines Due attraversò il garage e sollevò la porta basculante dall'interno. Il vento si infilò dall'apertura raffreddando la stanza, passandomi le sue dita gelide tra i capelli. Jai uscì nell'oscurità e io lo seguii. Fuori il bosco aveva ripreso a emettere i suoi lamenti. Stavolta però era diverso. Al di sopra dell'eco degli scricchiolii c'era un rombo, simile al rullo di un tamburo.

Jai mi guardò allarmato. «Questo è il rumore che fa una valanga?»

Allungai il collo scrutando il buio pesto tra gli alberi incombenti. Arrivava da un punto più in alto sulla montagna e sembrava un tuono. L'albergo, a ridosso del monte, dava l'impressione d'essere sicuro, protetto dalle rocce e dalla foresta, riparato dagli elementi. Ma non adesso. Se stava scendendo una valanga, eravamo proprio sulla sua traiettoria. Quel minuscolo edificio sarebbe stato sommerso da un muro di neve che si trascinava dietro i pini abbattuti. Saremmo stati schiacciati come insetti. Mentre ascoltavamo, il rombo crebbe di intensità echeggiando contro il versante della montagna e trasformandosi in un boato sordo. Poi si attenuò e cessò lasciando spazio al silenzio.

Gaines Due ci raggiunse, la cartina aperta in mano sollevata dal vento. «Il manto nevoso non è stabile» spiegò. «È escluso andare in macchina in queste condizioni.»

Quasi fosse d'accordo, la neve gemette di nuovo e ci guardammo tutti e tre simultaneamente osservando la notte attraverso le cime scure degli alberi. «Non mi piace» disse Jai, irrigidito per l'adrenalina.

L'agente studiò la mappa. «Dovremo salire a piedi.»

Non ci furono obiezioni da parte nostra. Qualsiasi prospettiva di prendere l'auto il giorno successivo sembrava sempre più remota. Scacciai il pensiero.

«Seguendo un tracciato nel bosco, dovremmo essere protetti dal vento» stava dicendo Gaines Due. «Il vialetto è troppo esposto, e guardate: ci fa salire a zig-zag nella direzione sbagliata.» Indicò la strada. «Una volta in cima, dovremmo girare a sinistra e continuare a camminare. Per chilometri. Se invece troviamo un sentiero...» Si interruppe esaminando i cedri e i pini che partivano in fondo al vialetto e ricoprivano il ripido versante.

Io e Jai controllammo la cartina al di sopra delle sue esili spalle mentre passava un dito sulle strette curve di livello. Avevo esplorato i sentieri nelle giornate libere, l'estate precedente: gli alberi crescevano ravvicinati soffocando il sottobosco, al punto che il terreno era torboso e friabile, spesso nascosto da tappeti spessi e appiccicosi di aghi. Il fianco del monte era ripido. Non verticale, ma abbastanza impegnativo da rendere impossibile salire direttamente. L'unico modo era costeggiarlo, percorrerne i sentieri che tracciavano lunghe diagonali verso l'alto senza perderne di vista le curve. Era comunque sempre più rapido che prendere la strada. «Se facciamo attenzione» dissi indicando la carta «possiamo seguire un itinerario del genere... e spuntare più o meno qui. Poi seguiremo la strada di montagna. Il luogo dell'incidente dovrebbe essere da qualche parte in questa zona, presumo.»

Gaines grugnì. «Penso di sì.» Alzò lo sguardo per controllare nuovamente i pini e li indicò. «Quindi seguiamo il vialetto nel primo tratto e dopo saliamo tra gli alberi laggiù. Risparmieremo un'ora, però non sarà semplice. Io sono sceso da quella parte dal luogo dell'incidente e per poco non sono caduto. Ci sono delle vaste zone rocciose.»

Assentii. «Massi esposti,» spiegai a Jai «improvvise pareti di roccia. Dovremo aggirarli.»

Gaines ripiegò la cartina. «Mettiamoci in cammino» esclamò.

All'inizio imboccammo il vialetto per un tratto relativamente facile di ottocento metri. All'altezza del primo tornante mi voltai a guardare il Mackinnon. In circostanze normali le luci lontane sarebbero state visibili, invece notai solo il profilo dei muri di mattoni nella nevicata che si stava attenuando. Nel fondovalle, dal parcheggio, il mio sguardo era sempre stato attirato dai bovindi della sala da pranzo, dalle mantovane bianche e nere dei timpani e dalla torre dell'orologio ricoperta di edera. Visto dall'alto, l'hotel poteva essere osservato nel suo insieme, e da lì sembrava buio e piccolo rispetto alle pendici imbiancate e ricoperte di vegetazione, del Farigaig, non un albergo sicuro con i muri di pietra, piuttosto una macchiolina insignificante.

Gaines Due stava litigando con la cartina, il vento la sferzava mentre controllava un'ultima volta la nostra posizione. Lo raggiunsi e lui indicò il tragitto nel bosco fino alla strada. «Di qui?» chiese.

Annuii per conferma. «Il fianco del monte è attraversato da sentieri. Dipende solo da quanta neve si è accumulata sugli alberi.»

«Sarà buio là dentro» osservò Jai estraendo la torcia.

Guardammo in alto valutando l'oscurità e assentimmo. Il bordo del vialetto era un muro squadrato di neve accumulata dallo spazzaneve la settimana prima. Faticammo a scavalcarlo, scendemmo sull'altro lato più morbido e fondo, e guadammo fino alla linea degli alberi con le torce che squarciavano la tenebra.

Infine entrammo nel bosco.

I tronchi erano vicini, a non più di un metro l'uno dall'altro. Nei punti esposti il vento si stava già esaurendo; lì l'aria era immobile e spettrale. In un primo momento costeggiamo il versante, perciò camminare fu facile sul terreno ricoperto d'aghi di pino e neve. Ben presto però piegammo a destra e cominciammo a salire. A ogni passo dovevamo piantare bene gli scarponi e affondavamo con un lento scricchiolio fino al ginocchio. Mentre mi arrampicavo, provai la curiosa sensazione di avere contemporaneamente i polpacci in fiamme e i piedi intirizziti. Il pendio era implacabile. Via via che ci facevamo strada, illuminavo le pareti di roccia verticali con la torcia per scoprire che erano sovrastate da cornici ghiacciate, masse di neve sporgenti che creavano l'illusione di sicurezza ma potevano rompersi facendo precipitare all'improvviso gli incauti. Un gufo bubolò mesto, deridendomi mentre facevo penosamente luce per studiare la neve e la pendenza della valle. Adesso eravamo in alto. Se fossi stata tanto sfortunata da cadere, l'unica cosa che mi avrebbe impedito di scivolare nel buio sarebbe stato sbattere contro un albero. Nessuno avrebbe trovato il mio corpo per settimane.

Alla fine raggiungemmo un altopiano e ci riunimmo nell'oscurità, ansimanti e sudati, ad ascoltare i versi dei corvi. Eravamo all'altezza delle chiome degli alberi che crescevano più in basso, in mezzo a un bel po' di neve, su un affioramento roccioso. Non ci azzardammo ad avvicinarci al bordo. La neve era un ammasso di fastidiosi blocchi, forme bianche che sembravano tagliate da una parete di roccia. Era anche fonda, a ogni passo sprofondavo fin sopra il ginocchio, quindi sembrava più di guadare che di camminare.

«Mi serve un minuto» ansimò Jai. Aveva il cappuccio stretto attorno al viso ma vedevo la patina di sudore sulla sua pelle.

Le nostre luci oscillanti tingevano di un grigio antico la foresta sopra di noi, tutta tronchi deformi, cespugli incolti e stentati. Sentivamo ticchettare i fiocchi tra i rami. Il percorso era talmente ripido che dovevamo tirarci su da un tronco all'altro, salendo al buio lungo quello che sembrava un sentiero inesistente.

Riposammo. Gaines Due si toccò delicatamente la fronte con le dita per controllare se ci fosse sangue. Si schiarì la voce e sputò nella neve. «Vado avanti io» affermò. «Controllo che il terreno sia sicuro.»

Gli risposi sollevando il pollice. Cominciò ad arrampicarsi goffo tra le rocce lungo il pendio. Lo udii grugnire mentre si aggrappava agli alberi e osservai il fascio dondolante della sua torcia, simile a un fuoco fatuo, mentre procedeva a fatica. Piantando un piede dopo l'altro, arrancammo per mezz'ora con le gambe che ci bruciavano per lo sforzo. Persi spesso di vista l'agente e mi limitai a seguire con attenzione le sue impronte, guidata dal bagliore della sua torcia fra i tronchi e i rami più in alto. Dal modo in cui sussultava e oscillava, si capiva che ogni metro era duramente conquistato. In quei tratti c'erano dune bianche ripide, alcune alte il doppio di me, composte di strati compatti di neve che si innalzavano per poi precipitare. Si spaccavano e si muovevano sotto i nostri scarponi. Una volta udii uno strillo alle mie spalle e mi voltai puntando frenetica la torcia di qua e di là.

«Tutto okay. Sto bene. Sono a posto» farfugliò Jai sotto di me. Distinsi un lampo giallo mentre si tirava su, si scrollava la neve dalla giacca e alzava una mano. «È colpa mia.»

Lo aspettai togliendomi la neve dai guanti e pulendomi i capelli. Salimmo ancora. Alla fine il terreno iniziò a diventare pianeggiante e il bosco si diradò. Mi appoggiai a un pino contorto; il suo tronco sottile si incastrava alla perfezione tra le mie scapole. In quel punto le chiome degli alberi si piegavano nel vento sempre più debole, il che significava che stavamo arrivando al limite del bosco. Era quasi l'una.

Jai si fermò accanto a me, il cappuccio sempre ben stretto sotto il mento e la pelle sudata alla luce della torcia. Si piegò in avanti posando le mani sulle ginocchia. «Impossibile tornare da questa parte» affermò. «Immagina come dev'essere scendere al buio...»

«Non c'è da stupirsi che sia caduto e abbia perso la pistola» ansimai.

«Dov'è?» chiese Jai sollevando la testa.

Illuminai gli alberi fantasma e i cumuli di neve luccicanti. Forse era andato a controllare la strada. Una scia bianca di impronte di scarponi confermò la mia ipotesi. «È andato in esplorazione» dissi.

Ci riposammo mentre il nostro alito velava i rami più bassi condensandosi. Fui scossa da uno scoppiettio, ma lo attribuii al brusio degli alberi. Poi si ripeté e mi resi conto che proveniva dalla mia tasca.

La radio aveva ripreso a trasmettere.

19

Estrassi l'apparecchio dalla tasca. «Shelley. Siamo vicini alla strada. Credo che Gaines sia andato avanti, dev'essere quasi da lei. Come va? Shelley?»

«Be', sono ancora qui» rispose con voce roca. «Non riesco più a sentire molto, tranne la gamba. Pulsa come una dannata.» Rise debolmente. «scusi il linguaggio.»

«Resista» le ripeterei. Mi tirai su e avanzai. «Saremo da lei tra venti minuti. Riesce a camminare? La porteremo con noi se necessario.»

«Sono raggomitolata nell'acqua. Non riesco a muovermi. Non so come mi tirerete fuori dall'abitacolo. Magari dal parabrezza.» Fece una pausa. «Ha portato il whisky?»

Sorrisi. «Single malt.»

«Cosa non darei per un ultimo...» Il segnale divenne disturbato, la sua voce una scarica indecifrabile di rumori.

Non mi piacque l'uso della parola "ultimo", perciò continuai a parlare. «L'ho persa, ma forse sta diventando un po' monotona a forza di parlare di whisky. Io apprezzo il gusto, Shelley, i postumi della sbornia non tanto. Quando saremo all'albergo potrà comunque assaggiare i nostri marchi migliori, invecchiati nelle botti. Ha preferenze? Shelley?»

«Dobbiamo andare» intervenne garbato Jai.

«Sto cercando di mantenere viva la sua attenzione.»

«Lo so. Ma dobbiamo seguire Gaines.»

«Va' pure avanti, se vuoi. Mi fermo ancora un istante. Ehi, Shelley.» Impugnai meglio la radio. «Riflettendoci, ci conosciamo da quasi due anni ormai. Pensa un po'. Scommetto che non le mancano i giorni di Porterfell, eh?»

Mentre cercavo di tenere sveglia Shelley, tornai indietro di un anno. All'ultima visita che avevo fatto a Cameron, all'ultima volta che lo avevo visto vivo. È un incontro che avevo rievocato e rivissuto spesso, benché a quel tempo non avessi un motivo particolare per imprimermelo nella mente; l'unico elemento che aveva reso diversa quella visita era stata una frase enigmatica, forse una confessione, a metà di un discorso altrimenti banale. Ascoltare Shelley lo fece riemergere all'improvviso.

Cameron stava iniziando a cambiare aspetto, stava perdendo quella vulnerabilità infantile che gli avevo visto negli anni difficili dell'adolescenza e si stava irrobustendo. Quando si piegava in avanti, le sue braccia erano grosse e muscolose, le spalle larghe e massicce. Si era fatto crescere i capelli, che gli si arricciavano sulla nuca. Aveva gli occhi più scuri e una folta barba corta sulle mascelle. Sembrava in forma. Io, viceversa, quel mattino avevo appena finito un turno di notte e saltato la colazione per raggiungerlo. Ero stanca e affamata. Mi sentivo irritabile quando lasciai la borsa e il telefono all'ingresso. Anche se avevamo chiacchierato al bar il venerdì sera, a Porterfell Shelley restava inespressiva e muta mentre mi accompagnava nella sala visitatori. Era una giornata calda, e quello spazio chiuso puzzava di corpi accaldati e noia. La mia sedia di plastica con lo schienale rigido, particolarmente scomoda in quell'occasione, cigolò mentre cambiavo posizione. Le sottili strisce di luce illuminavano i granelli di polvere.

Stavamo parlando del corso di inglese che Cameron stava seguendo quando esclamò a sorpresa: «Ti ricordi la notte in cui abbiamo pulito il furgone?».

Non era stata l'unica in cui avevo percorso strade secondarie o viottoli deserti di campagna per salvarlo da qualche situazione terribile, ma me la ricordavo ugualmente molto bene. La donna che era arrivata mentre stavamo finendo le pulizie, Cameron che conversava con lei, il viaggio di ritorno a casa in silenzio e lui che aveva osservato le stelle per tutto il tempo. A volte, mentre rivedo quella e molte altre scene, sussulto davanti alla metodicità con cui gli facevo prediche, tentavo di convincerlo con le lusinghe e insistevo perché vivesse in modo diverso. Sempre quei discorsi monotoni, quel tono smanioso. Mi annoiavo io stessa con quegli argomenti ripetitivi; Dio solo sa cosa doveva essere stato per il mio povero fratello in trappola.

«Abbiamo grattato l'interno di quel coso fino a farlo splendere» risposi riuscendo a sfoderare un sorriso. Sentivo un dolore persistente dietro all'occhio sinistro.

Lui ricambiò. «E non la smettevi di ripetere che dovevo risparmiare, ricordi?»

«Risparmiare?»

«Metti da parte qualcosa ogni volta che fai un lavoro. "La somma crescerà"» ripeté facendo il gesto delle virgolette con le sue mani grosse, dalla pelle ruvida.

«Allora era un'ossessione.» Sorrisi. «So di aver insistito. Stavo solo cercando di aiutarti.»

«Be', lo hai fatto. Mi hai aiutato.» Dopo diventò serio, si mosse sulla sedia e allungandosi in avanti aggiunse con tono cauto e pacato: «Ho una cassetta di sicurezza». Fu come se l'aria si fosse mossa e, nonostante le mie migliori intenzioni, mi irrigidii e mi ritrovai a scrutare la sala. Cameron si schiarì la voce, e appena lo guardai di nuovo, scosse quasi impercettibilmente la testa. «Una cassetta di sicurezza» bisbigliò di proposito. «E dentro c'è una borsa. Mi stai ascoltando con attenzione? Sono stato molto bravo.» Sapevo di non dover rispondere. «Smart Storage» aggiunse. «Filiale di Aberdeen. È di dimensioni piccole, intestata a te. Con una borsa dentro.»

Il mio polso accelerò. «Smart Storage» ripetei. «Okay.»

«Sei sempre stata buona con me» proseguì. «Se dovesse succedere qualcosa, voglio che tu la prenda. Tutto quello che contiene è tuo.»

«Cameron...»

«Non facciamo i sentimentali, Rem. Sono i miei risparmi. C'è un codice per la serratura digitale. Sei pronta?» Attese, serio, finché annuii. «È una data. Importante.» Mi diede le sei cifre. Era un giorno di febbraio di due anni dopo, senza alcun significato particolare da quel che mi risultasse.

«Afferrato» dissi. «Ma che rilevanza ha?»

Fu allora che mi raccontò delle congiunzioni, date particolari in cui, nel momento giusto e nella parte giusta del mondo, l'inclinazione della Terra sul suo asse e l'allineamento dell'universo erano tali che potevi vedere due o tre pianeti insieme nel cielo notturno. Un evento raro e speciale, precisò, e nelle giuste condizioni indimenticabile. Aveva un'espressione calma e neutra quando proseguì. «Non scordarti quella data, okay? Ho pagato in anticipo la cassetta per i prossimi diciotto mesi.

Quando terminerà il noleggio, dovrai prolungarlo o prelevarne il contenuto.»

Tutto qui. Con la stessa velocità con cui la digressione era iniziata, terminò. Cameron sorrise, si passò le mani sui pantaloni della divisa e disse: «Bene, *Uomini e topi* prende il nome da un verso di Robbie Burns, giusto? Ma è ambientato nella campagna agricola americana. Perché mai?».

Quindici minuti dopo suonò il cicalino e la mia visita finì. Ci alzammo insieme e ci abbracciammo impacciati. Avevamo cominciato a farlo solo quando era entrato in carcere, ed essendo ben poco abituati, non riuscimmo mai a essere molto sciolti. Osservai la guardia condurlo verso la porta in fondo, poi presi la mia roba alla reception e tornai all'auto.

Ero riuscita a restare piuttosto stoica durante gran parte delle visite, ma non in quella. Mi aveva ascoltato. Aveva cercato di cambiare, di risparmiare qualcosa. Solo, lo aveva fatto troppo tardi. Piansi seduta al volante per molto tempo. Le lacrime continuavano a scendere. Quando alla fine tornai al Mackinnon, avevo il cuore a pezzi, gli occhi gonfi, ma la mente più lucida. Nella mia stanza andai sul sito di Safe Storage, memorizzai la sede, salvai il numero di telefono e creai un nome fasullo nella mia rubrica aggiungendo il codice a sei cifre che mi aveva detto Cameron. Un mese dopo era morto.

La radio sibilò. Shelley era tornata. «Non ha funzionato» disse. Tanto per cominciare, non sapevo se parlasse in modo oscuro perché ero persa nei miei ricordi o se ci fosse qualche altra ragione. Scossi la testa per concentrarmi.

«Può ripetere? Shelley?» Mi sforzai di sentirla, la radio premuta contro il cappuccio della giacca.

«Ho combinato un casino, non sono riuscita a rimanere sulla strada.»

«A causa delle condizioni però. Non è colpa sua. La società non avrebbe dovuto costringerla a guidare con una bufera del genere.»

Quando la sua voce tornò, era molto più debole, stava scomparendo tra le scariche statiche. «Devo dirle di suo fratello» affermò.

Sentii le gambe contrarsi e vacillare. «Cosa intende, Shelley?»

«Io c'ero. La sera in cui è stato ucciso.»

Mi si aprì una voragine nello stomaco.

Stavo cercando di rispondere qualcosa senza riuscirci, quando proseguì. «L'anno scorso, in gennaio. A quel tempo ero una guardia carceraria. È scoppiato tutto nella sala ricreativa. Una storia di bande. Hanno coperto le telecamere...» La sentii grugnire e deglutire. Seguirono altri scoppiettii e infine tornò. «Io e altri tre siamo rimasti intrappolati là. È stata una carneficina. Cameron è stato pugnalato. L'ho visto morire dissanguato. Mi spiace tanto, Remie, non c'è stato niente che potessi fare.»

Riuscii a raggiungere un albero, scivolai lungo il tronco fino ad accucciarmi, la spalla della giacca impigliata sul moncone di un ramo rotto. «Cos'altro?» gracchiai.

«Non ho potuto chiamare un medico. Ci avevano chiuso dentro.» La udii spostarsi, imprecare per il dolore. «Volevo dirglielo da tanto ma... avevo firmato un accordo di non divulgazione. Immagino che ora sia un po' troppo tardi.» Sparì di nuovo. Aspettai di sentire altro. Ci fu una raffica di interferenze, simili a un beffardo scroscio d'applausi, poi più nulla.

«Shelley?» riuscii a dire. Ero vuota e nello stesso tempo sul punto di esplodere.

«Remie» Jai mi chiamò chinandosi e allungando una mano per tirarmi su. «Dobbiamo continuare a muoverci. Dobbiamo trovare Gaines.» Un attimo dopo vide la mia faccia e si ritrasse.

«Shelley» affermai decisa. Stavo pensando all'indagine infinita successiva alla morte di Cameron, alle sintesi scritte che avevo ricevuto con la posta e alla loro prosa contorta, al duro ostruzionismo incontrato anche quando ci appellammo. Impossibile giungere a conclusioni sostanziali, avevano dichiarato le autorità di Porterfell, data la mancanza di prove. «Shelley, è ancora lì? Devo sapere, Shelley. Chi ha ucciso Cam?»

Ciò che disse dopo mi lasciò senza fiato. «Ho visto» dichiarò.

Mi sentivo incandescente sotto il berretto. La pelle mi prudeva. «Chi?» mormorai. Niente. Attesi scrutando la strada al di là degli alberi, guardando l'aria notturna tremolare, i fiocchi piegarsi e roteare. Jai restò a distanza.

«Ho perso un sacco di soldi» bisbigliò infine Shelley. «Proprio tanti. Non riuscivo a smettere. Mi serviva una via d'uscita.»

«Tenga duro, Shelley» riuscii a dire con il fiato corto e la voce roca, secca.

«È tutta colpa mia. Sono stata egoista. Ho accettato il patto.»

Non volevo sentire queste cose. Non volevo scoprirne il senso. Esiste un fenomeno chiamato "selezione dei segnali" indotta dallo stress: un calo dell'attenzione che porta a prendere decisioni sbagliate in situazioni d'emergenza. È quello che stavo facendo, stavo passando troppo rapidamente alle conclusioni sbagliate. Shelley non stava confessando qualcosa. Non poteva essere. D'altronde, qualcuno doveva aver orchestrato l'incidente. Qualcuno doveva aver parcheggiato la 4x4 nel garage dell'albergo. Shelley era una cliente abituale del bar e – quell'aspetto era incriminante – guidava il trasporto carcerario.

«Quale patto?» gracchiai accostando la radio all'orecchio.

Adesso era ammutolita. «Mi sono venduta l'anima.» Rise sommessamente. «Non ha più importanza. Sono spacciata.»

«Resista» risposi ma mi uscì in un sussurro. Una scarica di interferenze mi esplose nell'orecchio facendomi strillare dal male e scostare la radio. L'avvicinai di nuovo esitante e la udii ancora una volta.

L'ultima cosa che Shelley disse mi giunse chiara, la sua voce per un attimo suonò ferma. «Voglio che sappia» affermò «che sono stati gli uomini di Foley a uccidere suo fratello.»

20

All'improvviso si scatenò in me un fuoco che covavo da tredici anni. Non era un semplice sentimento: il dolore o l'afflizione non ardevano con tanta violenza da scaldarti, invece questa cosa in me avvampava brutale e selvaggia. Uno dei due uomini che si facevano chiamare Gaines era responsabile dell'omicidio di mio fratello e io avrei scoperto quale. Poi avrei fatto tutto quello che era in mio potere per punirlo. Avrei fatto sì che la morte di Cameron significasse qualcosa. La certezza brillò in me come un'alba, intensa e corroborante.

Avanzai nella neve e raggiunsi Jai sul ciglio della strada. Più avanti il Farigaig si innalzava verso le nubi, i suoi fianchi innevati luccicavano nella quiete. Il vento era scomparso e finalmente il paesaggio era tranquillo. Riuscivo a distinguere la rete dei muretti a secco, i solchi dei canali di scolo, le collinette d'erba intricata. Controllammo la strada a destra e a sinistra. Era una striscia bianca sempre più piccola che in lontananza veniva inglobata dalla neve. Le previsioni meteo erano state molto accurate. Era da poco passata l'una di notte e in alto il cielo stava iniziando a rasserenarsi.

Dopo un chilometro e mezzo in quel silenzio innaturale apparve un veicolo. Un faro illuminava la neve.

Un'unica auto della polizia. Le luci sul tetto ruotavano ancora lentamente colorando a intermittenza la notte di rosso e di blu. A mano a mano che ci avvicinavamo, la sua sagoma divenne più nitida: la parte anteriore era danneggiata, il faro rotto simile a un occhio cieco.

Sentii la mano di Jai sul braccio e mi chinai verso di lui. «Dov'è Gaines Due?» domandò. Risposi con un'alzata di spalle. «Sta' attenta» mi disse.

Restammo al centro della strada. Sentivo i catarifrangenti a pezzi sotto gli scarponi mentre avanzavamo. Più avanti udii il ticchettio delle luci di emergenza. Dal parabrezza fracassato la macchina sembrava vuota. Una luce di cortesia all'interno tremolava illuminando i sedili e i poggiatesta. Un rosario pendeva immobile dallo specchietto retrovisore. *Un bravo ragazzo cattolico*, pensai spostandomi a sinistra. Ebbi così una visuale migliore e mi accorsi che il bagagliaio era aperto.

Mi avvicinai e Jai mi seguì. Rallentai a ogni passo percependo uno strano distacco, come se fluttuassi e le mie gambe appartenessero a qualcun altro. Il battito del mio cuore si trasformò in un martellio insistente che a ogni colpo mi offuscava la vista con una miriade di stelle argentee. Mi avvicinai ancora. C'era qualcosa di raggomitolato nel bagagliaio, una sagoma curva coperta di neve. Jai mi posò una mano sulla schiena e restammo là insieme a studiare la scena. Quando riprese a camminare, restai ferma. Lo osservai guardare all'interno, infilare una mano e scrollare la neve dalla forma. Un attimo dopo corsi a vedere.

Nel bagagliaio c'era un uomo morto.

Curioso come la vista non colga il senso di quello che vede. Non avendo mai visto un cadavere, scoprii di non riuscire del tutto a capire, era come se stessi guardando un oggetto estraneo che sfidava ogni legge e logica. Non riuscii a stabilirne la forma. Indossava solo la biancheria intima e giaceva in posizione fetale con la pelle bluastra. Al centro della fronte c'era un foro, congelato e con i margini rossi. Il ragazzo doveva essere morto all'istante. Almeno non aveva patito per il congelamento. Era giovane, magro e muscoloso, rasato di fresco. Mentre guardavamo, i fiocchi di neve si impigliavano sulla peluria del suo corpo. Dovetti appoggiarmi alla fiancata dell'auto e chinarmi. Se avessi mangiato, avrei vomitato, invece ebbi solo dei conati e mi rialzai ansimante.

Un agente morto. Troy Foley gli aveva sparato e preso i vestiti.

«Ha la corporatura giusta» commentò Jai «ma è troppo giovane. Perciò Foley ha avuto bisogno del tesserino di un altro.»

Mi toccò sulla spalla richiamando la mia attenzione. Stava indicando il bordo della strada rivolto verso il lago. Il trasporto cellulare e la sua scorta avevano abbattuto i muri di neve precipitando lungo il ciglio. Le loro tracce sull'asfalto sembravano scarabocchi. Nonostante lo strato soffice di neve fresca, raccontavano una storia piuttosto chiara mentre ci spostavamo cauti verso il bordo. Mi portai una mano tremante agli occhi e guardai in basso.

«Shelley!» gridai.

Il ciglio, un ripido pendio di erba ed erica, era alto circa sei metri. I due mezzi slittati avevano lasciato i segni sulla banchina, ma la bufera si era data molto da fare per cancellare le ferite. Là dove il terreno tornava pianeggiante, un grosso furgone giaceva sul fianco in una pozza di liquido che continuava a sgorgare. I tubi e il serbatoio spaccati sembravano sanguinare nella neve. La portiera laterale, rivolta verso l'alto, era aperta. Il terreno smosso al di sotto era una specie di palude di torba e neve, contornata da impronte di scarponi, segno che qualcuno era uscito. Vicino al cellulare c'era la seconda auto di pattuglia, quella di Gaines, immaginai, capottata, sommersa dalla neve. Le sue quattro ruote rivolte verso il cielo giravano lente al buio, spinte dal vento. Piantai bene i piedi sulla cima del pendio, immersa nella neve fino al ginocchio, nel punto più lontano in cui arrivavano le luci lampeggianti, come un osservatore sul confine di un Paese nuovo e sconosciuto. Jai allungò un braccio e io lo presi. Sul fondo, fummo costretti ad avanzare nella neve alta verso il luogo dell'incidente.

«Shelley!» urlai di nuovo.

Raggiunto il furgone, mi mossi lungo la parte inferiore seguendo i due tubi di scarico sino al motore. Avvertii le ultime tracce di calore. Era un mezzo vecchio, la carrozzeria arrugginita sporca di fango e olio. Arrivai al muso.

Gaines Due era in ginocchio, il tronco infilato nel parabrezza rotto. All'interno, Shelley era una sagoma incrostata di terra, accasciata contro la portiera del guidatore. Il poliziotto si ritrasse e si rialzò barcollando, le spalle curve e la testa china. Sapevo cosa significasse ma non volevo crederci. «Mi dispiace» esclamò. «Ho tentato di estrarla ma era troppo debole. Ho pensato che forse ce l'avremmo fatta a tornare indietro, che raggiungere il riparo degli alberi l'avrebbe aiutata, che in tre avremmo potuto trasportarla.» Aveva la voce rotta dall'emozione e sembrava sinceramente scosso.

Due corpi in dieci minuti. Il furgone rovesciato aveva sbandato sul pendio gelato e da quello che riuscivo a vedere dell'interno Shelley ci aveva contattato via radio da un abitacolo pieno a metà di una melma nero inchiostro. La sua faccia era deformata dal dolore, la sua pelle bianca come cera, i vestiti rigidi per il fango, l'umidità e la neve sciolta. Aveva i capelli tinti appiattiti sulla fronte. Scorgevo le piccole rughe ai lati dei suoi occhi chiusi. Sembrava una sorta di travestimento.

«Mi dispiace» ripeté Gaines. Si sfregò la faccia. «Ci ho provato.»

Mi voltai verso la foresta, senza fiato. Mi sembrava di avere dei sacchetti di carta rotti al posto dei polmoni mentre buttavo giù aria fredda. Fino a quel punto l'evaso di Porterfell era stato stranamente immaginario, una storia di paura raccontata due volte. Ora, con un paio di morti sulla strada di montagna, la notte si era capovolta. La mia incolumità era un'illusione e la realtà dura e amara. Avrei dovuto terminare il mio ultimo turno di lavoro prima di iniziare qualcosa di nuovo, di avere la possibilità di cambiare finalmente, invece questa rapida escalation di un'assurda follia stava accadendo davvero: ero bloccata da una bufera sul fianco di un monte e uno dei due uomini che stavo aiutando era Troy Foley, il responsabile della morte di mio fratello.

Fissai ammutolita il corpo di Shelley Talbot, simile a una bambola di pezza. Pensare mi sembrava impossibile, tuttavia dovevo provarci. Se Gaines Due era Foley, gli era senza dubbio andata bene. L'unica testimone della sua evasione era ormai morta, e aveva studiato il momento in cui ucciderla raggiungendola per primo. Aveva pianificato di risalire la montagna in quel modo, distanziandoci per avere la possibilità di eliminarla? O era solo un agente qualsiasi accorso in aiuto di una collega ferita? Se quell'uomo era Foley, Shelley aveva capito d'essere spacciata appena ne aveva notato la sagoma stagliarsi nella neve e visto il suo prigioniero con addosso l'uniforme tornare per finirla. Questo significava che adesso avrebbe cercato di ammazzare anche noi? O eravamo ancora utili per qualche ragione? Era una possibilità agghiacciante.

Udì Jai scambiare due parole con lui. «Dobbiamo andare. Non possiamo restare qui. Le nubi si stanno diradando, la temperatura scenderà ancora» stava dicendo il poliziotto.

«Possiamo chiedere aiuto usando le radio delle auto.»

Ebbi vagamente la percezione dei due che attraversavano il luogo dell'incidente, diretti alla macchina capottata. Immobile per lo shock, rimasi con Shelley mentre la paura si diffondeva nel mio corpo fino a farmi tremare i muscoli. Doveva esserci qualcosa d'importante, qualcosa che mi avrebbe detto chi era chi, però non riuscivo a trovarla. Mi chiesi se, esaminandola, sarei stata in grado di capire se fosse stata strangolata, ma pur con tutta la buona volontà non conclusi nulla. Ripensai invece alla reazione di Gaines Due alla prima chiamata via radio di Shelley: era rimasto sconvolto? Aveva temuto d'essere scoperto? Rammentai che si era dimostrato calmo e risoluto, un professionista di fronte a decisioni difficili che stava semplicemente facendo del suo meglio per stabilire il da farsi. Però Troy Foley, mi ricordai, era il maestro della simulazione.

Ero disattenta e a pezzi, e non mi accorsi del suo ritorno. All'improvviso era accanto a me. «Mi spiace di non aver potuto fare di più» affermò mettendomi una mano sulla spalla e guardandomi triste. «Abbiamo fatto la cosa giusta cercando di aiutarla. Non avevamo modo di sapere che era così debole...» S'interruppe voltandosi verso la macchina rovesciata. «Quella ha la radio rotta. Torniamo sulla strada e controlliamo l'altra. Qui non c'è altro che possiamo fare.»

L'agente si incamminò. Jai attese e mi accompagnò, ma restammo entrambi a distanza da lui. Una volta sulla strada, Gaines controllò l'interno della seconda vettura mentre io studiavo lo spazio illuminato dal faro sopravvissuto sforzandomi di ragionare. La neve scendeva obliqua nel buio. I cavi del telefono vibravano, scossi dalle ultime raffiche di vento. Il Farigaig si stagliava alla nostra sinistra con le sue cime innevate. Lungo la strada, sull'altro lato, le forme regolari degli alberi spiccavano ai margini della luce.

Udii Gaines imprecare quando riemerse. «Anche questa radio è andata. Non c'è niente di utile...» D'un tratto si irrigidì e si girò. Le parole gli morirono in bocca.

Jai, distratto, fece un passo avanti, gli occhi fissi sulla tenebra. «È di nuovo la neve?»

Qualcosa stava brontolando alla nostra sinistra. Guardai paralizzata mentre una parte del Farigaig al confine della luce si scrollava di dosso il suo manto. La superficie scivolò formando una U via via più larga, una lingua che avanzava come un'onda sovrastata dalla schiuma e seguita da un cono di neve in movimento. Urtò le pietre di colmo di un muro semisommerso e si allargò veloce trasformandosi in un cavallone che attraversò la strada prima di rallentare. Gli sbuffi, portati dal vento, di polvere che si lasciò dietro offuscarono la visuale. Nella luce del faro parevano tempestati di brillanti. La massa di neve scivolò, i coni più superficiali si assestarono, poi il rumore svanì e gli ultimi blocchi rotolanti si fermarono.

Guardai stupefatta. La slavina era iniziata così, dal nulla. Chi poteva dire quali variazioni di temperatura o vibrazioni l'avessero provocata? Sembrava che un enorme animale fluido si fosse piazzato davanti a noi e ci bloccasse la strada con il suo corpo. Ci irrigidimmo tutti e tre, nel timore che ulteriori movimenti potessero farci crollare la montagna in testa.

«Merda» sussurrò Jai.

«Era relativamente piccola» disse Gaines Due indicando con un cenno il bosco «rispetto a quello che potrebbe capitare. Il tratto tra noi e l'albergo è molto più ripido. Là c'è un sacco di neve instabile; è un miracolo essere arrivati qui senza aver scatenato una valanga. Se ce ne sarà un'altra di dimensioni maggiori, l'hotel è proprio sulla sua traiettoria.»

Dall'altra parte della strada la neve si stava ancora assestando, le nubi di polvere mulinavano depositandosi. Era come se venissimo accerchiati, lentamente ma inesorabilmente; ogni via d'uscita ci veniva bloccata. Ormai il nostro mondo erano i pochi chilometri quadrati attorno all'albergo, e i nostri confini nell'entroterra si stavano riducendo. Pareva sempre più inutile attendere i soccorsi. Avremmo dovuto trovare un modo per lasciare la montagna e – fui travolta dalla disperazione a questo proposito – la strada lassù non sarebbe stata percorribile in auto né ora né il mattino dopo. Forse più avanti era sgombra, ma come ci sarei arrivata senza un mezzo? Aspettavo da anni l'occasione di lasciarmi tutto alle spalle e adesso, a poche ore dal momento tanto atteso, la partenza mi sembrò più lontana che mai. Per la prima volta mi chiesi se la sopravvivenza sarebbe diventata l'unico obiettivo importante.

«Mancano cinque ore all'alba» annunciò Gaines. «Il cielo si sta rasserenando, le temperature scenderanno. Quanti gradi ci saranno, meno cinque? Meno dieci?» Si tolse berretto e si passò una mano sulla fronte. La sua voce era bassa e soppesò ogni parola. «Potremmo essere in un bel guaio» affermò. «Devo portarvi via di qui.»

21

L'alternativa di tornare attraverso il bosco era esclusa. Superammo invece il nuovo muro, in parte arrampicandoci e in parte strisciando, e una volta al di là seguimmo i catarifrangenti lungo la strada camminando con una determinazione nervosa. Solo la fortuna ci aveva fatto arrivare lassù; mi chiesi quanta ce ne restasse.

Niente aveva senso e i miei pensieri erano un groviglio inestricabile. Avevo bisogno di parlare con Jai e gli toccai il braccio; rallentammo insieme finché Gaines Due fu quindici passi avanti a noi. Avremmo avuto soltanto un istante; lo scambio di parole avrebbe dovuto essere il più breve possibile.

«Pensi che l'abbia uccisa, vero?» bisbigliò.

Mi si spezzò di nuovo il cuore per Shelley, schiacciata in quell'abitacolo gelato, disperatamente bisognosa di aiuto. Quando ricambiai il suo sguardo, aggiunse: «Ma se fosse Foley, vorrebbe morti anche noi. Non ci avrebbe già eliminato?».

«Non ha un'arma» risposi con il solo movimento delle labbra. I nostri passi erano sincronizzati, lo scricchiolio degli scarponi rompeva con fragore il silenzio. Sopra di noi le nubi si stavano diradando. Il nostro passaggio spaventò qualcosa ai margini del bosco, che si rifugiò nel buio nero inchiostro. Gaines Due era sempre avanti ma non avevamo molto tempo.

«Un assassino come lui ha mille modi di farlo. Non gli serve un'arma» sottolineò Jai. «Avrebbe potuto ammazzarci, invece non lo ha fatto. Quindi non è un simulatore, giusto?»

Cercai di analizzare il suo ragionamento. Gli era sfuggito qualcosa? Cosa poteva volere ancora da noi quell'uomo?

«Tutto a posto?» Gaines aveva rallentato e si era voltato. Annuimmo, muti. La nostra conversazione segreta aveva avuto una fine prematura. Sorrise. «Bene. Cercate di restare positivi. Vi tirerò fuori.» Rimase al nostro fianco tenendo la voce bassa. «Con la neve instabile, non possiamo rischiare di proseguire per la strada. Dobbiamo pensare ad altri modi per lasciare la montagna. Signorina Yorke, lei conosce il terreno e i dintorni. Ha qualche informazione utile da darmi?»

Qualsiasi possibilità avessi di imbrigliare i miei pensieri era ormai svanita. Imprecai tra me, soppesando i pro e i contro di un'eventuale condivisione. Gli avevo raccontato tutto ciò che sapevo del territorio, dei sentieri lungo il lago, del ponte da riparare, della rimessa per la barca? Mi sarei messa in posizione di svantaggio?

«Signorina Yorke?»

«L'albergo ha una barca per le escursioni sul lago» ammisi. «A un chilometro e mezzo sulla sponda c'è un cancello nel recinto perimetrale. La rimessa si trova al di là. Se il ghiaccio sul lago non è troppo compatto, potremmo prenderla e andare a ovest costeggiando la riva fino alla punta più lontana di Alder.»

Dare voce all'idea sembrò rendere più concreta la possibilità di usare il lago per andarcene. Sulla punta occidentale di Alder c'era un molo che i clienti dell'hotel utilizzavano per sbarcare, e sulla sponda, proprio vicino all'acqua, un parcheggio collegato con la strada. Da lì, questa scendeva verso Inverness. Era probabile che – una possibilità indubbiamente allettante – una maggior quantità di neve si fosse accumulata sul tratto di strada lassù, dove stavamo camminando, e più in basso fosse stata spazzata e cosparsa di ghiaia. Se fossi riuscita a ormeggiare la barca sulla punta più lontana del lago, forse avrei potuto trovare un passaggio per arrivare in città. Ci volevano due ore e venti per raggiungere Aberdeen in treno. La mia macchina non era l'unico modo per andarmene.

«Mi dica del sentiero che porta alla rimessa» fece Gaines.

Probabilmente gli servivo per questo. Avrei dovuto essere cauta. Dandogli le informazioni un po' alla volta, avrei tutelato la mia posizione. «Ce ne sono due. Uno più lungo a bordo lago o una scorciatoia nel bosco. Su quest'ultima bisogna stare attenti,» spiegai «c'è un attraversamento potenzialmente insidioso.» Barnacle Bridge era un vecchio ponte instabile che congiungeva le sponde ripide di un torrente popolato da oche. Era tanto pericoloso che l'avevamo chiuso per l'inverno.

Gaines Due assentì. «Quindi potrebbe esserci una via d'uscita...» Esitò, la faccia sprofondata nella giacca tra gli sbuffi del suo respiro, mentre considerava un'altra questione. «Quando Foley è arrivato, gli ha parlato della barca?»

Riesaminai il dialogo con Gaines Uno. Avevamo osservato il lago al riparo del portone del garage, quando eravamo andati a prendere il fucile. «Gli ho detto che era laggiù» risposi. «Mi ha chiesto del territorio e gli ho raccontato tutto. Credevo fosse...»

«Comprensibile» replicò lui annuendo. «Ha dimostrato un interesse particolare per la rimessa? Per l'imbarcazione in sé? In tal caso avrà usato qualche pretesto per mascherarlo.»

In effetti era parso interessato alla rimessa, anzi aveva esortato me e Jai ad andarci per stare lontani dai pericoli. A meno che non lo avesse detto solo per sapere dove trovarci e poterci uccidere. Aveva più o meno senso. Il peggioramento delle condizioni meteo aveva vanificato il suo piano di fuga con il SUV, quindi il suo obiettivo era eliminare l'agente che lo inseguiva, uccidere i testimoni e andarsene in qualche altro modo. Forse i controlli nell'albergo non erano mirati a trovare il segnale per il telefono per contattare i colleghi, mi resi conto. Forse aveva studiato la sponda del lago in cerca di un sistema per attraversarlo. Ma se Gaines Uno era davvero Foley, ci avrebbe ammazzati appena recuperato il fucile. *Perché non lo aveva fatto?* Continuavo a tornare alle stesse domande.

«Ha accennato alla rimessa un paio di volte» affermai. «Ha suggerito che fosse un nascondiglio sicuro per noi.»

Gaines Due rifletté sulle mie parole. «Di conseguenza è proprio il posto dove non dovreste andare» concluse «finché non mi sarò occupato di lui.»

Raggiungemmo l'inizio del vialetto. Avremmo impiegato almeno venti minuti a scendere faticosamente lungo i tornanti. Anche con i guanti da sci addosso le dita mi facevano male per il freddo, e con i piedi intorpiditi mi sembrava di camminare con due gambe goffe, prese in prestito. Il naso mi colava. Respirare era difficile: a ogni inspirazione era come buttare giù ghiaccio. A metà discesa, Gaines si bloccò per ascoltare gli scricchiolii e l'eco della neve in movimento nei boschi. Quando riprese a camminare, Jai mi posò una mano sulla spalla e riuscimmo a mormorarci qualcosa in fretta.

«Quando arriviamo, propongo di scendere nello scantinato e chiuderci là» sibilò.

«Se non è già sott'acqua.»

Sotto di noi il Mackinnon, di solito uno sfavillio di finestre illuminate, era una sagoma cieca. Pensai a quei corridoi e a quelle stanze in un'ottica nuova, più cupa. Il bar, il séparé e la cucina, il seminterrato che si stava allagando a poco a poco, ora erano tutti potenziali nascondigli.

Jai mi si avvicinò di più. «Ascolta, devo confessarti una cosa» disse. «Non sono stato del tutto onesto con te.»

Sentii lo stomaco torcersi per l'aspettativa e barcollai sui piedi congelati preparandomi al colpo. Lui, tuttavia, non ebbe modo di concludere il discorso. Gaines Due si girò. Per un brevissimo istante ebbi la sensazione che fossimo stati colti sul fatto. Pur notando la nostra vicinanza, continuò facendo finta di niente. «Dovremo stare molto attenti qui» affermò. «Spegnete le torce. Foley potrebbe essere dappertutto e non voglio avvertirlo della nostra presenza. Ricordo una lampada attivata da sensori di movimento sopra i portoni del garage. Bisognerà girarci molto al largo.»

Riprendemmo a camminare, io e Jai dietro mentre lui seguiva il lato interno di una curva del vialetto. Superò il bordo di erica soffocato dalla neve e raggiunse il parcheggio, con la zona circostante l'albergo ancora immersa nell'oscurità. La neve lì era smossa dalle nostre tracce precedenti sempre più tenui, segnata da avvallamenti impercettibili e piccole creste. Studiammo l'edificio tra gli sbuffi di condensa del nostro respiro. Controllai il cielo e guardai le nubi fitte della bufera che continuavano a diradarsi. Non si vedeva la luna, ma una chiazza velata di color grigio chiaro si muoveva rapida nella sua luce. Ben presto tra gli squarci avremmo scorto i puntini luminosi delle stelle lontane. Osservai il nero inesorabile delle finestre del Mackinnon, con le loro austere sopracciglia. All'interno non c'era segno di movimento, il posto era uguale a come lo avevamo lasciato.

«Farò meglio il mio lavoro se vi saprò al sicuro» sussurrò Gaines mentre battevamo i piedi in quella temperatura polare. «Perciò tornerete nelle vostre stanze. Non rispondete a nessuno, solo a me, intesi?»

«E l'ospite mancante?»

«Lasciatela a me» replicò. Avanzammo lenti attorno al parcheggio in direzione della porta girevole della reception, tutti e tre insieme. Non mi fu possibile dedicare un attimo a Jai affinché concludesse la sua enigmatica confessione lasciata a metà. Cosa stava per dirmi? Nel garage, prima che partissimo, mi ero chiesta se potesse essere lui l'uomo che aveva parcheggiato lì il SUV, se fosse venuto per aiutare Foley nella fuga. Più sapevo di lui, meno mi pareva probabile. Ma poteva essere vero? Stava per ammetterlo?

Avevamo appena raggiunto la fontana e i rami scuri e larghi del vecchio larice quando la radio si attivò con un *bip*. Era nella tasca della mia giacca. La estrassi con le dita intirizzite. Di nuovo si udì una raffica di rumori e poco dopo una voce. «Fermi dove siete. Restate immobili.»

Gaines Due, un paio di passi più avanti, si voltò studiando l'apparecchio con sguardo duro, fermo. «Cosa?» riuscì a dire.

Il cuore cominciò a battere come un matto. Tremando, la sollevai con riluttanza. Fissammo tutti e tre il piccolo schermo giallo. Si attivò ancora e la voce tornò. «Non muovetevi» disse. «Ho un'arma. In questo momento è puntata contro di voi.»

La voce aveva un marcato accento delle Highlands. Era il nostro primo visitatore. L'uomo che si faceva chiamare Don Gaines.

22

In quella camminata da incubo nel buio, in preda al freddo e allo sfinimento, quei due simulatori mi avevano privato della lucidità. Contro chi era puntata l'arma? Ero io il bersaglio? Sentii le ginocchia cedere. Il semplice atto di stabilizzarmi mi procurò dolore e per poco non caddi. Accanto a me Gaines Due ruotò lentamente su se stesso osservando il paesaggio: lanciò una rapida occhiata ai garage alle nostre spalle, alla linea degli alberi che contornavano la rotonda, poi studiò a lungo, lentamente, il Mackinnon. Sembrava incredibilmente calmo.

Ora che la nevicata era meno intensa e il vento era calato, avevamo una buona visuale dell'edificio: alla nostra sinistra la porta di servizio della cucina, i grandi bovindi con i montanti di pietra delle stanze del pianterreno e, più avanti, l'ala nuova in vetro e acciaio della reception con la porta girevole. Il pianterreno sembrava deserto, perciò sollevai lo sguardo controllando le finestre del primo piano una a una, poi quelle del secondo e del terzo. Vetro nero, telai a ghigliottina chiusi, tende tirate. Più in alto scorsi la torre dell'orologio ricoperta d'edera, una sentinella muta. La sommità dell'edificio, un'infinità di parti spioventi, abbaini e comignoli, difficile da distinguere. Non avevo mostrato a Gaines Uno l'accesso sul tetto al terzo piano, però lui era stato in camera mia e aveva lasciato l'impronta della mano sulla parete del corridoio, perciò sapeva dove fosse. Lassù c'era una passerella protetta da una ringhiera che attraversava le sezioni piatte conducendo ai lucernari, ai comignoli, ai tubi e alle grondaie. Forse ci stava osservando dall'alto, nascosto da qualche parte.

Gaines indicò la radio. Gliela porsi. Il suo sguardo guizzava, sempre vigile; non smise mai di studiare l'albergo mentre rispondeva. «Chi parla?»

Seguì un lungo silenzio. Mi sentivo agitata, vulnerabile. Mossi i piedi negli scarponi, piegai le dita. Aspettammo tutti e tre continuando a guardare mentre il nostro alito formava una colonna che via via si dissipava nel buio. Sopra di noi, le nubi si erano trasformate in una nebbiolina alta, sempre più tenue. Attraverso i rami del vecchio larice le stelle avevano cominciato a brillare intense e la luna era una chiazza color avorio.

La radio sfrigolò. «Agente 4256 Gaines, polizia scozzese. Ho la visuale sgombra e non esiterò a sparare se farai qualche stupidaggine. È finita, Foley.»

L'adrenalina mi pulsava nelle vene ed ero completamente stordita. I due uomini insieme, e uno era l'assassino di mio fratello. Non ero più vicina a sapere quale dei due fosse.

«Mio Dio» esclamò Gaines Due, la voce fredda e inespressiva, continuando a scrutare ansioso le finestre. «Troy Foley. Non ne uscirai vivo. Quel cellulare sarebbe dovuto arrivare a Glenochil ore fa. Appena hanno perso i contatti con il mezzo, avranno cominciato a radunare i rinforzi. Guardati attorno. Impossibile lasciare la montagna in queste condizioni.» Con lo sguardo sempre puntato sull'albergo, inclinò la testa e proseguì, rivolgendosi stavolta a me. «È furbo e manipolatore, signorina Yorke. Farà di tutto per convincervi che sono un impostore...»

La radio emise di nuovo un *bip* e la voce di Gaines Uno tornò. «Gesù, sei davvero incredibile» esclamò esasperato. «Ora chiederò ai due civili di allontanarsi. Remie, signor Parik, ascoltate. Voglio che vi incamminate lentamente mettendovi al riparo dietro il grosso albero alla vostra destra...»

Gaines Due premette il pulsante scuotendo la testa e interrompendolo. «Non cercare di dividerci, Foley. Se si spostano, avrai una visuale ancora più sgombra.» Si voltò verso di noi. «Non ascoltatelo. Vuole essere in grado di coprire ciascuno di noi. Siamo più facili da eliminare singolarmente. Tre tiri puliti...»

«Sono l'agente Donald Gaines» ribatté la voce. «Questo è ciò che fa, Remie. Recita. Manipola e confonde. Capite quello che sta tentando di fare qui?»

Gaines Due grugnì, frustrato, accostando la radio alle labbra. «Non sto tentando di fare un bel niente, Foley. Svolgo il mio dovere di poliziotto, proteggo queste persone. Sei tu quello armato.»

La radio ronzò. «Esatto» confermò la voce di Gaines Uno. «Quindi do io le istruzioni.»

Gaines Due scrutò ancora una volta il garage, controllò i pini. Mi domandai perché. Sembrava piuttosto chiaro che l'uomo all'altro capo fosse all'interno dell'hotel, da qualche parte. Doveva essere giunto alla stessa conclusione perché riportò lo sguardo sul palazzo, restando di fronte alle finestre buie.

La voce alla radio tornò. «Se non avessi chiesto le chiavi dell'armeria alla signorina Yorke, ti saresti armato e avresti ucciso le due persone che ora fingi di proteggere.»

Mi parve troppo rischioso anche solo guardarmi attorno, ma riuscii a incrociare per un attimo lo sguardo di Jai. Era rigido, il cappuccio in parte sollevato, la neve tra i capelli scuri. Teneva le mani alzate, i palmi rivolti verso l'alto. Stava guardando le finestre vuote e lo vidi deglutire. Sussultai capendo quanto fosse secca la sua gola. Cosa stava per dirmi prima?

Un gruppo di uccelli, disturbati da qualche movimento nell'oscurità del bosco dietro di noi, spiccò il volo e volteggiò sopra le nostre teste in un cerchio spezzato. Le nubi erano scomparse e le stelle in alto formavano un nitido disegno su uno sfondo di seta nera. Gaines Due accostò la radio alle labbra screpolate. «Più insisti con le menzogne» disse, lo sguardo che vagava senza sosta «più si aggrava la tua posizione. Non hai un documento di identità, indossi abiti rubati e ti aggiri nel buio mentre noi abbiamo cercato di soccorrere l'autista ferita del furgone. Tutto punta in una direzione, non credi?»

Il mondo si era ridotto allo spazio accanto alla fontana e al vecchio albero, davanti alla porta girevole. Tutto il resto era ammantato di nulla. Per un istante mi sembrò che fossimo gli unici individui rimasti sul pianeta. Finché, gli occhi puntati sulle stanze del Mackinnon, credetti di vedere qualcosa. Un movimento da qualche parte all'interno, dietro una finestra del terzo piano. Trattenni il fiato, ricontrollando tutti quegli occhi vuoti delle camere in alto. Non riuscii a notarlo. Avevo appena visto l'uomo armato?

«Mettiti in ginocchio, Foley,» ordinò la voce alla radio «altrimenti sparo.»

Gaines Due fece una smorfia, la sua mascella si contrasse furiosa mentre digrignava i denti. Ci guardò uno alla volta con aria mortificata. «Non mi viene in mente alcun modo per uscirne» bisbigliò. «State attenti. Non fidatevi di lui.» Dopodiché alzò le mani e si abbassò lentamente.

«Passa la radio alla signorina Yorke» ordinò la voce del primo Gaines.

Gaines Due allungò un braccio in risposta. I nostri sguardi si incrociarono quando presi l'apparecchio. Mi rivolse un'occhiata rassegnata. «Mi dispiace di non aver potuto fare di più» disse. «Siate cauti, d'accordo?»

L'hotel buio sembrava parte di una colossale simulazione. Tentai di tornare alla realtà nuda e cruda battendo le palpebre, ma l'unica cosa che vidi fu una messinscena di segnali, uniformi e storie. Ero stordita dal freddo e dallo shock, ma non abbastanza da avere la febbre. Mi sforzavo di leggere ogni gesto e ogni cambiamento di tono, di soppesare tutte le parole, di controllare tutte le finestre in cerca di ulteriori movimenti.

Mi resi conto che la voce alla radio si stava rivolgendo a me. La sollevai e la risposta mi si bloccò in gola. «Cosa?»

«Ho detto: voglio che l'uomo a terra si tolga il portafoglio dalla tasca.»

Gaines Due, in ginocchio, esclamò: «Ho già mostrato alla signorina Yorke il mio tesserino, Foley!». Mi guardò piegando la testa e le mani in un gesto impotente.

La voce di Gaines Uno continuò, più gentile ora. «Estrai il portafoglio e gettalo piano verso la signorina Yorke. Remie: voglio che lo raccolga.»

Mi girai verso l'uomo al mio fianco. Lo osservai mentre chiudeva gli occhi, le labbra premute con forza, e infilava la mano nella giacca per prenderlo. Lo lanciò ai miei piedi. Espirai tentando di scacciare i puntini neri che affollavano la periferia del mio campo visivo. Mi accovacciai lentamente mettendo a fuoco tutto ciò che si trovava sulla traiettoria del mio braccio mentre lo allungavo. Lo afferrai e rialzandomi ebbi un capogiro che per poco non mi fece cadere. Jai buttò fuori il fiato che stava trattenendo.

«Quel tesserino è mio» dichiarò la voce alla radio. «Foley me lo ha preso.»

«Balle» replicò Gaines Due.

La radio crepitò. «All'interno troverai una patente.»

Riattivai le mani con una serie di movimenti che mi provocarono dolore e ne esaminai impacciata il contenuto. Riuscii infine a sfilare la patente con le dita che mi tremavano. La fototessera non era troppo sgranata, ma una macchia d'acqua rendeva difficile distinguere i tratti del soggetto alla luce della luna. Era un uomo bianco con una barba corta. Occhi con le palpebre cadenti, mascella squadrata. Poteva sicuramente essere una versione più giovane di Gaines Uno, lo scozzese alla radio. Ma anche il secondo Gaines.

«L'uomo che è con voi» disse la voce alla radio. «Chiedetegli la data di nascita.»

«È ridicolo» ribatté velenoso Gaines Due. Tornò a scrutare ossessivamente la tenebra attorno a noi, lanciando rapide occhiate agli edifici annessi e al bosco.

«Chiedetegli la data di nascita.»

Mi girai verso Gaines Due, in ginocchio accanto a me. «Me la dica» affermai.

«È un trucco, Remie» replicò con calma. «Non lo ascolti. Nemmeno lei, signor Parik.» Azzardò un rapido sguardo a Jai. «Il suo scopo è seminare discordia tra noi, spingerci a dubitare gli uni degli altri. È un maestro in questo gioco.» Digrignò i denti. «Quando sparerà, impiegherà un istante a ricaricare. Sarà allora che scapperete, d'accordo? Nascondetevi.»

«Me la dica» lo implorai «e potremo dimostrarlo.»

Lui scosse piano la testa. La ferita sulla fronte gli si era riaperta; si pulì il sangue dagli occhi con un gesto distratto. Capivo dal sollevarsi e dall'abbassarsi del suo petto che aveva il battito accelerato e il respiro superficiale.

La radio emise un *bip*. «Non è in grado di farlo» affermò Gaines Uno. «Perché quella è la mia patente. Quelli sono i miei dati. Ultima possibilità, Foley. Qual è la data di nascita sulla patente che hai rubato?»

L'uomo a terra sorrise.

Guardai mentre la sua postura cambiava: abbassava le spalle, sollevava il mento. Il suo corpo sembrò contrarsi in preparazione di qualcosa. «Fanculo a tutto» sibilò in preda a una rabbia improvvisa, violenta. La sua bocca si rilassò per piegarsi quindi in un ghigno. Feci un passo indietro, tutta tremante. «Fanculo *a tutto questo*» gridò Gaines Due in una nube di alito e saliva.

Un'identità era stata smascherata, un'altra confermata. Finalmente una certezza. L'uomo sul tetto era un agente di polizia.

E quello nella neve vicino a me era Troy Foley.

23

Il tono rabbioso della voce di Foley squarciò il silenzio notturno. Seguì uno svolazzare di ali nella luce della luna, simile a un applauso. Gli uccelli infastiditi lasciarono il tetto dell'albergo, mezza dozzina di corvi che si sparpagliarono come stracci neri attirando la nostra attenzione.

Restammo tutti e tre pietrificati con lo sguardo rivolto in alto. I profili netti dell'edificio divennero indistinti appena spuntò la silhouette della testa e delle spalle di un uomo, in piedi tra due abbaini con il tetto spiovente. Allungammo il collo. Trattenni il fiato. Lassù c'era Don Gaines. L'agente grande e grosso dalle spalle larghe, il primo visitatore di quella sera. Restò dritto, gli scarponi proprio sul bordo del tetto, contro il cielo, un fucile da caccia premuto sul fianco, sotto un braccio. Con la mano libera mi lanciò qualcosa. Lo guardai cadere e atterrare, creare un alone di neve polverosa. Avanzai e scoprii una corda arrotolata.

«Vorrei che lo legasse» gridò Gaines dall'alto, poi rivolgendo l'attenzione al suo prigioniero continuò: «Mani dietro la schiena, Foley. Tenta qualsiasi mossa, e sparo». Si allontanò zoppicando dall'orlo e sollevò il fucile. Lo piazzò contro la spalla e prese la mira.

Raccolsi la corda e mi misi alle spalle della figura inginocchiata di Troy Foley. Si era piegato in avanti, le mani sulle cosce. Vidi una persona diversa. Senza la maschera, aveva uno sguardo sospettoso e calcolatore. «Andate tutti a 'fanculo» mormorò ripetutamente. Mossi le dita per scaldarmele e tenni il pezzo di corda tra i pugni. Mi ritrovai a verificare la mia forza, a tirare la corda il più possibile, ad allentarla e tirarla di nuovo, a mo' di laccio emostatico.

Sopra di me, Don Gaines stava di nuovo gridando.

«Troy Foley» stava dicendo, la voce incredibilmente ferma. «Sei in arresto per essere fuggito dalla custodia. Non sei obbligato a dire niente, potrebbe compromettere la tua difesa...»

Guardai la corda tra le mie mani, poi ancora la sagoma. La voce dell'uomo sul tetto si spostò ai margini della mia attenzione. Avanzai di un passo tenendo la corda lente tra i pugni. Ero abbastanza vicina da potergliela passare davanti alla faccia. Avrei impiegato solo pochi secondi a piegarla in un cappio, a incanalare tutta la forza che possedevo nelle braccia e tirare. Avrei potuto strangolare Foley là, in quel momento, e Gaines, appollaiato tre piani sopra di me, non sarebbe riuscito a vedere quello che stavo facendo finché non fosse stato troppo tardi. Feci un breve respiro e mi piazzai alle spalle dell'uomo inginocchiato.

Avevo intenzione di ucciderlo.

Sul tetto Don Gaines stava completando la formula dell'arresto. «... Se, interrogato, non menzioni qualcosa che in seguito riferirai alla corte. Tutto quello che dirai...»

Alzai lo sguardo, scuotendomi. Il poliziotto aveva smesso di parlare e si stava voltando dall'altra parte. Qualcosa alle sue spalle aveva attirato la sua attenzione. Si girò di nuovo studiandoci tutti e tre, una sagoma muta, ruotò ancora, stavolta con tutto il corpo. Si sistemò e puntò il fucile contro qualcosa che si trovava lassù con lui.

Aveva di fronte qualcosa che non riuscivamo a vedere. Sembrò restare momentaneamente pietrificato. Abbassò l'arma e sollevò un braccio in segno di resa. Allungò una mano, come se stesse offrendo qualcosa a chiunque si trovasse lì con lui. La radio.

Poi ci fu uno scoppio assordante.

Avevo già sentito sparare. I cacciatori sul Farigaig e sul Bray cacciavano i galli cedroni in autunno e in inverno, ma non mi ero mai avvicinata loro e non me lo aspettavo così. Mi ronzarono le orecchie per il rumore. Sussultai e mi accovacciai, lasciando cadere la corda.

La robusta figura sul tetto cadde all'indietro. Il suo ginocchio sinistro cedette. Guardai inorridita Gaines che ruotava nell'aria, una spalla spinta dalla forza del proiettile, un braccio teso, le gambe unite. Il fucile gli sfuggì di mano e per un secondo sembrò sospeso sopra di noi; un nuotatore visto dal basso che agitava le braccia nell'acqua scura, prima di precipitare. Toccò terra davanti all'albergo con uno schianto spaventoso. La neve esplose tutt'intorno, sollevandosi in tante ali bianche. Il fucile, capovolto, cadde poco più in là. Jai gridò inorridito. Sentii i polmoni contrarsi e allargarsi, privi d'aria, di fronte al corpo martoriato incastrato nei cumuli di neve vicino all'hotel.

Con i piedi sollevati e le gambe divaricate come un bagnante spiaggiato, Don Gaines sbatté un paio di volte le palpebre prima che la sua mascella restasse immobile.

Il rumore dello sparo echeggiava ancora tra gli alberi e sul monte. Ebbi abbastanza presenza di spirito da riportare lo sguardo sul tetto in cerca dell'autore. Niente. Poi un guizzo. Non vidi bene quello che successe subito dopo, però scorsi una silhouette snella, momentaneamente illuminata da dietro dalle stelle, che arretrò in fretta. Sentii le budella rimescolarsi e liquefarsi.

Ero piuttosto sicura di chi avevo appena visto sul tetto.

La figura era agile, sottile e forte. Il tronco era ingrossato da un piumino, ma le gambe snelle da runner e i capelli tagliati corti erano inconfondibili. Le mani forti, da scalatrice, stringevano il fucile con un dito sul grilletto.

Era la nostra ospite scomparsa: Alex Coben.

24

Coben, lo sparo, ciò che accadde dopo: quei fatti saranno sempre collegati nella mia mente. "Correlazione illusoria", la chiamano. Il cranio mi pulsava forte, rimbombava. Ero in ginocchio. Quello che presi per l'eco dello sparo si trasformò in qualcos'altro, in una forza veloce e vendicativa.

Guardai tra gli alberi verso il vialetto e mi sentii sprofondare.

Il fianco della montagna si stava innalzando, sollevando su spalle spumose e lanciandosi in avanti. Veniva verso di noi come un muro enorme. I pini caddero in fretta uno dopo l'altro come tessere del domino, i tronchi si spezzarono e le cime ispide si inclinarono, abbattute e travolte. La valanga portava con sé una sua ondata di maltempo, preceduta da un vortice di nebbia sempre più vasto. Il suo ritmo smosse tutti i fluidi del mio corpo. Il sangue fremette percependolo, il liquido nelle articolazioni vibrò. La slavina si muoveva come un animale, spezzava arti, sparpagliava rami, era tutta rumore e tremiti. Quella maledetta cosa aveva le fauci. La sua gigantesca bocca bianca si abbatté sul complesso delle stalle e lo ingoiò intero. Seppellì la mia auto. Due spalle sempre più larghe scesero verso di noi con un boato scagliando in aria gli alberi, facendo rotolare i blocchi di neve come palloni da spiaggia.

Per una frazione di secondo vidi il nostro gruppetto stagliato contro il muro in arrivo. Troy Foley in ginocchio, che si alzava lentamente, terrorizzato; Jai che stava spiccando un balzo quasi comico verso di me, le ginocchia sollevate per darsi la spinta mentre cercava di correre. La figura sul tetto aveva ruotato il busto, tenendo mollemente il fucile lungo il fianco. Come una bambina urlante inseguita da un'onda, mi voltai e scappai, gli arti rallentati, come bloccati in una specie di colla. Il rumore aumentò trasformandosi in un muggito selvaggio. Ora stavo correndo nella nebbia, nei sottili spruzzi alla base di una cascata: l'avanguardia dell'onda che mi inseguiva.

La valanga mi infilò la punta delle dita tra i capelli e io strillai.

Dieci passi dopo mi investì con forza.

Fui scagliata a faccia in giù nella neve come se una mano mi avesse colpito tra le scapole. Il rumore era orribile, l'urlo grottesco della valanga. I miei piedi si sollevarono mentre il muro rotolante mi inclinava fino a mettermi in verticale. Un assurdo istinto infantile mi indusse a raccogliere le braccia e chiudere le mani a pugno. Ebbi un flash improvviso: stavo portando Cameron a pattinare sul ghiaccio e lo avvertivo di cadere con i pugni chiusi. Il muro mi travolse facendomi ruotare, poi mi ribaltò sulla schiena e a forza d'essere sballottata persi i sensi.

Svenni quasi sicuramente.

Quando mi ripresi, ero distesa in una neve grigia pesante quanto un sasso.

Tentai di muovere le braccia ma erano bloccate lungo i fianchi. Provai con le gambe sforzandomi parecchio. Con mio orrore erano anche loro intrappolate. Ero rigida, congelata in una sacca nera e senz'aria. I polmoni cominciarono a pungermi, il mio corpo aveva disperato bisogno d'aria. La neve mi premeva sulla faccia, in bocca. In qualche modo riuscii a inspirare, attanagliata dalla paura. Se non mi fossi calmata, sarei svenuta e il freddo mi avrebbe ucciso. Il mio petto si sollevava e si abbassava rapido mentre ansimavo. Sentii la mia bara muoversi quasi impercettibilmente in risposta. Il terrore del mio corpo si era creato un po' più di spazio.

I miei pensieri divennero più chiari. Iniziai a muovere una spalla spingendo contro il peso della neve, poi un ginocchio. Controllai il respiro pensando: *Heathrow, Madrid, Santiago*. Spinsi di nuovo guadagnando spazio poco alla volta. Scoprii di poter girare la testa, buttar giù un po' d'aria grazie a una cavità all'altezza della spalla, dopodiché ricominciai a dimenarmi cauta. Era estenuante: avevo la sensazione d'annegare, conquistavo altro spazio, estorcevo concessioni alla neve, grugnivo, scalciavo, sobbalzavo. *Non posso morire ora. Non dopo tutto questo*. Ripetevo all'infinito il mio mantra. *Heathrow, Madrid, Santiago.* Dopo un po' riuscii a girarmi sul fianco e a premere verso l'alto con la spalla sinistra. Il tetto cedette. Di nuovo supina, lo presi a pugni frenetica, pestai le pareti del mio sacco amniotico.

Emerse prima il mio piede sinistro. Stavo scavando nella direzione sbagliata. Dovetti recuperare il mio senso dell'orientamento nel mondo come una goffa neonata, ricordare come sollevarmi sulle mani. Il mio corpo spuntò dal muro di neve e scorsi le stelle. Mi fecero pensare a Cameron e fui così grata, così sollevata d'essere uscita dalla mia bara di ghiaccio che scoppiai piangere. Fui scossa da singhiozzi lunghi, rochi che mi facevano male mentre uscivano. Provai a rialzarmi ma rinunciai e mi stesi sulla schiena con le lacrime che sgorgavano ancora. Il mondo si stabilizzò. Lo stomaco mi salì in gola e dovetti girarmi per vomitare. Lo stordimento non passava. Restai distesa nella bufera non so per quanto, baciata dai fiocchi di neve, a sputare vomito.

Alla fine riuscii a mettermi carponi e focalizzare lo sguardo.

Ero stesa sulla mia torcia. Scavai per estrarla, ripulii la lente e l'accesi. Ero stata trasportata dodici metri più in basso rispetto alla rotonda davanti all'albergo, sul prato. Gran parte dell'hotel era sepolto in un nuovo paesaggio che saliva a gradini, composto da tanti blocchi ripidi simili a sabbia bagnata. Un vento scese lungo i suoi fianchi sollevando nuovi mulinelli di paura. Da qualche parte nel bosco più in alto proveniva un suono basso, lento, simile a un brontolio: lo scricchiolio anomalo della neve che scivolava.

Mi tirai su. Mi esplose una miriade di stelle in testa e il lato dell'albergo rivolto verso il lago, la sezione che non era stata parzialmente coperta dalla neve, si inclinò mentre mi alzavo barcollando. Puntai la torcia sulla tundra bianca sibilante di quel nuovo mondo e per poco non mi misi a gridare in cerca di eventuali sopravvissuti finché il pensiero di ulteriori slavine causate da suoni improvvisi mi congelò le parole in bocca. Vomitai e coprii tutto con la neve. Provai a camminare. Dovevo fermarmi in continuazione a riposare dato che sentivo fitte lancinanti appena mi muovevo.

Difficile descrivere il disorientamento infantile che provi nel trovare il tuo mondo rifatto. La rotonda e la fontana – eravamo proprio là – non c'erano più. Il vecchio larice era stato abbattuto. Era caduto sull'ala moderna della reception travolgendo un travetto di metallo e spaccandone le pareti. La sua testa mozza si trovava in parte all'interno. Avanzai con prudenza. Era una vista sconcertante, il grosso e robusto tronco e i rami, simili agli arti di una bestia uccisa. Ne sfiorai il fianco con la mano, sentendo sotto i piedi un curioso mix di neve e schegge. Avevo immaginato che il vetro temperato si rompesse in tanti frammenti sicuri, invece la reception del Mackinnon si era disintegrata in una marea di lastre pericolose, e gli spazi all'interno e all'esterno erano decorati con lame. La porta girevole era semiaccartocciata, ma entrare nell'albergo non sarebbe stato un problema con quello squarcio nella facciata. I rami del larice avevano creato un tappeto di aghi sul pavimento disseminato di vetri.

Mi ritirai esaminando il resto della valanga. Il parcheggio, le stalle e il vialetto al di là erano stati cancellati in quel mondo nuovo. Il povero Don Gaines aveva ricevuto una veloce sepoltura. Mi aveva aiutato. Fin dall'inizio aveva cercato di proteggermi e di rintracciare il fuggitivo. E in quegli ultimi istanti ci era andato così vicino... Mi sentii incredibilmente dispiaciuta quando fissai la massa di neve, alta quattro metri e mezzo, che si era depositata a strati sopra di lui e si innalzava come un muro dietro l'albero caduto.

Ogni volta che chiudevo gli occhi lo vedevo cadere dal tetto. Cosa potevo dedurre dai fatti accaduti vicino alla fontana? Mi ero sbagliata o avevo visto Alex Coben lassù con lui? L'avevo vista. *Allora dov'era stata in tutto quel tempo? E chi diavolo era?* Coben era la complice di Foley, per forza. Aveva parcheggiato il SUV in retromarcia nel garage il giorno prima. Poi aveva liberato la sua stanza e dopo colazione era scomparsa. Però non era andata a camminare, non si era rifugiata al Clachaig, al caldo, come avevamo ipotizzato. Si era nascosta nei paraggi. Nel garage, forse. Sicuramente era vicina quando, ore prima, ci eravamo entrati: forse mi ero trovata proprio sopra di lei quando mi ero infilata nella finestra rotta. E la portiera dell'auto era ancora aperta: l'aveva lasciata così per correre a nascondersi. Foley, che si spacciava per Gaines, doveva aver avuto il cuore in gola quando si era finto sorpreso per la presenza del fuoristrada e della borsa con gli abiti di ricambio. Un altro pezzo andò al suo posto: la donna era interessata alle mappe perché sapeva che il maltempo avrebbe potuto impedirle di scappare in auto. *E il telescopio*. Lo aveva abbandonato in camera, come se fosse lo strumento di una birdwatcher, rivolto in modo innocente verso il lago, ma la finestra aperta era quella sul lato dell'edificio, perché da lì aveva osservato la prigione; aveva senza dubbio assistito allo scoppio delle violenze e capito che era giunto il momento di agire. Aveva trovato il sistema per introdursi nell'armeria e prendere un fucile. Il garage, l'armeria... Doveva essersi procurata una copia delle chiavi da qualche parte e grazie a queste aveva avuto accesso all'intero albergo. Forse era andata in cerca di Gaines, *quello vero*, Gaines Uno, mentre stavamo tentando di soccorrere Shelley. Alla fine aveva visto le nostre torce muoversi lentamente a zig-zag mentre scendevamo lungo il vialetto.

Dunque ero davvero salita nel bosco fino alla strada di montagna accompagnata da Troy Foley. Lui aveva ucciso mio fratello, era evaso e aveva eliminato Shelley Talbot, che era una testimone della sua fuga, quando aveva scoperto che era sopravvissuta all'incidente. *E io lo avevo aiutato*. Mi tirai su scavalcando il larice furente di rabbia, devastata dal senso di colpa. Prima Cameron, poi Shelley.

Misi da parte il senso di colpa per essere sopravvissuta e mi sforzai di concentrarmi, studiai il fronte della nuova valanga stabilendone l'estensione. Un margine, alla mia destra, era il muro esterno dell'hotel. La neve aveva formato un'onda congelata contro le pietre, arrestandosi sopra le finestre del primo piano. Alle mie spalle c'era il gigantesco cadavere dell'albero abbattuto e alla mia sinistra un confine più sfumato: il bosco scuro. Enormi lingue di neve grigia scomparivano fra i tronchi degli alberi. La tastai esitante con il piede. Troy Foley era là sotto da qualche parte. Quel vasto tratto di neve instabile, piena senza dubbio di cavità e sovrastata da grossi blocchi erratici, costellata di creste e anfratti, era la tomba di Foley come di Gaines. Mi augurai che provasse lo stesso terrore che avevo vissuto io, la spaventosa paura d'essere sepolto vivo, prima che soccombesse a poco a poco al freddo. Volevo che soffrisse.

E lì sotto c'era anche Jai, la sua misteriosa confessione, di qualsiasi natura fosse, sepolta con lui per sempre. Una cosa era chiara ora: Coben era la complice di Foley, quindi Jai era solo un uomo venuto nelle Highlands per fare qualche escursione. Un uomo perbene, assolutamente innocente. Cercai di visualizzare la nostra posizione al momento dello sparo, quando la valanga era piombata giù, per capire se potesse essere sopravvissuto. Era dietro di me, quello era certo. Cominciai a scavare. I minuti che passavano erano irrilevanti, continuai semplicemente a rimuovere neve, a toglierla a bracciate stando in ginocchio, in piedi, a scavare con le mani a gambe larghe. I progressi erano lenti, andavo più veloce quando trovavo qualche sacca, simile a una vena nel calcare, sotto gli strati più duri. Forse Jai era ancora vivo, si stava facendo strada in un budello fatto di tante cavità collegate. Fra le reazioni normali allo shock dei soccorritori sul luogo di un disastro, a parte la desensibilizzazione indotta dal trauma, si verificano stati di fuga o frenesie insensati, e credo che proprio questo mi sia capitato in quel lasso di tempo dopo la slavina: aggredivo la neve nel tentativo disperato di trovare Jai.

Tornai in me grazie a un rumore.

Mi pulii la faccia mettendomi in ascolto. *Clang, clang, clang.* Poi niente. Trovai la torcia e la puntai verso il buio al di là del larice sentendo la pelle formicolarmi e i peli sulle braccia drizzarsi. Era vicino. Mi spostai di dieci passi lungo il bordo della valanga e si ripeté: *clang, clang.* Dopodiché silenzio. Attesi finché ricomparve. Stavolta ne fui certa, era un rumore da impatto, qualcosa batteva contro un metallo cavo. Restai paralizzata alla luce della luna ascoltando la neve assestarsi e gemere. Passarono alcuni lunghi minuti senza che accadesse nulla. Poi tornò. Stavolta stavo guardando nella direzione giusta. Dai blocchi spaccati della valanga, oltre l'albero, spuntava il palo piegato di un lampione alto: uno di quelli che illuminavano la rotonda e l'ingresso, e che Gaines al suo arrivo mi aveva chiesto di spegnere. Vibrò all'ultimo *clang,* e un po' di neve cadde dalla lampada. Puntai la torcia in basso. Il pezzo di palo dritto era piantato in uno strato di tre metri, tre metri e mezzo.

Là sotto c'era qualcuno, stava battendo su di esso.

Rotolai goffa sopra il tronco del larice e avanzai nella massa nevosa. Mi chinai, sovrastata dagli sbuffi di condensa del mio respiro, e cominciai a rimuovere la neve. Adesso lavoravo in modo più cauto, cercando di ricordare con precisione dove ciascuno di noi si trovasse quand'era scesa la valanga. Quello doveva essere presumibilmente Jai, conclusi, ma era possibile che lì sotto ci fosse Foley. Avrebbe potuto aggredirmi mentre lo liberavo. Dovevo stare attenta.

Mi stavo avvicinando. Affondavo le mani e toglievo la neve

con i polmoni in fiamme. Un altro metro e mezzo. Scostavo i frammenti, spostavo i pezzi duri. Alla fine bucai la parete di una piccola cavità. Qualcosa si stava muovendo là dentro. Vidi una giacca gialla e continuai a scavare.

Jai emerse in stato di semincoscienza, stava battendo la torcia sul lampione. Abbattei tutte le pareti e lo tirai per un braccio trascinandolo fuori nell'aria notturna.

25

La presenza di un altro sopravvissuto mi corroborò. Non ero sola e non stavo uscendo di senno. Sentii i miei sensi acuirsi e via via i recettori del dolore mi comunicarono una raffica di informazioni: tagli, lividi, slogature, un torpore profondo che mi arrivava alle ossa.

«Jai» sibilai quando il malessere cominciò a passare. «Stai bene. Ti ho trovato.» Lui sbatté le palpebre, aveva gli occhi arrossati e non riusciva a mettermi a fuoco. Un lato del volto era tutto graffiato e la bocca gli sanguinava. Aveva le labbra blu, e tremava per lo shock e il freddo. Gli scostai i capelli dalle ferite. «Sei salvo» mormorai. Gli misi d'istinto un braccio sotto la spalla e tentai di sollevarlo per fargli posare la testa sulle mie ginocchia, ma il suo corpo era inerte e scivoloso, perciò decisi di girarlo sulla schiena. Soffocò le lacrime. «Ehi, Jai. Dài, sei al sicuro. Sono io, Remie.»

Al mio nome reagì focalizzando lo sguardo su di me. Appena mi vide, sussultò e gracchiò: «Potrebbe essere ancora vivo. Era vicino quando ci siamo messi a correre».

Osservai le sue spalle muoversi mentre respirava, poi scrutai la valanga e il cuoio capelluto mi formicolò al pensiero che dalla neve spuntasse una mano alle nostre spalle o che Coben, là fuori da qualche parte, stesse liberando il suo capo. Invece non c'era niente. «Dobbiamo entrare» dissi. «Queste temperature ci uccideranno.» Lui riuscì ad annuire e io lo aiutai ad alzarsi. Si passò una mano sul viso e fece un lungo respiro tremolante. Aprì gli occhi arrossati digrignando i denti.

Gli diedi un secondo. «Ti senti male? Hai qualcosa di rotto?»

Jai fece una smorfia. «Il braccio sinistro è piuttosto malconcio.» Si raddrizzò e controllò la spalla, dopodiché fece un lungo sospiro.

Ci appoggiammo all'albero mettendoci a sedere fianco a fianco. Avevo le cosce intirizzite, le mie dita sembravano artigli gonfi, il mio corpo era appiccicoso di sudore per lo sforzo e nel contempo tremante per il freddo. Jai si scrollò la neve dalla giacca, se la tolse dal collo e svuotò le maniche. Eravamo sotto shock ma non restammo seduti a lungo tra le nubi di condensa del nostro respiro, in attesa che il mondo riacquistasse un senso. Non potevamo. La paura mi spronò ad agire, ma quando mi alzai in piedi ululai dal dolore.

Appena si attenuò, riuscii a dire: «È meglio andare dentro».

Jai si alzò con fatica e mi seguì. Guardai il mio compagno sforzarsi di riconoscere l'hotel. Allibito davanti alla struttura schiacciata della porta girevole studiò il buco nel vetro della facciata reggendosi al tronco del larice, osservò la massa di neve caduta, il fronte della valanga che si innalzava formando un'elegante sporgenza. Più in alto, al di là, doveva esserci un paesaggio lunare devastato, un cumulo gigantesco di blocchi di neve. Dietro di noi il mondo sembrava relativamente normale. Il lago Alder era ancora là, incastonato nella sua bara di ghiaccio grigia. Aveva un non so che di rassicurante e nello stesso tempo di spaventoso, ma non riuscivo a capire cosa. Jai ebbe bisogno di un attimo per recuperare l'equilibrio, poi ci trascinammo oltre il tronco, curvi come vecchi, e ci avvicinammo alla reception devastata.

Scrutai l'oscurità all'interno, ogni angolo pullulava di sagome di Coben, frutto della mia immaginazione. Il quadrante del mio orologio era spaccato e appannato, impossibile da leggere. Ripescai il telefono. Per quanto tempo ero rimasta priva di sensi? Quanto avevo impiegato a estrarre Jai? Coben si era forse mossa liberamente sulla valanga per... non ne avevo idea, supposi un'ora. Si era aggirata furtiva in cerca di Foley. O aveva piazzato delle trappole per noi. Nell'edificio vedevo ovunque silhouette sottili, armate, determinate. Mi venne la pelle d'oca. Coben o no, dovevamo entrare. Jai tolse di mezzo una scheggia di vetro e scostò una coltre di ramoscelli. Procedemmo guardandoci attorno mentre avanzavamo chinati tra gli scricchiolii nella penombra della reception.

«Jai» bisbigliai appena ci raddrizzammo. «Hai visto chi ha sparato a Gaines?»

Lui scosse la testa. «Lo sparo è partito dal tetto, presumo.»

Gli raccontai di Coben. Si irrigidì. «L'altra ospite? *Merda*. È una complice? E in più è armata?» Si voltò a osservare la notte oltre il groviglio del larice. «Credi che sia là fuori? O qui dentro?»

«Non l'ho vista. Penso che sia andata a cercare di liberare il suo capo.»

Jai si coprì gli occhi con una mano tremante. «*Cazzo*» esclamò. Aveva il respiro affannoso e mi guardò nauseato. «Non siamo affatto fuori da questa storia.»

«Non credo.» Sapevo di aver bisogno di un piano ma i miei pensieri vagavano, e i tentativi di metterli insieme erano lenti e maldestri.

Poi qualcosa cambiò all'esterno. Qualsiasi cosa fosse, bastò a inondarmi il corpo di calore. Jai mi vide puntare lo sguardo e socchiuse gli occhi. Avevo notato un vago bagliore sul vetro rotto. C'era una luce fuori. Non stabile e intensa come quella di un lampione. Ondeggiava in basso muovendosi tra gli alberi ancora in piedi. Una torcia.

«È lei» dissi. «Sta cercando Foley.»

«O noi. Dobbiamo nasconderci.» Jai aveva il volto segnato dallo sfinimento. Se era pari al mio, era profondo. Si passò la mano sana sui pantaloni, individuò e prese la radio. «Funziona ancora» mormorò esaminandone lo schermo. «Proviamo a chiedere aiuto. La bufera è passata, forse riusciremo a contattare qualcuno.»

«Il tetto è il posto migliore» affermai. «Dov'era andato Gaines.»

Lasciammo la cima del larice e raggiungemmo il banco curvo della reception nella luce blu dei faretti incassati. Presi la mia Midbow e la sollevai con le mani intorpidite, dopodiché superai il carrello degli imbianchini nel corridoio principale dirigendomi verso gli ascensori. C'era un tale silenzio che sentivo il rumore delle molle e degli ingranaggi della pendola. Mi chiesi che impressione si sarebbe fatto di noi un osservatore: due figure esauste coperte di lividi e graffi, tremanti per il freddo negli abiti bagnati, che mormoravano spalla a spalla.

«Mi sono sbagliato» confessò Jai. «Mi dispiace. Credevo che Foley fosse il primo uomo.»

«Il secondo avrebbe ingannato chiunque. Non potevamo saperlo» bisbigliai.

Lui si prese la fronte fissando per terra. «Gli abbiamo riferito tutto ciò che gli serviva per uccidere Shelley Talbot. Gli abbiamo raccontato del contatto radio, gli abbiamo procurato le cartine e l'attrezzatura. E lui è stato ben contento di portarci con sé perché non incontrassimo il vero poliziotto e tentassimo di fuggire mentre era via.»

Il rimorso assunse la forma di un dolore disperato. «Ho continuato a parlarle» sussurrai «dandogli il tempo di arrivare per primo sul luogo dell'incidente.»

«Non potevi saperlo. Se innanzitutto *io* non l'avessi sentita alla radio...»

«Non è colpa tua. Siamo stati manipolati, Jai. È questo che fa.» Ne ero sempre più certa a ogni minuto che passava. «Ascolta. Foley ha ucciso Shelley, non noi. Ha ammazzato il giovane agente che abbiamo trovato nel bagagliaio dell'auto...» Deglutii energicamente. «E ha assassinato mio fratello.»

Non si trova molta letteratura psicologica sul tema della vendetta. I miei colleghi di Edimburgo avrebbero sostenuto che è un fenomeno sociale, oggetto di studio degli antropologi, e forse in una fase precedente della mia vita sarei stata propensa a concordare con loro. Ma la sera in cui abbassai la mazza da hockey sulla mano di Danny Franks ero in preda a un impulso di ritorsione: era più di un semplice istinto vendicativo, bruciavo di passione, desideravo giustizia. Gli psicologi forse dissentirebbero sostenendo che era semplice dolore, dispiacere o vergogna. Ma io non la bevo. Le passioni sono più persistenti e la mia mi spingeva verso una sorta di chiusura, di rivalsa. Era iniziata durante la ripida salita verso la strada di montagna, quando Shelley Talbot mi aveva confermato che erano stati gli uomini di Foley a uccidere mio fratello. Ora con Gaines morto e Troy Foley smascherato, ardeva più intensa che mai.

Però in me c'era anche qualcos'altro, pulsava con pari insistenza quando presi il telefono. Erano le due e cinquantacinque del mattino. Tra otto ore sarei stata ad Aberdeen per prendere il mio volo delle undici. Avevo fatto una promessa a me stessa e a Cameron. All'ora di pranzo sarei stata a Madrid, il giorno dopo a Santiago. Non mi sarei trovata nella stazione di polizia di Burnett Road a rispondere a una serie infinita di domande, a rilasciare dichiarazioni e rivivere ogni terribile momento. Questo significava che avrei dovuto essere cauta. Jai avrebbe forse accolto con gioioso sollievo la possibilità d'essere soccorso, io tuttavia dovevo stare attenta. Studiare un modo per uscirne.

La torcia fuori nell'oscurità era scomparsa, ma sentivo Coben, percepivo che si stava muovendo ai margini della slavina, cercando un modo per liberare Foley. Prendemmo l'ascensore fino al terzo piano. Salendo, mi accorsi che l'adrenalina aveva iniziato ad affinare i miei sensi, al punto che la luce bassa si trasformò nel luccichio di un diamante mentre mostravo a Jai la porta di accesso al tetto. La aprimmo con una spallata scostando la neve fresca e la richiudemmo alle nostre spalle. La notte sembrava viva, come se fosse influenzata da un campo elettromagnetico e qualcosa dopo la valanga avesse modificato la struttura dell'aria. Aveva un odore diverso, un misto di legna spezzata e pioggia che, mentre salivamo i gradini di metallo per raggiungere la passerella sul tetto, mi ricordò quello della terra appena scavata, per quanto improbabile sembri. Lassù respirai a pieni polmoni chiedendomi se la neve smossa liberasse minerali o composti in sospensione, e notai che anche altre cose erano cambiate: la tenebra era avvolta dal silenzio, un nulla ben ovattato interrotto solo dai richiami dei corvi nel bosco. Restammo sotto la volta stellata. E guardando avanti, verso il monte, il mondo sembrava spaccato e rifatto. Il Farigaig si era scrollato le spalle e alla luce della luna distinsi un enorme taglio a V che si era aperto sul suo fianco. All'interno, la luna illuminava le ripide strisce di erica leggermente spolverate di neve. Più in basso osservai la scia di distruzione che si era lasciata dietro la montagna quando si era liberata del suo carico. Il vialetto era esposto qua e là, ma il monte sopra l'albergo era un ammasso di blocchi spaccati. E l'onda aveva acquistato velocità abbattendosi sui garage e sul parcheggio dove, vista la nostra angolazione, scompariva.

Sul tetto c'era una passerella con il parapetto. Jai vi si appoggiò e si mise al lavoro con la radio. Tenne la voce bassa, forse per reazione a quella strana atmosfera. «Pronto? Questa è una chiamata di emergenza. Abbiamo bisogno di aiuto. Ripeto, SOS.»

La bufera era passata, il cielo notturno era una cupola tersa, marmorizzata. Avremmo trasmesso per chilometri nel silenzio. Ascoltai la notte immaginando di poter udire il rumore di Coben che scavava da qualche parte nella neve. La foresta gemeva ed emetteva schiocchi mentre il mondo si assestava nella sua nuova conformazione. Il battito del mio cuore aveva rallentato un po', finché non mi ricordai della confessione a metà di Jai.

Circondato dall'alone del suo respiro, il mio compagno si stava dando da fare con la radio. «Qualcuno riesce a sentirmi? Questa è una chiamata di emergenza.» L'apparecchio emise una nota sorda e una scarica di rumore bianco. Niente. Ritentò ripetendo la supplica, cambiando canali, insistendo. Per minuti udii il ritmo monotono dei *bip* e dei sibili. Vedevo sagome nelle stelle e nel ricordo ascoltai la voce di Cameron indicarmi le costellazioni. Alla fine dal rumore emerse uno spirito e parlò. Per un attimo disorientante pensai che fosse Cam. Fui sopraffatta dal sollievo e ascoltai, attenta e galvanizzata, sforzandomi di distinguere le parole.

«Pronto?» esclamò Jai irrigidendosi. «Non la sento bene. Questa è una chiamata di emergenza. Può mandare aiuto? Deve inviare i soccorsi.»

Seguì un'altra esplosione di interferenze. Poi una donna lontana disse con tono pratico: «Confermi la sua posizione per favore».

Era una di quelle voci che comunicano all'istante una pacata autorità. Non era una civile, era un'agente di polizia, il che significava Inverness. Il pensiero mi scatenò una valanga di sentimenti. La possibilità inebriante di fuggire, la gelida certezza di dovermene andare prima che arrivassero gli aiuti. Dovevo essere a Santiago nel giorno giusto. Lo avevo promesso a Cameron. Il mio orologio personale ticchettava.

«Sono un cittadino comune» disse Jai. «Mi trovo all'hotel Mackinnon. Ci serve aiuto.»

Seguirono altre interferenze, poi una risposta: «La comunicazione continua a cadere. Quindi se potesse...». Ci fu ancora silenzio finché: «... Tenga il dito ben premuto sul tasto in alto e parli in modo chiaro. Ripeto, è una chiamata di soccorso?»

Jai fece un respiro, mi guardò con gli occhi sgranati, pieni di gratitudine. Gli presi la radio. «Sì. Sì! È una chiamata di soccorso!»

«Cosa sta succedendo?»

«C'è un uomo armato» spiegai. «È pericoloso.»

«Confermi uomo armato. Sto richiedendo...» Mi morsi il labbro inferiore e rimasi in ascolto mentre la comunicazione s'interrompeva di nuovo e la radio taceva. Stavolta il silenzio durò più a lungo. Ci fu un *bip* prima che riuscissi a cogliere: «... ulteriori unità, può confermarmi il luogo esatto, per favore?».

«Hotel Mackinnon. Mi sente? Hotel Mackinnon.»

Jai si protese, tanto che ci ritrovammo spalla a spalla, chini sulla radio. A un certo punto credetti di udire una parvenza di rumore in quel vuoto nero, ma in risposta ebbi solo *bip bip*. Aspettammo ancora qualche minuto. Riprovai, ripetendo la richiesta e il luogo.

All'improvviso ci fu un sibilo acuto, seguito da: «Può confermarmi il luogo, per favore?».

«Hotel Mackinnon!» replicai. Continuai a pronunciarlo mentre il mal di testa tensivo prendeva il sopravvento. Altri minuti di attesa, altro silenzio. La frustrazione crebbe.

Jai si appoggiò, angosciato, alla ringhiera.

Fece per parlare ma non gli uscì nulla. Il suo sguardo si addolcì e si immobilizzò. «Cos'è stato?»

Rimanemmo zitti mentre il nostro alito si disperdeva formando nubi lente, tenui, e restammo in ascolto. C'era qualcosa in movimento, vicino e all'interno dell'albergo. Mi resi conto troppo tardi che anche Coben aveva una radio. Poteva sentirci.

Rivolgemmo simultaneamente l'attenzione alla porta del tetto. Il telaio vibrava. Qualcuno la stava spingendo.

26

Sentii la paura premermi nei fianchi; arretrai strisciando. Avevo i crampi ai muscoli e il mio cuore ebbe un unico, terribile sussulto che si propagò fino alla punta delle dita. Infilai la radio in tasca, afferrai la mazza da hockey e indietreggiai sulla passerella d'acciaio sopraelevata. Eravamo circondati dagli spioventi del tetto. Il tracciato di grate metalliche correva sopra il tetto stesso, abbastanza in alto da essere quasi libero dalla neve. Vedevo i segni delle impronte precedenti. Gaines era stato lassù soltanto un'ora prima o poco più. Gaines, e Coben. Più avanti la passerella curvava a gomito verso destra.

«Dove porta, Remie?» chiese Jai, controllando in parte la porta ai piedi della scala e in parte la passerella, con il volto tirato e le guance scavate. Gli feci cenno di seguirmi senza sapere cosa stessi combinando. La passerella era coperta da un leggero strato di neve e le nostre nuove tracce divennero una sorta di cartelli indicatori mentre arretravamo. Non ero mai stata lassù, non avevo idea di dove andare. Sotto c'era il corridoio dell'ultimo piano – chiunque si fosse trovato lì avrebbe udito il rumore del metallo mentre ci muovevamo – e alla nostra destra una parte spiovente del tetto saliva verso un comignolo. Detti le spalle alla scala d'accesso e avanzai piano, il passaggio sopraelevato non era più largo di sessanta centimetri e ai lati c'erano le tegole d'ardesia scivolose per il ghiaccio. Il baccano alla porta si era trasformato in una serie di colpi.

«Le orme, Remie. *Cazzo.*»

Mi fermai a guardare il disastro. Avremmo potuto cancellarle con gli scarponi ma il rumore sulla struttura di metallo e la nostra direzione sarebbero stati comunque evidenti. «Non c'è niente che possiamo farci» risposi girandomi. «Coben è salita quassù per sparare a Gaines. Conosce il tetto meglio di noi.»

Jai mi seguì con il respiro affannoso. Girammo a destra. C'era un'altra trincea tra le sezioni spioventi. Stavo già perdendo l'orientamento. Più avanti la passerella piegava di nuovo a destra girando attorno al camino al nostro fianco. Avanzammo lenti e svoltammo. Ora ci trovavamo sul lato più lontano di quell'isola, nascosti dal camino di arenaria. Mi accovacciai e attesi.

La mia vita con Cameron mi aveva insegnato che la distinzione tra combattere o fuggire era una sciocchezza. Lì sul tetto lo constatai per l'ennesima volta. La porta d'accesso rimbombò ancora: qualcuno stava cercando di aprirla a spallate. Provai una paura così intensa e profonda da non riuscire a muovermi, un'autentica reazione paralizzante che mi bloccò in quella posizione accucciata, dandomi l'impressione di avere le gambe di legno. Mi fissai la punta degli scarponi non so per quanto, la vista confusa. Un istinto primordiale mi spingeva a fingermi morta: dovetti vincere il forte impulso di raggomitolarmi sul fianco e chiudere gli occhi. Poi ebbi una vaga consapevolezza: il rumore alla porta d'accesso al tetto era cessato. Non sapevo quando con certezza.

Jai si era alzato esitante e stava chino. Mi risvegliò scuotendomi piano per la spalla. «Credo che sia sicuro» disse con voce roca.

Tornammo da dove eravamo venuti. Mi fermai all'angolo, le mani strette sulla mazza da hockey, e guardai rapida al di là. La passerella era deserta. Ebbi uno spasmo di sollievo. Con i nervi a fior di pelle, superai l'angolo e mi incamminai verso la scala, un passo alla volta, il più leggera e silenziosa possibile, fino a riuscire a vedere la porta sottostante. Era socchiusa. Il corridoio al di là era buio. Attesi come un animale che studiava una trappola finché Jai non mi raggiunse.

Quando parlammo, bisbigliammo appena; formavamo lettere mute con il solo movimento della bocca. Eravamo costretti a guardarci le labbra. «Dove sono?» dissi.

Jai seguì il mio sguardo. Tutti i pericoli del nostro minuscolo mondo destinato a scomparire sembravano acquattati in quello spazio nero tra la porta semiaperta e il telaio. Lo guardò, poi si voltò verso di me dicendo: «Potrebbero essere là ad attenderci».

Rabbrividii di fronte a quella possibilità. Era un pensiero orribile: un'imboscata, un unico colpo alla testa e gli ultimi testimoni rimasti della fuga di Foley sarebbero stati cancellati. Il mio corpo bluastro, steso scomposto sulla moquette del terzo piano, rigido e con gli occhi vitrei, fino all'arrivo degli aiuti. *Gli aiuti.* La mia mente si schiarì un po'. Soltanto pochi istanti fa eravamo riusciti a contattare qualcuno via radio. Ma ci avevano sentito dire il nome dell'albergo? In tal caso, in quel momento alla stazione di Inverness forse c'era qualcuno che stava mettendo insieme una squadra di soccorso. Presi in considerazione l'idea che avremmo potuto attendere sul tetto finché non avessimo visto le luci in arrivo sulla strada di montagna; ma ero ancor più convinta che si trattasse di un'idea disperata. La strada era bloccata e lo sarebbe stata almeno fino al mattino. Pensai a Santiago, all'Atacama e alla mia promessa. Non potevo trovarmi lì all'arrivo della polizia.

Jai mi diede un colpetto con il gomito. «C'è un altro modo di scendere?» chiese con il solo movimento delle labbra. *No, almeno che non voglia usare lo stesso sistema del povero Gaines.* Scossi la testa. Fissammo la porta ancora un po'. Tutt'intorno a noi, tra gli alberi spezzati, erano tornati i corvi. Il vento portava echi e odore di resina. «Cosa facciamo?» sussurrò Jai. «Aspettiamo?»

Indietreggiammo al gelo e restammo vicini, con i cappucci delle giacche a contatto per poter almeno sussurrare. «Potrebbero volerci ore perché arrivino i soccorsi, ammesso che si muovano» affermai.

«Riusciremo a resistere tutta la notte qua fuori?»

Osservai le stelle, udii la voce di Cameron che me ne illustrava dolcemente la disposizione e le relazioni, poi tornai al nostro consulto. «Le temperature continueranno a scendere. Dobbiamo rientrare.»

«E poi? Scappiamo attraverso il lago?»

«Concentriamoci prima di tutto sull'obiettivo di scendere dal tetto.»

In quell'istante ci fu un rumore in basso. Era forte, attutito dalla distanza. Il fracasso e il clangore di oggetti metallici. In base alla posizione pareva provenire dalla cucina, due piani sotto. Si ripeté. Guardammo il tetto, in attesa. Non accade altro. Jai cambiò posizione. «Saranno loro?»

Li immaginai mentre estraevano i cassetti rovesciando una serie di coltelli sulle superfici di metallo. Per pelare, trinciare, lame lunghe un palmo nei foderi, pesanti mannaie con il manico di legno. Avevano intenzione di farci a pezzi? Cercai di deglutire ma la mia gola si rifiutò. «Se è così, sono molto più in basso.» Stavo per chiedere *perché?*, invece mi morsi la lingua soffocando la domanda.

Dopo la valanga i miei pensieri erano annebbiati dalla paura e dalla confusione. Ma ora stavo recuperando la lucidità. Sul vialetto dell'albergo Jai stava per farmi una confessione, per rivelarmi qualcosa che mi aveva tenuto nascosto fin dal suo arrivo. Be', anch'io avevo un segreto. La cassetta di sicurezza di mio fratello. Faceva luce su una questione che mi aveva tormentato sin dall'inizio. Gaines Due era Troy Foley, quindi perché non ci aveva ucciso quando ne aveva avuto l'occasione? Jai aveva già sottolineato che non gli serviva un'arma per finirci, avrebbe potuto tapparci la bocca quando voleva. Eppure non lo aveva fatto, ci aveva tenuti in vita... *mi* aveva tenuto in vita. E se mi avesse risparmiato perché sapeva della borsa e della cassetta di sicurezza di Cameron? Era un'eventualità che scatenava una caterva di domande. Se era vero, poteva far leva su questa. Avevo solo bisogno di tempo per capire come usarle.

«Remie? Stai bene?» Jai sollevò piano gli scarponi uno dopo l'altro. Dal movimento capii che aveva i piedi dolorosamente gelati. «Non possiamo aspettare per sempre» osservò. «Mancano secoli all'alba.» Mi figurai la porta socchiusa ai piedi dei gradini, il corridoio dell'ultimo piano pieno di trappole: figure accovacciate, fucili armati. Ma se erano stati loro a provocare il rumore molto più in basso, forse eravamo bloccati lassù soltanto dalla paura. Senza rendermi conto di quello che stavo facendo, mi ritrovai a strisciare verso il parapetto e a scrutare lo spazio buio oltre la porta.

«Credo che dovremmo rientrare» dissi. «Vieni.»

Posai uno scarpone alla volta sui gradini via via che la tenebra sottostante spalancava le sue fauci. Jai mi seguì. Ogni passo a scendere era un'impresa. Mi sembrava di avere i piedi in fiamme, ed ero pronta a reagire. Raggiunsi l'apertura battendo le palpebre per scacciare puntini neri che vedevo davanti agli occhi.

Barcollai due volte prima di sollevare la mazza, spinsi la porta ed entrai.

27

Il corridoio era deserto ma non completamente buio.

Alla mia sinistra c'era una luce accesa; la porta della mia stanza socchiusa e la luce della lampada si riversava all'esterno in una striscia sempre più larga sulla moquette. La fissai trattenendo il fiato e sentii una forza inaspettata crescere in me. Qualcuno era in camera mia. Avanzai di qualche passo, tesa come una molla, impugnando la Midbow con entrambe le mani, pronta a colpire. Poi notai il telaio. Il legno attorno alla serratura era spaccato e la porta era stata forzata.

La spinsi piano verso l'interno con il cuore che mi batteva forte e veloce sotto le costole.

La stanza era vuota; tutto era normale, tranne le mie borse sul letto. Le avevano capovolte tirando fuori tutto. Vacillai, le ginocchia traballanti, guardando muta i bagagli rovesciati. Mi vennero le lacrime agli occhi. Mi avvicinai osservando il disastro.

Jai indugiò sulla soglia. «Cosa manca?» chiese controllando il corridoio con rapide occhiate.

Nel petto mi si stava aprendo una voragine nera. Frugai tra gli abiti e i libri sul letto facendo del mio meglio per non piangere, ma le lacrime mi scesero ugualmente, bollenti per lo sconforto. «Un migliaio di euro» risposi. La voce mi si spezzò. Mi sentivo oltraggiata, piena di vergogna. «E il passaporto.» Mi passai una mano sulla testa, la mente ottenebrata dall'emozione. «Il mio passaporto.»

«Merda» sibilò Jai.

Dopo l'esito sfavorevole dell'appello di Cameron, un senso di disperazione schiacciante mi aveva privato d'ogni emozione. Mi chiedo ancora come abbia fatto a completare il mio turno di notte dopo aver ricevuto la notizia. Devo aver eseguito ogni compito in modo meccanico, senza sentire né vedere nulla, senza quasi respirare finché, incredibilmente, il sole era sorto annunciando un altro giorno e io mi ero trascinata in camera per buttarmi, sconfitta, sul letto. Ma in questo era diverso. Provai un fastidioso guizzo di rabbia. Mi asciugai le lacrime con il dorso delle mani. Entrambi gli uomini avevano insistito per controllare la mia stanza, avevano osservato quell'alloggio trasandato, il modesto cumulo di oggetti personali sul letto, e stabilito che sarei partita il giorno dopo, quindi sapevano che il mio passaporto era in una borsa. Ma era stato il secondo Gaines, Troy Foley, a prenderlo. O lui di persona o aveva mandato Alex Coben a recuperarlo.

Ripercorrendo all'indietro i fatti di quella sera, ricordai l'ultima volta che ero stata lassù: Shelley Talbot alla radio. Foley che ci mandava di sotto dicendo che doveva finire i controlli. Io e Jai che ci incamminavamo verso la stanza delle mappe e preparavamo il nostro tentativo di salvataggio. Nel frattempo, supposi, Foley era salito fino al terzo piano, si era introdotto in camera mia e aveva preso i soldi e il passaporto.

Allora avevo ragione. Troy Foley aveva bisogno di me viva perché sapeva della borsa di Cameron. Ciò significava che gli eventi di quella notte non erano stati casuali, ma orchestrati con precisione *perché io ero là*. Il che suscitava un interrogativo più grande. Cosa conteneva la borsa di Cameron che il nostro visitatore con tanta ostinazione? I risparmi di mio fratello erano di certo trascurabili rispetto al giro d'affari annuale di Foley. La sveglia sul comodino segnava le tre e cinquantacinque del mattino. Ci volevano due ore e mezzo per raggiungere Aberdeen, di più con questa bufera. Non mi era rimasto più tempo. Mi passai le maniche della divisa sugli occhi rovinandomi l'eyeliner che formò sbavature granulose, feci un respiro e mi calmai.

Jai sembrava sotto shock. «Perché farlo? Se sei l'unica a conoscere il modo di accedere alla barca, potrebbero avere ancora bisogno di te?» Aggrottò la fronte. «Non capisco.»

Tenni i miei pensieri per me. Anche se avessi voluto esprimerli, analizzarli fino a elaborare una versione plausibile dei fatti di quella notte, non penso che avessi abbastanza aria per farlo. Jai continuò a pensare a voce alta. «L'acqua del lago è insidiosa, giusto? Il ghiaccio, le correnti. Forse gli servi come guida. Qualunque sia la ragione, Remie, la verità è che tu gli sei utile, io no. Sono spacciato. Dobbiamo andarcene ora prima che Coben ci attiri in trappola.»

Cercai di ragionare. Sapevo perché mi avevano rubato il passaporto, e quella certezza sempre più forte mi infuse nuove energie. Foley e Coben contavano sulla mia disperazione. Non si aspettavano invece coraggio, astuzia, aggressività. Se volevo vendicarmi in qualche modo, o quanto meno fuggire, avrei dovuto essere più scaltra di entrambi. Jai non avrebbe capito. «Io resto» dissi. «Mi serve quel passaporto.»

«Il viaggio a Santiago? Stai vaneggiando, per la miseria. Passerai il prossimo mese in una stanza interrogatori.» Non replicai nulla, e appena notò la mia determinazione, fece una faccia sconsolata. «Sei pazza. Sono assassini. Criminali.»

Sapevo che da un certo punto di vista aveva ragione, però ero decisa. «Lo ha uno di loro. Devo trovarli.»

Rimase a bocca aperta. «È una follia. Ascoltati!» esclamò con una voce più aspra e gli occhi socchiusi. «Nessuno rischierebbe la vita per questo. A meno che tu non stia, forse, fuggendo dal paese?»

Mantenni un tono misurato. Ebbi la sensazione di una nuova, futura me stessa, proprio lì nella mia stanza da single. «Santiago è l'inizio di tutto» replicai.

Jai si rasserenò. «Te ne vai per sempre. Il tuo piccolo segreto.»

Gli sorrisi cupa. «Grande. Ora lasciami indovinare il tuo. Cosa hai detto tornando dal luogo dell'incidente? "Non sono stato del tutto onesto con te?" Le domande su Porterfell, le registrazioni con il cellulare... sei una specie di giornalista, giusto? Stavi per confessarmelo mentre scendevamo lungo il vialetto.»

Quando rispose, aveva un tono pacato. «Ti avrei chiesto l'autorizzazione se avessi mai avuto l'intenzione di usare l'audio.» Si sedette sul letto e si chinò esaminandosi le mani. «Volevo dirtelo, Remie, ma quando si tratta di storie del genere, è sempre meglio chiedere perdono più che il permesso.» Sostenni il suo sguardo. Sbatté le palpebre per primo. «Quando ho detto d'essere un tecnico di trasmissione, era la verità. Ma non sono stato del tutto sincero. Ascolta, sono un giornalista che cura un podcast, okay? Presento un documentario investigativo. *Questione di colpa.*»

Le sue stranezze irritanti, l'interesse per il carcere, il fiuto per una storia e la disinvolta sicurezza che mostrava con le persone, il modo in cui le induceva ad aprirsi, tutto ebbe d'un tratto senso alla luce di quella rivelazione. «E avevi intenzione di dirmelo quando?»

Scrollò le spalle. «All'inizio non ce l'avevo proprio. Ottengo reazioni oneste e storie vere se registro sotto copertura. In ogni caso, non ha importanza. È arrivato Gaines e ho dovuto prendere una decisione, quindi nel bene o nel male ho scelto di tacere, d'accordo? Sapevo che in quel modo avrei ottenuto materiale migliore.»

«Gesù, Jai.»

«Comunque sia, è spuntato Gaines Due, Foley, e ha complicato le cose. Dopo, non sono riuscito a trovare l'occasione giusta. Te lo avrei detto, davvero.»

Soffocai la furia. Avevamo entrambi tenuto un segreto; almeno lui aveva confessato il suo. Io d'altronde non ero nella posizione di rivelare informazioni su una borsa contenuta in una cassetta di sicurezza, soprattutto a un giornalista investigativo. *«Questione di colpa»* dissi. «Quindi presumo sia un documentario su Troy Foley.»

Lui annuì. «Stiamo indagando sul traffico d'armi tra Stati Uniti e Regno Unito. Sull'organizzazione di Foley in particolare. Un tuffo nella distribuzione e nell'uso delle armi da fuoco in tutto il Paese. I media britannici sono fissati con gli accoltellamenti ma i reati commessi nel Regno Unito con le armi da fuoco sono cresciuti significativamente negli ultimi cinque anni, e noi vogliamo spiegare perché. Parliamo dei tentativi americani di monopolizzare il commercio globale delle armi, dei repubblicani favorevoli, dell'allentamento delle regole, di cose del genere. La Georgia e la Florida sembrano essere la fonte delle recenti importazioni. Siamo andati alle fiere per vedere come operano, ed è un caos. Nessuno rintraccia i numeri di serie. Le pistole di seconda mano vengono scambiate come figurine del baseball. Squadre di americani le portano oltre la dogana nascoste nei condizionatori, in vecchie auto, in ogni modo possibile. Poi l'organizzazione di Foley le recupera e le consegna nel Paese attraverso le bande, le cosiddette County Lines.»

Pensai alla notte in cui io e Cameron avevamo ripulito il furgone sotto la pioggia da qualche parte. Conoscevo la risposta, ma feci lo stesso la domanda. «E il tuo interesse per me?»

«Tuo fratello faceva parte dell'organizzazione di Foley. Sei quanto di più prossimo ci sia a un resoconto di prima mano di com'era lavorare per lui.» Jai si passò le mani sulle ginocchia. «E sei una testimone credibile. Docente di psicologia all'Università di Edimburgo, hai lavorato con gli adolescenti problematici, hai sostenuto attivamente il ricorso in appello di Cameron.»

Lo stomaco mi si rivoltava. Aveva fatto le sue ricerche.

«Guarda, il nostro compito è raccontare le storie che i media normali non divulgano. I reati legati all'uso delle armi da fuoco sono aumentati quasi del trenta percento in cinque anni, solo nell'ultimo anno ci sono stati all'incirca diecimila casi, e dov'è l'indecenza, Remie? Dove sono le denunce, i vecchi e sani reportage? I mainstream media non toccano l'argomento, ma tutto questo è nell'interesse pubblico. La gente deve sapere che i nostri confini sono un colabrodo, la polizia di frontiera è scarsamente finanziata e a corto di personale, la National Crime Agency superata. È un'indagine fondamentale.» Fece una smorfia. «Sembra ingeneroso dirlo, ma dato che è il mio lavoro, lo farò. Nessun altro racconterà questa storia, quindi ci penserò io. Se significa usare metodi scorretti, non mi tiro indietro. Una chiacchierata con te chiarirebbe un sacco di interrogativi.»

28

Mandai Jai a fanculo, senza mezzi termini.

Lui trasalì di fronte alla veemenza del mio tono e si schiarì la voce. «Senti, sono venuto qui per lavoro, proprio come te. Solo che le cose hanno preso una piega imprevista. I problemi al carcere. Foley scatena un'altra rivolta – è una mia supposizione, ma abbiamo chiesto a una squadra di fare ricerche – si tratta della terza volta, quindi viene trasferito. Lui però ha qualcuno all'interno, l'autista della ditta di trasporti Serco, Shelley Talbot.»

Non sapevo perché gli stessi prestando attenzione. Jaival Parik era disonesto come tutti gli altri attorno a me e le sue manipolazioni non erano giustificate dal fatto che sostenesse d'essere una specie di crociato in cerca della verità, benché senza dubbio si considerasse tale. Cercai di soffocare un'ondata di furia cieca pensando al Cile, al viaggio in macchina da Santiago verso nord, nell'Atacama. Ai cieli notturni. Mancavano poche ore ormai, ma sapevo di non potercela fare da sola. *Qualcuno* doveva essere mio alleato.

Forse il reporter investigativo con una causa era l'unica scelta a disposizione. «Ho avuto proprio l'impressione che Shelley mi abbia fatto una confessione alla radio ore fa» replicai ricordando le parole che mi aveva sussurrato. «Diceva di aver fatto un patto. A quanto pare, l'hanno pagata per agevolare il tentativo di evasione di Foley.»

La sua espressione si addolcì di fronte al mio atteggiamento collaborativo. «Sì, ci sta. Ha una rete di simpatizzanti, di uomini e donne all'interno, ricompensati bene per fornire informazioni. In questo momento sto pensando che Talbot sia una dei due complici. Lo aiuta a uscire, mentre Coben gli organizza il viaggio.»

«Il SUV nel garage» affermai sedendomi sul letto al suo fianco.

«Esatto. Ma sorgono complicazioni per il maltempo. Shelley avrebbe dovuto fermarsi e liberare Foley. Lui ha intenzione di uccidere i poliziotti della scorta e infine lei. La bufera tuttavia fa sì che la donna si schianti con il furgone e nel caos...»

«Lui perde il controllo della situazione» proseguii «e non sa chi e dove sia. Controlla Shelley: sembra morta, come del resto Gaines. È sotto pressione, deve improvvisare, perciò ruba la pistola e il tesserino dell'agente, uccide il poliziotto più giovane, indossa la sua uniforme e si incammina verso l'albergo.»

«Sì. Ma la discesa nel bosco si trasforma in un incubo. Gli cade la pistola e si perde. Arriva tardi ed è costretto a recitare il ruolo dell'agente disperato.»

«Poi Shelley chiama via radio e appare chiaro che è sopravvissuta» osservai riprendendo il filo.

Jai mi guardò desolato. «E noi glielo abbiamo riferito.»

Il senso di colpa era tornato, profondo e soffocante. Gli posai, incerta, una mano sulla spalla e la sentii alzarsi e abbassarsi con il respiro. Un attimo dopo ricambiò il gesto posando un braccio sul mio, tanto che sembravamo due adolescenti seduti vicini al cinema. Nel silenzio che seguì mi chiesi cosa sarebbe successo se Shelley non fosse mai riuscita a comunicare via radio. Le cose sarebbero andate diversamente? O se fossi stata al passo di Foley salendo la montagna? «Non è colpa tua» ripetei.

Lui si mosse annuendo. «Ci ha ingannati.»

«Sì. Povera Shelley.» Gli diedi una pacca sulla schiena abbassando le spalle, e a quel punto lui tolse il braccio. Il nostro tranquillo momento di vicinanza era finito. Mi alzai, le gambe dolenti. «Però siamo ancora qui, Jai.»

«Sì. Hai ragione.» Batté le palpebre guardandosi attorno come un uomo al risveglio. «Siamo fortunati a essere vivi. Se avesse trovato un'arma sul luogo dell'incidente, ci avrebbe sparato all'istante.»

Un'arma. Il dolore agli arti si attenuò fino a svanire e i piani furono evidenti di per sé. Avrei dovuto dare la caccia a Coben e Foley e proteggermi, il che significava procurarmi un'arma da fuoco di qualche tipo. C'era una stanza piena di fucili, resa inaccessibile dalla valanga, ma un anno prima, dopo la morte di Cameron, ero caduta in preda al panico al punto da rubarne e nasconderne uno. La persona che ero un tempo senza volerlo mi aveva dato un vantaggio. Se fossi riuscita a portare Jai al sicuro, lontano dall'albergo, avrei affrontato il resto da sola.

«Prima di uscire» affermai prendendo la mazza da hockey, «c'è una cosa che devo recuperare.»

Colsi sollievo nel suo lento sospiro. «Okay» replicò. «Anch'io. Appunti e registrazioni di cui ho bisogno. Poi ce ne andiamo, giusto?»

Volevo indorargli la pillola un po' alla volta, perciò mentre cacciavo il minimo indispensabile in uno zaino, mi limitai ad annuire.

Una volta nella camera di Jai, chiusi a chiave la porta e accesi la luce sopra lo specchio del tavolo. Bastava per vedere. Era grande due volte la mia. Una delle doppie di lusso del Mackinnon con bagno. Jai aveva sparpagliato i suoi effetti personali sul tavolo di noce, aperto una valigia svuotandone il contenuto sulla moquette crema, inserito un amplificatore di segnale nella presa del televisore e gettato gli asciugamani usati in bagno.

Il letto era invaso di carte: annotazioni scribacchiate e schemi, date e orari, grafici di nomi collegati da linee. «Cosa sono?»

Lui li riordinò e cominciò a metterli via. «I miei appunti.» In cima alla rete spiccava il nome *Foley.* Sotto ce n'erano tre, dalle cui posizioni si intuiva la linea di comando. *Hendrick* al centro, proprio sotto Foley, evidentemente una specie di vice. Controllai i due ai lati aspettandomi di vedere *Coben.* Invece no. Uno era *Diaz,* un altro *Hammer.* Scorsi la catena che si allargava via via verso il basso, cognome dopo cognome: *Schalansky, Ford, Petrescu.* «L'ha messa insieme la squadra» spiegò Jai. «Cercando tra articoli di giornale, arresti, persone potenzialmente implicate in attività criminali, forum sul dark web. Sembra che l'organizzazione di Foley sia più grande di quanto chiunque sospettasse.» Assentii cercando il nome Yorke mentre continuava. «Da quello che sono riuscito a stabilire, è ancora operativa» disse. «Capisci quello che intendo quando parlo di interesse pubblico? Molti di questi capibanda sono ancora a piede libero, pertanto Foley è stato rimpiazzato e oggi ci sono altri importanti pezzi grossi. I nomi sottolineati in rosso sono quelli di chi è stato catturato nell'operazione che portò all'arresto di tuo fratello. Foley è qui. Altri però sembrano spariti del tutto, forse uccisi in qualche scaramuccia di cui non sappiamo neppure. Hendrick, il tizio che fa il vice, chiunque sia, è scomparso; è stato citato l'ultima volta nelle comunicazioni quasi due anni fa. Probabilmente è morto in un fosso da qualche parte.» Indicò con il dito sul foglio. «La difficoltà sono i presunti nomi. Quei tizi possono costruirsi una nuova identità, con tanto di documenti, in meno di una settimana. Molti hanno due o tre passaporti, usano nomi diversi a seconda del lavoro che devono svolgere e cambiano identità in base ai fornitori. Si scambiano anche i documenti: li usano, poi li passano a un altro.»

«Non c'è traccia di Coben» osservai.

«Non sarà il suo vero nome. Gran parte sono pseudonimi.»

«E Cameron?»

Jai alzò le spalle. «Non sono ancora riuscito a ricostruire l'elenco completo.»

«Dev'essere da qualche parte.»

«Immagino sia così, sì. Ci sono molti nomi che non abbiamo ancora individuato. Forse i corrieri che si occupano della distribuzione comunicano in un altro modo? Forse l'appartenenza alle bande è più fluida ai livelli inferiori? Dev'esserci un grande turnover, i ruoli devono essere provvisori.» Jai piegò le carte. «È tutto quello che abbiamo finora. Mi dispiace di non sapere di più.»

Il mio alleato frugò nell'armadio ed estrasse una tracolla nera, l'aprì sul materasso e io guardai mentre chiudeva lo schermo di un laptop che aveva messo in carica, avvolgeva il cavo attorno alle dita e metteva il tutto nella borsa trasalendo per il male al braccio. Prese quindi un paio di telefoni con i rispettivi caricabatteria. Dopodiché si accovacciò e da sotto il letto estrasse una scatola di metallo rossa tutta ammaccata grande quanto uno spesso volume tascabile. Era stata infilata là e nascosta da una coperta. Attrezzatura audio: manopole davanti, una presa per le cuffie e una serie di interruttori, un cursore del volume. E, con il cavo arrotolato con cura attorno, un microfono. Quello era l'uomo per il quale avevo passato metà della notte a convincermi che mi avesse registrato per sbaglio. Era uno studio di trasmissione ambulante.

Sistemò gli appunti sopra l'attrezzatura, al sicuro, poi si mise la borsa in spalla chiudendo gli occhi per il dolore. «Fatto.»

Presi il mio mazzo di chiavi e cominciai a cercare quelle del cancello e della rimessa. «Senti, Jai» dissi preparandomi. «Torna in camera mia. Usa le scale del balcone per scendere. Segui il lago fino al recinto perimetrale e aspettami alla barca. Non avrai problemi.»

«Ma... credevo venissi con me.»

«No» risposi con pazienza. «Devo sistemare alcune cose qui.»

Lui aggrottò la fronte. «Remie.» Abbassò la voce fino a sussurrare. «Ho messo in piedi un'indagine su questa gente maledettamente orribile. Sono spietati e violenti. Non hanno scrupoli: ti uccideranno. Ma questo tu lo sai. *Lo sai*. Smetti di fare muro. Cosa ti aspetta in Cile di tanto importante da rischiare la tua vita?»

Mi accorsi che il giornalista in lui aveva assunto il comando e non mi piacque. Avevo le mie ragioni, ed erano mie, e mie soltanto. «Vai, Jai.»

Lui si raddrizzò. «Non intendo farlo» ribatté con tono sempre più deciso. «Che ti piaccia o no, sei diventata parte di questa storia, Remie. Se me ne vado ora, non sarò in grado di raccontarla nel modo corretto.»

Sollevai la mazza da hockey e lanciai al mio compagno quella che mi augurai fosse un'occhiata calma e determinata. «Fa' come ti pare. C'è un'altra cosa che ci servirà» dissi. «Ed è di sotto.»

Una volta usciti, Jai chiuse la porta della stanza sussultando al suo *clic*, poi annuì senza parlare, la mascella contratta. Mi allontanai il più silenziosamente possibile e ci fermammo in cima alle scale, indugiando in preda al panico di fronte alla ringhiera del pianerottolo. Alla fine mi avvicinai sollevando e posando con trepidante cautela i piedi. Sporsi la testa al di là per farmi un'idea del corridoio sottostante. *Se fossi stata Foley*, pensai, *mi sarebbe bastato attendere*. Non c'era bisogno di andare in cerca della preda quando questa sarebbe venuta da te. Là sotto non vidi nulla. Considerai gli ascensori scartando subito la possibilità. Controllai Jai. Respirava con le labbra contratte. Scorgevo il sudore nelle rughe della fronte. Mi fece un breve cenno.

La moquette era abbastanza spessa da attutire gran parte dei movimenti, ma le assi al di sotto scricchiolavano, perciò mi tenni sul bordo dei gradini e scesi lentamente fermandomi al momento di girare, a metà strada, per controllare velocemente cosa ci fosse più in basso. Era tutto deserto, ma in disordine. Mi chinai per avere una visuale maggiore del corridoio dal pianterreno notando i teli protettivi e le latte di vernice. Non c'era traccia di nessuno. Verificai di nuovo, stavolta analizzando i cambiamenti che vedevo. Avevano aperto un barattolo. Color rosso cabina telefonica. Dentro c'era un pennello. Jai era fermo al mio fianco e osservammo le scale e il corridoio di sotto.

C'era un messaggio dipinto sul muro.

29

Dobbiamo trattare, annunciava la scritta rozza e sbavata.

Sotto, avevano dipinto una freccia puntata verso la cucina e il bar; la vernice era colata formando bizzarri rivoli. Le brusche pennellate, stranamente infantili, mi fecero gelare il sangue nelle vene. Le due parole confermavano la possibilità a cui stavo pensando da quando era sparito il passaporto. *Trattare.* Avevano qualcosa che volevo. E io avevo qualcosa che volevano. Ovvero la borsa di Cameron. *Quindi cosa conteneva?* Indietreggiai fino all'altezza di Jai e lo spinsi. Arretrammo di qualche passo e mi appoggiai al muro, con il battito del cuore nelle orecchie. Dovevo riflettere.

Lo fece anche lui fissando la moquette, il respiro irregolare. L'osservai mentre si asciugava la fronte con la manica della giacca. Il suo sommesso bisbiglio fu il più silenzioso possibile. «Cosa significa?» Alzai le spalle e mi guardò torvo. «Cos'hai che lui vuole?»

«Dev'essere la barca» risposi. Mi augurai di avere un tono sicuro. «Senti. La porta del seminterrato è poco più in là, a sinistra. Ricordi?» Lui annuì battendo veloce le palpebre. «Quello che mi serve è là sotto» gli sussurrai. «Io vado. Il casino è mio.»

Lui strinse le labbra, concentrato. «No» mormorò. «Vengo con te.»

Assentii, grata.

Scendemmo fermandoci a ogni gradino, piantando entrambi i piedi, e attendemmo, tesi, qualche istante per poi procedere. Giunti quasi in fondo, mi affacciai rapidamente per controllare il corridoio a destra e a sinistra. Era immerso nel buio. C'era una luce in fondo a sinistra, proveniva dal bar. A parte ciò, era deserto. Indugiai ai piedi delle scale con la mazza sollevata e le braccia che mi bruciavano. *Dobbiamo trattare.* Il messaggio dipinto stava colando verso il basso. La "e" di "trattare" si era trasformata in una bocca fluida sempre più aperta.

C'erano un sacco di cose che non avrei voluto fare in quel momento, ma la prima in lista era seguire quella freccia deforme lungo il corridoio.

Subito a sinistra si apriva la porta dello scantinato. Inserii la chiave e molto lentamente ruotai la maniglia, aprendola. Per l'ultima volta prima di scendere studiai il corridoio del pianterreno osservandone il tratto buio fino alla luce che usciva dalla porta semiaperta del bar. Sarei dovuta andare là. Prima però il seminterrato. Mi assicurai che fossimo entrambi all'interno, dopodiché autorizzai Jai ad accendere la torcia e chiusi bene la porta prima di girarmi. Fu un bene: se avessi controllato l'altezza dell'acqua là sotto prima di chiuderci dentro, forse avrei perso ogni coraggio. C'eravamo soltanto noi due, e il fascio di un'unica torcia, nella cantina allagata, in quella tenebra umida e senz'aria che mi riportò alla mente l'esperienza sotto la neve. Jai la puntò in basso e la sua luce creò tante piccole stelle su quel liquido nero inchiostro. L'acqua era arrivata a metà della scala improvvisata. Mi girai per scendere.

Poco dopo mi lambì le gambe e si fermò sotto le ginocchia. A quell'altezza mi strinse in una morsa, fredda come il ferro d'inverno. A Jai strappò un sibilo appena mi raggiunse.

«Quel messaggio» disse. «Non riguarda la barca, Remie. Cosa vuole Foley?»

Il buio era un ambiente gorgogliante pieno di echi. I muri grondavano acqua. Da qualche parte sentivo un tubo rotto perdere. Jai era sveglio ma se gli avessi raccontato tutto, avrei perso la sua fiducia. L'unica cosa che ci teneva insieme era la certezza, pur vaga, di intenderci. Però, proprio come aveva fatto con me, anch'io avrei dovuto nascondergli delle cose per il suo bene. «Ascolta» affermai. «I sentieri lungo la riva del lago sono l'unico modo per uscire di qui. Ce ne sono due: uno alto e uno basso. Il primo è insidioso: ha ponti di legno per superare forre profonde, costeggia il fianco della montagna, è ripido e scivoloso finché non scende al livello dell'acqua. Quello inferiore? Anche quello è pericoloso. L'Alder è tutto ghiacciato e la neve caduta ha ricoperto sia il terreno sia l'acqua congelata. Difficile distinguerli. Tutti e due terminano all'altezza di un recinto alto e di un cancello chiuso a chiave, e io sono l'unica ad averla.» Tutto ciò era vero. Quello che aggiunsi dopo ero piuttosto certa che non lo fosse, ma lo dissi lo stesso. «Gli serve una guida. Coben ha le cartine, ma non conosce l'itinerario bene quanto me. E poi c'è la barca.»

Jai mi passò la torcia mentre ascoltava. Il suo volto era inghiottito dall'oscurità. Non riuscivo più a leggerne l'espressione. «Se è vero,» replicò «ti uccideranno appena li avrai portati al sicuro.»

«Per questo siamo qui» affermai orientando la luce sul passaggio allagato. Scorsi qualcosa di grigio-blu galleggiare. «Laggiù c'è l'unico nostro vantaggio.» Il corridoio fluttuava attorno a noi mentre avanzavamo oltre la stanza dei sorveglianti a destra e il locale caldaia. La illuminai. Era acquattata nel buio, lambita da vari oggetti galleggianti.

Puntai la luce sulla porta successiva girandomi verso di lui. «È là dentro.»

Dovetti accostarmi per aprirla con una spallata. L'acqua mulinò e mi sfiorò mentre entravo. Il Mackinnon aveva diverse stanze del genere, adibite a cimitero delle scartoffie degli anni precedenti l'avvento dei computer. Gli schedari impolverati, disposti in fila l'uno accanto all'altro, formavano corridori come nelle biblioteche. Uno era stato ribaltato dall'acqua e giaceva riverso come un ubriaco. Sembrava che un'esplosione avesse scagliato dappertutto i vecchi dossier; i fasci di pagine appiccicate mi si attaccavano alle gambe. Quel posto era pieno di gocciolii e schiocchi come una grotta. Avanzai fino all'angolo in fondo dove i mobili erano stati addossati a una serie di scaffali traballanti, per lo più vuoti. Posai la torcia con cura assicurandomi che illuminasse il punto interessato, infilai un braccio dietro gli schedari e tolsi i raccoglitori umidi che avevo infilato là dietro. Mi allungai sperando che quello che stavo cercando non fosse stato rovinato dall'acqua. Era l'unica nostra possibilità di uscirne vivi. Jai all'inizio mi osservò a bocca aperta, ma quando recuperai il fucile avvolto in un vecchio telo protettivo, la sua espressione cambiò.

«Caspita» mormorò nell'oscurità. «Da quanto è lì?»

Lo estrassi buttando via il telo e mi misi in tasca una manciata di cartucce. Mi sentii pervadere da un senso di sollievo. Era asciutto e sembrava uguale all'ultima volta che lo avevo visto. La dimostrazione di Gaines sull'uso di un fucile da caccia quella sera era l'esperienza più diretta che avessi avuto con un'arma da fuoco. Nei giorni seguenti la morte di Cameron lo avevo tenuto in camera, mi ero esercitata a impugnarlo, sollevarlo e prendere la mira. Ma era stato un anno prima, e ora mi sembrava del tutto estraneo tra le mie mani. Innaturalmente lucido e pesante. Faticai ad aprirlo e controllai la camera. Conteneva già due proiettili, che avevo inserito un anno prima. Azionai la sicura. Jai mi stava studiando con attenzione. Non dovette neppure chiedere.

«Posso spiegarti» dissi tra gli echi della mia voce. «Quando mio fratello è stato ucciso, ho avuto paura. Ho pensato di dovermi proteggere. Forse ti sarai accorto che la polizia non prende molto sul serio le donne, soprattutto quelle spaventate. Non avevo prove concrete di alcuna minaccia, ma non riuscivo a chiudere occhio la notte. Credevo di star impazzendo: sentivo rumori quando ero di turno, pensavo che ci fosse qualcuno nel buio fuori. Avevo paure assurde.» Sollevai goffamente il fucile. «Perciò ho preso questo dall'armeria. L'ho tenuto al sicuro per un po', nel caso qualcuno fosse venuto a cercarmi.»

«Intendi la banda di Foley?» Jai stava quasi parlando a se stesso. «Perché? Tuo fratello ti aveva detto qualcosa? Qualche segreto sulla gestione dell'organizzazione? Perché se è così, Remie...»

«Ho dato una mano notevole per il ricorso in appello e penso che gli altri membri della banda non fossero contenti all'idea che potesse uscire» mentii. «Lo tenevo sotto il letto ma poi ho cominciato ad angosciarmi al pensiero di cosa avrei fatto se mi avessero trasferito o se qualcuno lo avesse scoperto. Perciò ho finito per nasconderlo qui. Ho sempre voluto restituirlo ma...»

«Sai usarlo?»

Scossi la testa. «Tu?»

Lui scrollò le spalle. «Una volta sono andato a sparare.» Si sfregò i palmi sulle tasche mordendosi il labbro inferiore. «Questo posto è orribile» disse. «Ma non voglio risalire.»

«Tu non sei costretto a seguire la freccia» replicai. «Io sì.»

«Abbiamo alcuni vantaggi» bisbigliai mentre ci avvicinavamo alla scala. «Non credo sappia che siamo in due. E non ha idea che siamo armati.» Gli passai il fucile. Jai lo prese con riluttanza, lo studiò tra le sue mani come se lo vedesse per la prima volta. «Togli la sicura. Seguimi in corridoio verso il bar ma a distanza. Non entrare, lo farò io. Aspetta vicino alla porta senza farti vedere. Sii pronto a sparare.» Lui mi ascoltò. Il suo sguardo distante rivelava che era immerso in un dialogo interiore. Non penso che vedesse nulla. «Probabilmente non arriveremo a tanto ma se succedesse, alzerò la voce» proseguii. «Non importa quello che dirò: aspetta di sentirmi alzare la voce. È il tuo segnale. Okay? Ce la fai?»

Jai sbatté le palpebre voltandosi verso di me. «Sì» sussurrò e la voce gli si spezzò. «Ti seguo. Aspetto vicino alla porta. Alzi la voce, e questo significa che le cose si stanno mettendo male. Io...» Tentò di deglutire. «Proverò a sparare.» Lo guardai sussultare per il groppo che aveva in gola. «È una follia» gracchiò.

Non potei fare altro che annuire.

Giunti nuovamente al livello del terreno, il messaggio scritto con la vernice, che si stava squagliando a poco a poco, sembrava sempre più opera di uno psicopatico. Mentre osservavo il corridoio in direzione della luce che usciva dalla porta del bar, sentii la paura in gola. Jai teneva maldestro il fucile e avanzammo in modo penosamente lento con i piedi che facevano *cic ciac.* Incamminarsi verso quella luce fu come scendere in una specie di inferno.

Più da vicino, notai che la porta della cucina era aperta. Coben poteva essere nascosta là. Poteva essere una trappola. Aspettai in compagnia del mio battito accelerato. Se veniva spinta abbastanza, la porta a vento si incastrava sulle piastrelle sconnesse. All'interno la luce era accesa e scorsi fugacemente parte della cucina. Era un caos di cassetti gettati dappertutto, il loro contenuto rovesciato sui banchi. Quello era stato il rumore che avevamo udito sul tetto, lo avevo identificato alla perfezione: lo sferragliare delle lame. Là dentro c'erano di solito coltelli ovunque, ma da una rapida occhiata vidi che tutti i blocchi erano stati svuotati. Immaginai che Foley e Coben li avessero esaminati decidendo quali sarebbero stati più efficaci per smembrare i loro nemici. Feci un altro passo. I frigoriferi erano aperti, il cibo per terra.

Il locale sembrava vuoto.

Incrociai lo sguardo di Jai, indicai con un cenno l'altro lato del corridoio e cercai di lanciargli un'occhiata rassicurante. Strisciò fino a mettersi in posizione vicino alla porta del bar, la schiena contro il muro del corridoio, il fucile tenuto appoggiato al petto.

Controllai l'ora. Le quattro e quaranta del mattino. Lo superai, spinsi la porta ed entrai.

Troy Foley era seduto a un tavolo, stava mangiando con una mano. Davanti, aveva un pollo avvolto in un foglio di alluminio circondato da tovaglioli usati. Non era più Gaines Due con la sua postura eretta, se ne stava accasciato e artigliava la carne con le dita sudice dell'unica mano sana. Teneva il braccio sinistro nel giubbotto dell'uniforme, con la manica penzoloni. Aveva appoggiato un fucile da caccia al ripiano del tavolo con la canna rivolta verso l'alto e scostato la sedia di fronte a lui. Feci esitante un paio di passi imponendo alle mie gambe di muoversi. Aveva la faccia malconcia: la guancia sinistra e il mento erano rossi e graffiati, il sangue gli si era coagulato nell'orecchio e il colletto della camicia era impregnato di rosso. Quando batté le palpebre, una non si mosse correttamente.

Fece un gesto grugnendo. Incapace di appoggiarmi allo schienale a causa dello zaino, mi sedetti sull'estremità della sedia davanti a lui. Dal giubbotto aperto notai che teneva il braccio sinistro ferito contro il petto, immobilizzato da una benda. Non potevi farti una fasciatura del genere da solo, e poi aveva un fucile. Questo significava che erano due, eppure non riuscivo a vedere Coben. Mi ero aspettata di trovarli insieme. Pensai a Jai e fui rósa dall'ansia.

Il suo sguardo mi seguì mentre controllavo la stanza. Si pulì la bocca e parlò con un sorriso crudele sulle labbra. «Non c'è bisogno che ti preoccupi della tua ospite scomparsa» disse. Aveva un accento più forte, più marcato di prima. «È con me.»

«Hai ucciso mio fratello» replicai. Non avevo mai pronunciato quelle parole a voce alta e mi uscirono in modo strano. Non fu facile tenere la voce bassa, ma dovevo farlo per Jai. «Lo hai ucciso un anno fa in quella rivolta.»

Foley aveva di fronte un bicchiere di whisky. Ne sorseggiò un po' studiandomi al di sopra del bordo, socchiuse per un attimo gli occhi mentre l'alcol gli scendeva in gola, poi si schiarì la voce. «Qualche anno fa hai messo fuori combattimento uno dei miei autisti. Franks, si chiamava. Gli hai fracassato la mano in minuscoli pezzi, se ricordo bene.» Indicò con un cenno la mia Midbow. «Sono letali nelle mani sbagliate, quegli aggeggi. Alla fine ho dovuto eliminare quel povero ragazzo.» Mi augurai che non significasse quello che sembrava. Foley si passò la lingua sui denti superiori. Nella sua parlata strascicata era esasperante. «L'ironia è che in effetti ho promosso tuo fratello per sostituirlo, il che credo renda tutto quello che è successo dopo colpa tua quanto mia.» L'effetto fu quello di un pugno e mi tolse tutta l'aria dai polmoni. Stava mentendo, doveva essere per forza così. Pensai a Jai accanto alla porta, appoggiato al muro del corridoio, con il fucile pronto. Avrei dovuto solo alzare la voce e lui sarebbe apparso sulla soglia. Abbassarmi e trovare riparo.

Tieni le mani sulla mazza da hockey, mi dissi. *Non mollare.*

«Quindi, sì, sono dovuto intervenire nel caso di Danny Franks» continuò «e poi in quello di Cameron Yorke, e il punto in comune tra i due» disse strappando un pezzo di pollo con la mano buona e masticando «sei tu. Forse, se non ti fossi accanita tanto con l'appello di Cameron, le cose sarebbero potute andare in modo diverso. Forse se non lo avessi incoraggiato a fare programmi, la situazione si sarebbe evoluta in un altro modo. La sua ambizione è diventata pericolosa.» Alzò una spalla come per dire "cosa ci si può fare", sorseggiò un po' di whisky e riprese a parlare con la bocca piena. «Quando presenti ricorso, i legali dei coimputati informano i loro clienti. Quindi sono venuto a sapere piuttosto in fretta che stavi architettando qualcosa per conto di tuo fratello. Non potevo lasciare che Cameron uscisse per... cosa, ingiustizia sostanziale? Nuove prove? Qualsiasi cosa fosse. Non potevo permetterlo.»

Mi accorsi d'essermi protesa in avanti sulla mazza con le braccia tremanti. Avevo spianato la strada per l'ascesa di Cameron nell'organizzazione di Foley, creato le condizioni perché mio fratello venisse ucciso. Era tutta colpa mia. Se solo me ne fossi tenuta fuori... ma non avrei mai potuto. Avevo dedicato la mia adolescenza e i miei vent'anni a cercare di capire Cam. Avevo compatito i miei genitori per la loro indisponibilità a comprendere; incaponita, ero andata avanti fino in fondo.

Però, no. Era tutta una manipolazione di Foley. Stava cercando di distruggermi. Mi raddrizzai. Tenni la voce bassa. «Cosa vuoi?»

Si passò un tovagliolo unto sulla bocca. «Sai cosa voglio, Remie.»

Era vero, ma non sarei stata io a dirlo. «Illuminami.»

Lui appallottolò il tovagliolo con una mano e richiuse con cura sul pollo il foglio d'alluminio. Lo osservai pulire il tavolo con una strana meticolosità, scostare il pollo e posare il palmo della mano destra sul ripiano. «È stata una notte lunga e incasinata, perciò andrò diritto al punto. Cameron ci ha derubato.» Bevve. «Adesso hai qualcosa che mi appartiene e lo rivoglio.»

30

Lasciai sedimentare il discorso. Avevo sospettato qualcosa del genere per un anno, ma fino alla scomparsa del mio passaporto non ne ero mai stata del tutto certa. Non avevo rubato e nascosto un fucile perché avevo dato una mano nel ricorso in appello di Cameron, benché fosse probabilmente apparso plausibile quando lo avevo raccontato a Jai. Lo avevo fatto perché ero l'unica rimasta in vita che sapeva dove si trovasse una certa borsa.

Mi era venuto per la prima volta quel pensiero nei giorni seguenti la mia ultima visita a Cameron a Porterfell. Risentii le sue ultime parole a questo proposito. *Se dovesse succedere qualcosa, voglio che la prenda. Tutto quello che contiene è tuo.* A quel tempo non ci avevo fatto molto caso, ma dopo la sua morte quella frase aveva assunto una nuova rilevanza. Era come se avesse previsto, se addirittura si fosse aspettato che la sua vita fosse in pericolo. A metà di un silenzioso turno di notte, il giorno dopo, seduta da sola alla reception, avevo riesaminato la conversazione. Avevano cominciato a emergere alcune possibilità, e con esse i pericoli.

E se, mi ero detta, *mio fratello non si fosse riferito al piano di piccoli risparmi che lo avevo esortato ad adottare?* Forse Cameron non aveva semplicemente messo da parte un po' di soldi ogni volta che lo pagavano e aveva invece perpetrato una specie di furto rischioso, su vasta scala. Forse come aveva detto Foley, la sua ambizione era diventata pericolosa. E, se così era, forse lui aveva capito quello che aveva combinato mio fratello. Si può immaginare la sua furia: scopre che all'organizzazione mancano un bel po' di soldi, e per pura coincidenza un coimputato presenta ricorso contro la sua sentenza di condanna. Cameron Yorke se ne va libero con i soldi di Troy Foley? Non era tollerabile, e non lo era nemmeno un'altra cosa: che i soldi finissero a sua sorella, che secondo l'informatrice Shelley Talbot stava progettando un lungo viaggio in Cile. Shelley. Una donna abile a fingere di voler chiacchierare quando in realtà era stata pagata per ascoltare. Aveva trascorso molto tempo al bar per cavarmi di bocca la mia storia. Quello di cui non mi ero resa conto fino a quell'istante era che riferiva ogni cosa a Foley.

Alla fine tutto era chiaro. C'era senza dubbio un motivo se Troy Foley aveva scelto quella notte specifica di febbraio per evadere. E se il luogo dell'incidente era stato stabilito nelle vicinanze dell'hotel Mackinnon. E quella ragione ero io.

«Non so cosa intendi» risposi. Le mie parole suonarono vuote, e lo sapevo.

«Lascia che ti spieghi» disse l'uomo dall'altra parte del tavolo. «Poco prima che facessi uccidere tuo fratello, una servizievole guardia carceraria mi ha messo al corrente di un discorso che aveva sentito: una conversazione in cui Cameron Yorke raccontava a sua sorella, che veniva regolarmente in visita a Porterfell, di un piano di risparmio e di una cassetta di sicurezza. Ovviamente ha suscitato il mio interesse e sono andato a trovare il giovane Cameron. L'ho minacciato. E quando abbiamo parlato, è emerso chiaramente che il ragazzo sapeva con precisione che cosa volessi. Ha capito subito d'essere spacciato, comunque andasse, e si è chiuso come un riccio. Doveva amare molto sua sorella, eh?» Fui travolta da una tristezza insopportabile. Mi asciugai gli occhi. Lui proseguì. «So dunque che hai accesso a una cassetta in una struttura da qualche parte e so che là c'è una borsa che mi appartiene. So pure che hai tutte le informazioni necessarie per recuperarla.»

Cercai di non soffermarmi sugli ultimi, disperati momenti di Cameron che cercava di proteggermi. Avrei avuto il tempo di abbandonarmi al dolore dopo. In quell'istante dovevo mantenere il controllo e battere d'astuzia quell'uomo. «E se ottieni i tuoi soldi?»

Usò il braccio buono per picchiettarsi la tasca sul petto della giacca. «Be', in cambio riavrai il passaporto» rispose «e ti metterai in viaggio. Immagino quindi che su quel grande portachiavi ci sia qualcosa che apre una cassetta di sicurezza. Dammelo.»

Tentai di deglutire. «Non è così semplice. C'è una tastiera elettronica con un codice a sei cifre.» Il suo volto si contrasse. Era rimasto indietro dopo un paio d'anni dietro le sbarre. «Ti darò il numero» risposi. «Non mi importa della borsa. Devo solo prendere il mio volo.»

Foley sorrise. «Ti aspetti che mi fidi di te?»

«Te lo giuro. Ti darò il numero. Quello giusto.»

«Invece no» ribatté. «Mi darai un numero che non funziona e quando mi accorgerò del mio errore, te ne sarai andata da tempo. Non mi fidavo di tuo fratello e non mi fido di te. A quanto pare, dovremo far visita a questa società in cui si trova la cassetta.»

Mi si torse lo stomaco. *Era escluso.* Scivolai molto lentamente in basso sulla sedia. Feci in modo che sembrasse sfinimento. Jai avrebbe avuto bisogno di una traiettoria libera e forse sarei riuscita ad allontanare il fucile di Foley con un calcio, in modo che guadagnasse qualche secondo prezioso. «Non se ti uccido prima» dissi.

«Come?» replicò gelido, irrigidendosi.

Era il momento. Alzai la voce replicando velenosa: «*Mi hai sentito, Foley*».

Mi uscì forte e chiaro. Aspettai lo sparo. O almeno la voce di Jai sulla porta.

Non accade niente oltre al fatto che Foley si alzò, agile come un animale, si allungò sul tavolo e mi colpì con forza al volto. Per un uomo della mia corporatura, aveva un gancio poderoso. La mia sedia si ribaltò e precipitai a terra. Rotolai con lo zaino in spalla e la guancia in fiamme, battendo i denti in preda ai capogiri. In men che non si dica fu sopra di me e mi si piazzò davanti con una faccia tanto deformata da essere irriconoscibile. La rabbia feroce, insieme alle ferite, lo aveva trasformato da uomo a mostro. La sua mano buona guizzò e mi schiacciò la gola. Il dolore, tanto intenso e improvviso, mi tolse ogni forza. Sentii il battito del cuore rimbombarmi nella testa in modo nauseante. Foley puzzava di sudore, di sangue e di disperazione. Una morsa inflessibile mi strinse la gola bloccandomi le vie aeree. Sollevai le braccia e cacciai le unghie in qualcosa, nella faccia di quell'uomo, mi augurai, risucchiando a fatica un po' d'ossigeno, respirando frenetica.

Poi mi mollò e si raddrizzò.

Riuscii a buttar giù, tutta tremante, una boccata d'aria. Fu come respirare schegge di vetro. Avevo la fronte bagnata dal whisky che si era rovesciato, l'odore era quasi rivoltante. Mi spinsi indietro facendo leva su un tallone. La mia vista era indistinta, sembrava annacquata.

La sagoma di Foley era indietreggiata di un passo. Stava tenendo la mia radio in mano. «Se non mi servissi viva» affermò «sarei stato più che felice di strangolarti, stronza.» Si premette la radio al petto e ruotò maldestramente la manopola del volume per esaminare lo schermo. Soddisfatto, parlò. «Sono io. Cosa stai facendo?»

Uscì dal campo sfocato della mia vista e io mi stesi supina, la gola in fiamme, tentando di controllare il respiro. Da qualche parte nella stanza Foley stava parlando alla radio ma non riuscivo a distinguere le parole. *Dov'era Jai? Cos'avrei fatto?* Buttando giù aria nella trachea gonfia, cercai di mettere a fuoco l'ambiente, di cogliere tutti i dettagli: la moquette sotto la mia testa, la mazza da hockey, il nastro di tessuto che si stava staccando dal manico. *Respira*. Una sedia rovesciata, appoggiata sullo schienale, e dietro la forma familiare del bar che avevo gestito per sei sere la settimana negli ultimi diciotto mesi. I rosoni da soffitto. Le lampade a muro di vetro fumé ai lati delle immagini color seppia della storia del Mackinnon. La foto delle oche che Shelley Talbot aveva dichiarato di amare così tanto, lo sgabello su cui si era appollaiata per indurmi a sciogliere la lingua, per prendermi all'amo e riferire a Foley. Lo stesso che Jai aveva scelto all'inizio della serata. *Coben doveva averlo catturato*, pensai, respirando in modo irregolare. Il che significava che aveva il fucile e che qualsiasi vantaggio avessimo prima, ormai non lo avevamo più. Doveva essere lei alla radio. Avevo la vaga sensazione che Foley stesse dando istruzioni. Mi avrebbero portato con loro ed era impossibile lasciare il Farigaig usando la strada, quindi saremmo scesi verso l'acqua e avremmo costeggiato l'Alder fino alla rimessa della barca.

Era una camminata che avevo fatto tante volte in passato. D'estate il sentiero inferiore, che passava lungo le insenature e le spiagge, era verde e luccicante, tranquillo al tramonto ma affollato di ospiti, birdwatcher ed escursionisti di giorno. In quei mesi caldi i torrenti che alimentavano il lago erano poveri d'acqua e i bambini saltavano sulle pietre attraversandoli nei punti in cui confluivano nell'Alder. Era un itinerario pianeggiante e lievemente ondulato fino alla rimessa, un po' più lungo dato che seguiva l'andamento tortuoso della riva. Il sentiero superiore invece si diramava al di là del giardino terrazzato tagliando per il bosco. Era più diretto ma pericoloso. Avevo già detto a Foley del Barnacle Bridge. Dovevo solo pregare che non se ne ricordasse.

D'un tratto fu di nuovo sopra di me. Trasalii, facendomi piccola per la paura.

«Mi porterai alla barca» disse.

Dovetti usare la mazza da hockey per alzarmi.

31

Attese che aprissi la porta e uscimmo nel buio. Feci strada usando la Midbow come bastone mentre strisciavamo tra i tavoli della terrazza e affrontavamo la neve, più alta nel prato. Il collo mi pulsava e la vista si ingarbugliava fastidiosamente. Mi appoggiavo alla mazza e attraversando il giardino riuscii a dare un'ultima occhiata al Mackinnon. Avevo la forte sensazione che non ci sarei più tornata. L'edificio che per un anno e mezzo era stato la mia casa ricambiò implacabile lo sguardo, sottosopra ma indifferente, i fianchi sommersi dalla neve della slavina, le porte della terrazza aperte e le luci all'interno accese. Immaginai per un attimo come sarebbe apparso al primo agente che, arrivato fresco dalla stazione di Inverness il giorno dopo, avesse messo piede sulla soglia con la sua squadra. L'albero caduto e la facciata sventrata. L'atrio deserto e il messaggio enigmatico dipinto sul muro del corridoio. La cantina allagata, la cucina vandalizzata, il bar vuoto con le porte spalancate. La mia camera con le valigie abbandonate.

Foley agitò il fucile verso di me. «Muoviti.»

La neve sotto i nostri scarponi era già calpestata, un'accozzaglia di impronte formava una diagonale sul prato in direzione della riva del lago. Erano recenti. Significava che Coben e

Jai erano davanti a noi. *Non necessariamente insieme*, mi dissi, *potevano essere distanziati l'uno dall'altra*. Forse Jai era stato disturbato mentre aspettava fuori dal bar e si era riparato in fretta in un luogo sicuro. Sapeva con chi aveva a che fare, era un uomo cauto e c'era una possibilità, per quanto piccola, che fosse scappato per prudenza. In tal caso poteva essersi nascosto tra gli alberi lungo la strada, pronto a liberarmi.

Tra qualche minuto il sentiero si sarebbe diramato. Una volta scesi i gradini oltre il giardino, avrei dovuto fare una scelta. Forse anche cruciale. Il percorso che portava al lago e proseguiva accanto all'acqua o il sentiero in alto tra i pini. Avevo appena recuperato la sensibilità di mani e piedi e mi sentii male all'idea di scendere verso l'acqua e seguire le insenature dell'Alder in quella notte polare, con gli abiti ancora bagnati dopo la puntata nello scantinato. Avevo illustrato senza nascondere niente i pericoli a Jai: d'inverno i piccoli delta in cui i torrenti si gettavano nel lago erano spesso allagati e, viste le temperature, non mi andava di camminare sul ghiaccio instabile con i piedi intorpiditi, gli abiti appiccicati alla pelle, senza mai avere la certezza di dove finisse il terreno e iniziasse l'acqua.

L'altra via, il sentiero alto attraverso il bosco, era migliore. Iniziai ad accarezzare una prospettiva in particolare, una possibilità offerta solo da quel percorso. Partiva sulla sinistra restando in quota, tra gli alberi. Più in alto, sui fianchi del Farigaig, i torrenti avevano scavato il monte in profondità scorrendo insidiosi e pieni di schiuma, soprattutto quando erano gonfi d'acqua d'inverno, verso il terreno pianeggiante in basso. Il sentiero superiore aveva quattro ponti di legno che superavano gole profonde – le pareti sotto erano alte e a picco

– prima di scendere tortuoso verso la rimessa della barca accanto al recinto perimetrale.

Poteva essere un buon posto per attaccare. Sarebbe stata la mia ultima occasione, temevo.

Poco prima del bivio, calcolai male la pendenza e persi l'equilibrio.

Il mio piede sinistro si torse e la Midbow scivolò sotto di me. Precipitai nella neve. L'impatto con il suolo mi tolse il fiato e restai per un momento stesa sullo zaino, dolorante, con il cielo tempestato di stelle sopra di me e una coperta di neve sotto. Foley, ora chinato per via delle ferite che si facevano sentire, mi guardò nero in volto tra gli sbuffi di condensa. Tentai di deglutire, il collo era tutto un bruciore per i lividi, e per la prima volta sentii la sconfitta insinuarsi in me. *Sarei potuta restare stesa lì*, pensai. *Chiudere gli occhi e morire lentamente.*

«Alzati» grugnì Foley indicandomi con la canna del fucile.

Sollevai un braccio tremando violentemente. «Dammi una mano» gracchiai.

Lui fece un passo indietro adattando la presa del fucile, usando l'incavo del gomito destro per premersi il calcio contro il fianco. Tenne la canna puntata verso di me e l'indice della mano destra ben saldo sul grilletto. «In piedi.»

Piantai la mazza da hockey, rotolai sul fianco e mi spinsi fino a rialzarmi, barcollante. Attraversammo alti cumuli di neve, ogni passo un'agonia, fino al bivio. La luna illuminava un'unica striscia di neve calpestata: proseguiva dritta seguendo la collina in discesa. Due persone erano scese sulla riva dell'Alder in direzione della rimessa. Coben e Jai. Coben lo stava portando con sé contro la sua volontà? Sembrava così, a meno che le tracce non fossero state lasciate in momenti diversi. Mi aggrappai alla possibilità che Jai fosse davanti a lei, che fosse illeso e al sicuro, magari in attesa di darmi una mano.

Il ponte era a sinistra. Se avessi condotto Foley da quella parte, seguendo il sentiero alto nel bosco, avrei dovuto incamminarmi nella neve fresca. Jai non si sarebbe trovato davanti a me e sarei stata da sola. Anche Foley l'aveva vista. Era il momento di decidere: seguire Jai o avviarmi verso il ponte. C'era solo una risposta. Mi girai verso Foley. «Il sentiero che passa nel bosco è più veloce» dissi.

Così ci addentrammo tra gli alberi.

I grossi cedri, larici e pini erano cresciuti fitti, il che aveva limitato la quantità di neve sul terreno, ma la volta intricata impediva alla luce della luna di filtrare. Le ombre erano così disorientanti che dovevamo piantare bene i piedi. Il bosco saliva ripido alla nostra sinistra lungo il versante e digradava bruscamente sotto il sentiero alla nostra destra. I rami in alto si urtavano mossi dal vento, i tronchi scricchiolavano, i mulinelli di neve sembravano inseguirsi ai nostri piedi. Udii i gufi e i cupi versi dei corvi. Il torrente gorgogliava in lontananza. Sentivo le oche. Le percepivo spesso passare sopra l'albergo a tutte le ore della notte, e dalle parti di Barnacle Bridge ce n'erano sempre parecchie.

Ben presto il pendio alla nostra sinistra si trasformò in un blocco di roccia ghiacciato grande quanto una casa. Il sentiero passava alla base e al di là c'era luce appena sufficiente per distinguere un vivace torrente che scorreva in una gola nera, profonda, tra massi coperti di neve. Per attraversarla c'era il Barnacle Bridge. Ci avvicinammo. Le oche si agitarono al buio nei loro nidi. Da vicino, si udiva il rombo dell'acqua e l'umidità dell'aria. Indicai con la mazza da hockey. «Attento a dove metti i piedi» dissi alzando la voce al di sopra del rumore.

Lui studiò il ponte. Ci fu uno svolazzare di ali e tre oche spiccarono il volo. Non sembrava a suo agio. Per un terribile secondo pensai che potesse rifiutarsi. Poi annuì e avanzammo. Quando cominciammo ad attraversarlo, avevo i crampi ai polpacci, in preda all'aspettativa repressa. Eravamo al dunque. Le sponde ripide della gola erano disseminate di oche, alcune dormivano, altre sbattevano le ali e camminavano impettite. Ci ritrovammo sopra la voragine piena di schiuma, solo quelle travi di legno bagnate ci impedivano di sfracellarci sulle rocce lucide in basso. Sul parapetto c'era una patina viscida di guano e acqua nebulizzata. A metà scivolai e lo urtai violentemente. Le oche si alzarono in volo con gran baccano. Mi chinai, le braccia sopra la testa, e mi girai. Vidi Foley, la luce della luna gli illuminava argentea le esili spalle, mentre strisciava storto. Si portò un braccio sulla faccia quando gli uccelli sfrecciarono sopra le nostre teste volteggiando.

Quello era il mio momento e il mio corpo me lo comunicò pulsando in preda a un violento terrore. Con uno sforzo colossale mi lanciai verso di lui spingendolo contro la balaustra di legno, colpendolo al fianco con tutta la forza possibile. Il fucile gli dondolò in mano. Tutt'intorno a noi, c'erano battiti d'ali e strida. Mi buttai di peso sul suo braccio ferito finché gridò dal male, chino sulla sponda del ponte. Cercò di puntare l'arma ma io spinsi come una disperata, le mani premute contro le sue spalle.

I suoi piedi si staccarono da terra e lui si piegò all'indietro, oltre il parapetto, con gli occhi sgranati, urlando per lo shock e la furia. L'ultima cosa che vidi furono i suoi denti scoperti, un braccio che si agitava nel nulla, il fucile che gli cadeva di mano roteando. Volò oltre la balaustra. L'avevo spinto con tanta forza che per poco non lo seguii. Mi piegai in due sulla sponda e per un soffio non precipitai; riuscii a reggermi in qualche modo, nonostante le dita mi scivolassero sul legno bagnato. Vidi Foley cadere, una fugace stella a tre punte, le gambe divaricate, un unico braccio sollevato verso di me, gli occhi spalancati e un'espressione orribile di terrore pre-impatto sul volto mentre spariva nel buio della gola, oltre la luce della luna. Sotto, il torrente scorreva impetuoso schiumando su un groviglio di massi ghiacciati. Lo osservai atterrare, fracassarsi sulle rocce con la testa gettata all'indietro. Non udii l'urto. Lo scrocio dell'acqua e le grida degli uccelli che si stavano posando lo coprirono, ma sentii il sangue nelle mie orecchie e il rumore del mio respiro affannoso, angosciato.

Lo avevo fatto. Ansimai piangendo dal sollievo e guardai a lungo la forra ribollente in attesa di cogliere qualche movimento. Le oche volteggiarono e si posarono. La spuma mi inumidiva la faccia e i capelli, dovevo scostarmi continuamente la frangia bagnata. Lo stomaco mi bruciava, premuto contro il parapetto del ponte.

Ben presto non distinsi più quali fossero le sagome nere delle rocce e quale Foley.

32

Appena mi fui ripresa, completamente stordita per l'incredulità, recuperai la mazza e finii di attraversare il ponte. Dall'altra parte lasciai il sentiero e seguii il bordo della gola scendendo nel bosco scintillante. Dovevo riprendere il passaporto.

Avanzai a fatica scivolando, con il gelo che mi attanagliava intenso e spietato, finché in un punto l'accesso al torrente impetuoso mi parve alla mia portata. Più in basso tra gli alberi partiva una traccia che scendeva in mezzo ai sassi innevati. Iniziai a usare la mazza da hockey per sostenermi, ma la pendenza era tale che finii per muovermi carponi. Con l'acqua che mi scorreva tutt'intorno, trattenni il fiato e vi entrai avanzando lungo quel sentiero luccicante sino a rivedere il ponte. Calcolai più o meno il punto in cui lo avevo buttato giù, tracciai una linea verticale con lo sguardo e individuai la sagoma di Foley. La vista di quel corpo scuro mi gettò nella paura. Mi feci attentamente strada controcorrente con i piedi che mi pulsavano nell'acqua gelida. Usando la mazza, mi tenni in equilibrio nella corrente e mi chinai sulla forma scomposta.

Troy Foley era stato spostato dall'acqua. Lo avevo visto cadere all'indietro, invece ora giaceva prono, accasciato sulla superficie curva di un masso, le gambe nel torrente che gli lambiva gli scarponi. Non c'era traccia del fucile. Doveva essere stato trascinato via. Lo tirai per la spalla e con un certo sforzo lo girai sul fianco. Aveva gli occhi chiusi, la pelle bagnata e pallida, il braccio ferito premuto contro il corpo. La mandibola gli penzolava.

Una palpebra tremolò e con un urlo allarmato coperto dal rombo dell'acqua lo lasciai andare.

Il suo corpo massacrato ricadde dov'era. Era ancora vivo. Incespicai spaccando il ghiaccio sopra una pozza tra i sassi e ritrovai l'equilibrio, l'adrenalina alle stelle. Poi sollevai la mazza, la strinsi forte con entrambe le mani e la portai al di sopra delle spalle. L'unica cosa a cui riuscii a pensare fu la sera in cui avevo fracassato la mano di Danny Franks, la faccia bianca del ragazzo e la sua bocca aperta, il suono del suo urlo. Se anni prima non avessi abbassato quella mazza, forse tutto sarebbe andato in modo diverso. Esitai. Non potevo permetterlo, perciò pensai al volo. *Heathrow. Madrid. Santiago.* Incanalando tutte le mie energie nelle braccia, la abbassai una volta sola, il più violentemente possibile, sulla testa di Troy Foley, di lato, poco sotto l'orecchio. La mia vecchia Midbow si ruppe a metà, in due pezzi perfetti, uguali. Lasciai cadere il manico nelle acque scure e vi spinsi dentro il resto.

Foley non si mosse più. La testa cominciò a sanguinare sul sasso, il rivolo superò un tratto scivoloso di ghiaccio finendo nell'acqua mentre controllavo la giacca tastando la tasca esterna con le dita spaventosamente intorpidite. Il passaporto non c'era. Logico: si era riferito a quelle interne quando se l'era picchettata al bar. Erano molto più sicure. Abbassai la cerniera lampo e la aprii. Ce n'erano due. Le mani intirizzite mi tremarono quando vi frugai dentro. Erano vuote. Il panico mi stava assalendo, profondo e violento. Avevo difficoltà a respirare. Controllai il giubbotto anticoltello. Aveva un'infinità di stupidi taschini, ma dentro non c'era nulla. Gli tolsi la giacca, la gettai da parte ed esaminai i pantaloni, infilando la mano nelle tasche per recuperare le chiavi del cancello e della rimessa, poi presi la radio e me la misi addosso, ricominciando il controllo. Le mie dita trovarono un fascio di carte bagnato, i miei euro. Nient'altro. Stavo imprecando, cercando di soffocare le lacrime. *Lo aveva buttato? O forse non l'aveva mai avuto.* Fui costretta a tastargli le natiche, in cerca della sagoma di qualcosa nelle tasche posteriori. Piangevo e contavo i respiri per non vomitare. *Oddio, dov'era? Dov'era?*

Il passaporto non era lì.

Forse mi sfuggiva qualcosa. Laggiù, al buio, tra gli spruzzi e il fragore, era impossibile perquisirlo con cura. Gli liberai le gambe e slacciai gli scarponi fradici. Non avrei escluso che quel bastardo lo avesse nascosto in un posto insolito. Li posai su un sasso piatto, poi mi misi al lavoro con la cintura, le dita dolenti, e gli tolsi i pantaloni. Li piegai bene accertandomi che non uscisse qualcosa dalle tasche. Avevo già scartato la giacca. Strisciai sulla neve lungo la riva per recuperarla e avanzando trovai il fucile. Sembrava integro. Lo afferrai, piegai la giacca e la aggiunsi al mucchio. Gli sfilai il giubbotto anticoltello e tentai di sbottonargli la camicia, ma una simile precisione era preclusa alle mie dita morte, perciò la strappai, liberandogli le braccia. Raccolsi gli abiti con lo stomaco che mi guizzava in corpo come un pesce, mi cacciai il fucile sotto il braccio e avanzai tra i massi su un lato della gola allontanandomi dall'acqua. Inveivo ritmicamente arrancando verso il bosco.

Giù, nel torrente, l'assassino di mio fratello giaceva morto in mutande e non provavo altro che ripugnanza. Più in alto, tra gli alberi, l'aria era relativamente secca e immobile, grazie a Dio. Posai con cura il fucile e mi rimisi al lavoro infilando gli euro nello zaino e inginocchiandomi davanti ai vestiti. Quell'ultimo controllo degli abiti di Foley fu il momento più deprimente della mia vita. Scarponi, pantaloni, giubbotto anticoltello, camicia e tasche della giacca: una seconda perquisizione disperata che non portò a nulla. Ricontrollai, ammutolita, pregando di aver tralasciato qualcosa. Infine mi abbandonai alle lacrime, mi chiesi se fosse il caso di rinunciare.

Finché udii la radio emettere un suono nella tasca interna. Mi ero scordata di Jai. Forse avrebbe potuto aiutarmi. Infilai una mano nella giacca e la estrassi, piena di speranza. Se avessimo guardato in due, forse…

«Hendrick?» disse la radio. «Dove cazzo sei?»

Non so per quanto tempo fissai quel piccolo schermo giallo. La voce era di una donna. Di Alex Coben, per essere precisi. Chiedeva di qualcuno che non conoscevo. C'erano più persone là fuori? Guardai il bosco attorno a me. Impossibile. Mi asciugai la faccia. Era una notte sconcertante. Chi diamine…

«Hendrick, l'hai presa? Rispondi.»

Restai a fissarla ancora per un po' con il fiato in gola. *L'hai presa* era riferito a me. Allora chi era Hendrick? C'era qualcosa di familiare in quel nome, avevo un vago ricordo. D'un tratto feci i collegamenti. Gli appunti di Jai: lo schema della rete che mi aveva mostrato in camera sua, i nomi uniti da linee, Foley in cima e sotto, esattamente sotto, Hendrick, il vice, con altri due sottoposti. Ma non aveva senso. Cosa aveva detto Jai? *Hendrick era scomparso. Non veniva nominato da quasi due anni; probabilmente era morto in un fosso.* Allora era tornato?

Uscito finalmente dal nascondiglio? Poi ebbi un lampo. Oppure Hendrick era appena evaso di prigione. Ricordai la spiegazione di Jai mentre recuperava l'attrezzatura audio. *La difficoltà sono i presunti nomi. Molti ne hanno due o tre a seconda del lavoro che devono svolgere. Si scambiano anche i documenti. Li passano a un altro.*

Strizzai gli occhi cercando di mettere insieme i pezzi. E se l'uomo nella gola fosse Hendrick? Mio Dio, se due anni prima la polizia avesse arrestato un uomo che al processo aveva sostenuto d'essere Troy Foley quand'era solo un membro della banda in possesso di quel nome? Il braccio destro di Foley aveva acconsentito a fare da capro espiatorio in modo che il vero capo potesse continuare a gestire l'organizzazione. Il che significava... La radio emise un bip. «Hendrick?» disse impaziente Alex Coben. «Hendrick, sono Foley. Siamo pronti ad andare. Portala alla rimessa della barca.»

33

Mi inginocchiai fra i tronchi di cedri e pini fissando il mucchio scuro di abiti nella neve senza in realtà vedere nulla. Alex Coben era Troy Foley. Dunque era venuta per aiutare il suo alleato, Hendrick, a evadere da Porterfell. Era là per reclamare i servizi di un uomo che aveva trascorso gli ultimi due anni spacciandosi per lei e scontando la pena per conto suo.

Ma aveva organizzato tutto quella sera perché voleva anche recuperare i soldi scomparsi.

Vidi con improvvisa chiarezza come sarebbe finita. Non aveva senso cercare nelle tasche della divisa del morto. Il mio passaporto non era lì, era nella rimessa per la barca perché lo aveva Alex Coben. Ci sarebbe stata lei al mio fianco quando avessi aperto la cassetta di sicurezza e consegnato la borsa. E non avrei avuto in cambio il passaporto: sarei finita ammazzata e scaricata da qualche parte, l'ennesimo caso di una persona scomparsa finché dopo una settimana o forse più, la polizia non avesse trovato il mio corpo nel bagagliaio di qualche veicolo noleggiato, abbandonato sui moli di Aberdeen. Coben, nel frattempo, avrebbe fatto perdere le sue tracce e sarebbe svanita nel nulla.

Cosa potevo fare? Seguire il sentiero fino alla rimessa e avvicinarmi cauta dal bosco con le mani in alto? Supplicarla, forse, e cercare di patteggiare in qualche modo? L'idea mi suscitò un terribile sconforto, un'amarezza che mi svuotò di ogni prospettiva. Sprofondai il volto tra le mani cercando di ragionare, il corpo tutto dolente. Niente era stato come sembrava, fin dall'inizio.

Mi pulii la faccia, mi asciugai le dita ghiacciate all'uniforme ammucchiata. Fu allora che mi apparve d'un tratto una possibilità, quella che da sempre stava cercando di richiamare la mia stupida attenzione. La divisa. Il fucile.

Dovevano esserci cinque gradi sotto zero là fuori nei boschi attorno al lago. Meno cinque nel buio prima dell'alba. Ciononostante, mi spogliai restando solo con la biancheria addosso.

Quando ebbi terminato di rivestirmi, raccolsi i capelli, mi passai la tracolla del fucile sopra la testa in modo da tenere l'arma in diagonale sopra il giubbotto anticoltello, mi misi lo zaino in spalla e scesi tra gli alberi facendomi strada nella neve vergine alta fino al ginocchio verso il punto in cui l'acqua congelata incontrava la terra. Come previsto, era difficile individuarne il bordo. Quando il terreno diventava pianeggiante e le piante si diradavano, la riva era indistinguibile dal Loch Alder, coperta com'era da una linda coltre bianca. Certo, c'erano alcuni punti in cui l'uniformità della neve caduta era tale che si capiva potesse ricoprire solo la superficie gelata del lago e più vicino, le gobbe dei sassi davano un'idea di sicurezza, ma lo spazio in mezzo? Il limite di un territorio e l'inizio dell'altro erano impossibili da delineare con precisione. Là fuori, lontano dalla linea degli alberi, il vento soffiava spingendo brandelli di nubi in un cielo lattiginoso tempestato di stelle e creando rivoli tortuosi di neve polverosa sulla sponda dell'Alder. La luna era bassa sopra la lama nera del Bray Crag, quasi piena, e più avanti, là dove il ghiaccio diventava acqua, scorsi la sua luce sulla superficie liquida del lago. Il mio telefono indicava le cinque e trentacinque quando mi girai per l'ultima volta verso il bagliore del Mackinnon. Le luci del bar erano ancora visibili attraverso gli alberi.

Pronta a incamminarmi lungo il lago, mantenendomi prudentemente lontana dal bordo, alzai lo sguardo e notai qualcos'altro. Era più in alto sul fianco del Farigaig, sulla strada, forse a un chilometro e mezzo. Quelle luci erano diverse. Due punti brillanti in movimento. Feci un profondo respiro e trattenni l'aria mentre osservavo un veicolo percorrere lento la strada in direzione dell'hotel. La slavina a cui avevamo assistito lassù lo avrebbe ben presto bloccato, e non era un pensiero rassicurante. Poteva essere un contadino che andava a controllare i danni della bufera. Si affacciò tuttavia un'altra possibilità. Di certo l'unica ragione per cui qualcuno era in giro con quel tempo era per rispondere a una chiamata d'emergenza. La nostra. Il mezzo era una macchiolina lontana ma anche da dove mi trovavo, ero sicura di guardare un furgone. Mentre lo osservavo, si fermò. Per un attimo non accadde nulla e mi chiesi speranzosa se lo avessi visto girare lentamente e tornare da dov'era venuto. Invece, altre luci. I minuscoli puntini, simili a lucciole, di varie torce.

«No, no, no...» sussurrai. La notte era tranquilla e dai pendii boscosi mi arrivò il rumore di una portiera scorrevole che si apriva e si richiudeva. I rinforzi della polizia scozzese, raggranellati senza dubbio a caro prezzo: una squadra raffazzonata di agenti costretti a fare gli straordinari si dispose a ventaglio uscendo dal furgone e si diresse nel bosco avanzando tra gli alberi, alcuni puntarono verso l'hotel, altri scesero in direzione dell'acqua. Provai a contarli: notai forse una decina di torce che si muovevano in coppia. Sulla strada erano comparse altre luci: un secondo veicolo, stavolta un'automobile. La vidi fermarsi, girare e parcheggiare coda contro coda con il furgone. Una luce uscì dalla macchina alla volta del bosco, si unì ad altre due più in basso. *L'altro poliziotto*, supposi, *sarebbe rimasto a bordo nell'improbabile eventualità che avesse dovuto rimandare indietro il traffico di prima mattina.*

Una voce metallica mi fece sussultare. «Hendrick?» Armeggiai in cerca della radio. Seguirono alcune scariche statiche. Abbassai il volume. «Hendrick, lo stai vedendo?»

Se ero fortunata, avevo forse trenta minuti prima che le squadre raggiungessero la rimessa. Non potevo trovarmi là quando fosse accaduto. *Heathrow. Madrid. Santiago.* Cominciai a correre. Le gambe bruciavano, la testa girava e le estremità intirizzite pulsavano, ma la cosa peggiore di quella marcia infinita nella neve alta fino al polpaccio, con due gambe rigide, era respirare con la gola massacrata. Andai avanti in qualche modo, strisciando lungo la riva con il fucile che mi sbatteva sulla coscia.

La rimessa era una struttura bassa di legno, un posto in quello spazio d'incontro tra la terra e l'acqua. Il lato rivolto verso la prima, di fronte al bosco, aveva una porta come unico ornamento della facciata rivestita di cedro. L'edificio si estendeva per la lunghezza di due barche sul lago e terminava con due portoni che si aprivano per consentire al piccolo cabinato del Mackinnon di entrare e uscire. Un tetto spiovente di tegole sovrastava le fondamenta di pietra, e una passerella di legno correva lungo il margine esterno: partiva dalla riva, seguiva il muro sostenuta da montanti per poi estendersi sull'acqua per altri cinque metri oltre il cancello anteriore. D'estate i clienti dell'hotel ci portavano i bambini che, se il tempo era bello, correvano sul molo e si buttavano urlando nel lago. Ora, avvicinandomi, vidi che il ghiaccio arrivava fino all'estremità del molo e anche più in là. Curioso vedere i montanti della passerella spuntare da una superficie solida coperta di neve.

Alla mia sinistra le torce si muovevano ancora nella foresta scendendo lentamente a ventaglio. E mentre mi avvicinavo, c'era movimento anche davanti. La sagoma sottile di Foley fu immediatamente riconoscibile nella luce della luna. Spuntò dalla porta della rimessa, rivolta verso la terra. Sembrava che Jai fosse con lei, ancora con la giacca gialla addosso. Rallentai e mi accovacciai. Mi mossi lungo la riva fino ad avere un mucchio precario di neve tra me e lei, spinsi il fucile a tracolla sulla schiena e restai a osservare. Guardava verso le pendici boscose della montagna, stava studiando le luci. Vedevo un fucile in una mano, premuto nella schiena di Jai. Lo stava pungolando perché si spostasse lungo la facciata della rimessa. Non so cosa successe al mio stato emotivo in quel momento, ma non ci fu alcuna reazione. Ricacciai tutto giù, concentrata sulle luci tra gli alberi e sulle figure di Troy Foley e Jaival Parik finché scomparvero. Si stavano nascondendo dietro il muro posteriore dell'edificio. Mi aspettavano sul molo. Non avevo quasi più tempo. Non avevo eliminato l'assassina di mio fratello, avevo ancora bisogno di recuperare il passaporto e nel giro di poco io e Jai saremmo stati due cadaveri.

Spensi la radio. Non volevo rivelare la mia posizione nel

momento sbagliato. Trovai un po' d'energia di riserva e avanzai. Giunta al margine più vicino della costruzione, mi fermai. Foley era dall'altra parte con Jai. Un'alternativa era il ghiaccio. Strisciai verso la riva. Avrei potuto aggirare la rimessa sul lato del lago e coglierli di sorpresa? Non sapevo dove cominciasse l'acqua, perciò mi mossi lenta con le braccia allargate per tenermi in equilibrio, calibrando ogni passo. Ben presto mi ritrovai sul ghiaccio e ne ebbi la conferma quando spostai la neve con lo scarpone e vidi qualcosa di simile a una lastra di marmo nero lucido sotto i piedi. Feci un altro passo prima di sentirlo muovere. Una ragnatela di crepe si diffuse da sotto le mie scarpe. Il ghiaccio tenne ma non sembrava robusto. Era un'idea folle. Battei in ritirata verso la sponda. In alto, nel bosco, la polizia stava facendo progressi, una rete di luci che si muoveva al rallentatore scendendo come in un sogno.

Sfilai la tracolla dalla testa e tenni il fucile tra le braccia. Controllai la sicura, premetti il dito sul grilletto. Non lo sentivo quasi nel freddo. L'uniforme della polizia e il giubbotto anticoltello mi ingrossavano; non sembravo una ragazza. Tutto ciò che dovevo fare era ingannarla quel tanto da riuscire a sollevare l'arma. Era l'unico piano che mi restava, perciò mi mossi prima di cambiare idea, dritta, con passi sicuri lungo la parte anteriore della rimessa. Poi svoltai l'angolo.

34

Funzionò piuttosto bene perché, quando spuntai dall'ombra dell'edificio, Foley disse: «Hendrick. Era ora, cazzo».

Sollevai il fucile. Tentò di fare lo stesso ma io mossi di scatto il mio in avanti. «Non pensarci nemmeno, Foley.»

Lei si immobilizzò sorridendo per la sorpresa. Jai balbettò qualcosa che non si trasformò mai in parole, il volto ridotto a una maschera di paura e confusione. Riuscii a studiare Alex Coben al di sopra della sua spalla. Era più piccola del suo prigioniero, ma forte e sicura di sé: piedi divaricati, schiena dritta, viso scarno, la bocca una linea sottile.

«Posa il fucile» ordinai. Il cuore mi batteva tanto forte che mi chiesi se lo sentisse da dove si trovava. Fui quasi sorpresa quando obbedì: si piegò su quelle gambe asciutte da runner per posare l'arma sulle tavole di legno della passerella tra gli scarponi di Jai. I piedi di quel pover'uomo non stavano fermi, osservai, e quando alzai lo sguardo, vidi per la prima volta un intero corpo tremare, quasi come in un attacco epilettico. Cercai di fargli un cenno rassicurante ma immagino che la mia espressione mi avesse tradito, perché batteva i denti in modo irrefrenabile. Alle mie spalle udivo i primi cenni di movimento nel bosco, un rumore lontano di neve mentre gli agenti scendevano.

«Non puoi sparare con quel coso» disse fredda Troy Foley. «La polizia arriverà qui di corsa. E fatto più importante, ci crollerà addosso mezza montagna.»

Mi leccai le labbra. Avevo la lingua troppo secca perché potesse funzionare. Provai un'ondata di nausea. «Voglio che tu dia il mio passaporto a Jai. E poi che lo lasci andare. Non sto scherzando, Foley. Sparerò.»

«Io non credo» replicò. Il suo sorriso si allargò, i denti e la borchia nel labbro inferiore brillarono nella luce della luna. Provai una sensazione sinistra, una sorta di bruciore; qualcosa mi diceva che quell'essere in piedi sulla passerella non era del tutto umano. Mossi di nuovo il fucile cercando di mantenere il controllo ma sentivo le lacrime cominciare a pungermi gli occhi. Non avrebbe fatto come richiesto. Nulla la spaventava. Quello che volevo non le importava. Jai aveva chiuso gli occhi, le spalle scosse da sussulti.

«Allora, Remie Yorke?» disse Foley. Il mio nome suonò storpiato nella sua bocca, mi fece venir voglia di sputare. Lanciò un'occhiata al bosco al di sopra della mia spalla e tornò a posare il suo sguardo freddo su di me. «Ho le due cose che ti servono. Trattiamo?»

«Da' a Jai il mio passaporto.»

«Non abbiamo tempo per questo.»

Ero in stallo. Aveva ragione sul fatto che il rumore avrebbe attirato la polizia e la possibilità che si staccasse un'altra valanga indeboliva ulteriormente la mia posizione. Non avevo l'intelligenza o l'esperienza per cambiare il corso della negoziazione. Non avrei dovuto insistere, ma ero bloccata e molto spaventata, perciò continuai a incalzarla nella speranza che quell'ordine ripetuto con autorità mi permettesse di ottenere ciò che mi serviva. «Da' a Jai il mio passaporto e liberalo.»

«Ultima possibilità, Remie. Sii ragionevole.»

Gli uccelli si agitarono tra gli alberi dietro di me, il bosco era una distesa mimetica screziata di luce lunare e ombre. Non sapevo cosa fare. «Da' a Jai...»

Agì fulminea, uno scatto dei fianchi, una spinta del tronco, movimento questo che non riuscii a vedere perché tra noi c'era Jai. Lui sgranò gli occhi. Ci fu un rumore umido, poi un altro. Si piegò in due, lo shock dipinto sul volto. Si accasciò all'istante sulle assi, raggomitolandosi appena le toccò. Fui quasi sul punto di svenire, il mio corpo ridotto in acqua. Troy Foley aveva un coltello da cucina in mano. Lungo e largo, la lama nera di sangue.

Si era allungata in avanti affondandoglielo nella carne morbida del ventre, attraverso la giacca. Cadendo, Jai aveva avvicinato le mani alla ferita e giaceva là, ansimante e sbigottito, in una pozza di sangue che filtrava tra le tavole della passerella. Foley era in piedi davanti a me, le braccia allargate come per tenersi in equilibrio, il coltello sollevato, le ginocchia flesse, mi stava studiando in viso con gli occhi socchiusi. Quei terribili occhi vuoti. Provai un impulso incontenibile. Premetti il grilletto. Con uno schiocco poderoso, echeggiante, il fucile rinculò, la canna si alzò verso il cielo mentre le ossa mi sussultavano nelle articolazioni delle braccia e l'indice, bloccato, si torceva.

Troy Foley fu scagliata all'indietro come uno spaventapasseri investito da un vento forte.

Barcollai, con le orecchie che mi ronzavano per il rumore. Sentii il puzzo dei residui neri della polvere mentre il fragore dello sparo svaniva. Varie grida si levarono nel bosco. Il coltello da cucina di Foley cadde sul molo. Tutt'intorno a me c'era un odore disgustoso di sangue. La mia testa era una sequenza di immagini che non riuscivo a mettere a fuoco.

Udii delle voci, acute e concitate, poi il boato del terreno che si muoveva, il sibilo sempre più forte di una slavina in alto da qualche parte, tra gli alberi. Mi voltai aspettandomi di vedere un muro bianco spumeggiante. Invece non notai nulla tranne le stelle cadenti: torce tremolanti in mano ai soccorritori urlanti. Un'onda bassa di neve, via via più larga, infilò i suoi tentacoli tra le piante e una nube di polvere si alzò oltre le cime. Mi girai verso il molo.

Foley era scomparsa.

Per un assurdo istante pensai che si fosse disgregata, che si fosse trasformata in polvere come una strega cattiva. Avanzai di un passo, e mi fu tutto chiaro. Era stesa sulla schiena sotto il molo, sul ghiaccio. Lo strato era abbastanza spesso da reggerla, era caduta con le braccia e le gambe allargate, la testa gettata all'indietro come se osservasse le stelle. Il suo ventre era un buco rosso. A forza di dimenarsi, aveva smosso la neve tracciando un cerchio insanguinato attorno a sé e lasciandosi dietro una larga scia rossa via via che si allontanava dalla sicurezza della passerella sul Loch Alder. Mentre la stavo guardando, vidi il ghiaccio sotto di lei spaccarsi: apparve d'un tratto una rete di linee irregolari provocata dai suoi spostamenti. Non scorderò mai il rumore sovrannaturale di quel ghiaccio, le strane crepe che sembravano cantare quando Foley si trascinava, agitando ritmicamente le braccia sempre più deboli. Voleva sprofondare, portarsi dietro il mio passaporto in un ultimo gesto di sprezzo.

Le luci stavano scendendo nel bosco. Jai era sempre raggomitolato e perdeva velocemente sangue. Mi tolsi la giacca, mi chinai e gliela premetti contro il fianco, sopra la cintura dei jeans. «Va' tutto bene, Jai» mormorai. «Te la caverai. Resisti.»

Non capivo se respirasse ancora. Cercai di sentirgli il polso, ma teneva le mani premute con forza sulla ferita e i guanti gli si erano riempiti di sangue. Fui assalita da una raffica di rumori: sotto, i respiri misti a sputi di Foley che si allontanava dal punto sicuro verso acque più fonde e nel bosco il lento boato di altra neve che stava cadendo. Poi le urla d'allarme, i richiami degli uomini disorientati mentre le luci si avvicinavano ritrovandosi. Ben presto sarebbero scesi verso di me come una congiunzione o una costellazione. La Volpetta e l'Oca.

«Resisti, Jai» dissi e lo coprii con la giacca della polizia. «Torno tra un istante.»

Dopodiché lo lasciai.

35

Le torce si stavano radunando. Le squadre si consultarono e avanzarono in direzione dei margini del bosco e dell'acqua, verso il rumore dello sparo. Raccolsi il fucile, raggiunsi a grandi passi l'estremità del molo, mi stesi sulla pancia e mi calai tenendomi con un braccio alle tavole mentre tastavo il ghiaccio con i piedi. Appena vi posai sopra il peso, emise un gemito premonitore. Troy Foley era a quasi cinque metri sulla superficie trasparente, all'estremità di una striscia di sangue che appariva nera alla luce della luna. Aveva smesso di muoversi e stava fissando le stelle, sollevava e lasciava ricadere un piede mentre cercava di far leva.

Conoscevo abbastanza bene lo shock da acqua fredda per capire cosa sarebbe successo se la superficie avesse ceduto. Anche d'estate nei punti più profondi – ce n'erano alcuni davvero notevoli – l'Alder non aveva più di qualche grado e l'acqua poteva uccidere. Dovevamo tenere gli ospiti vicino a riva usando una serie di boe per delimitare le aree in cui era sicuro nuotare. Avrei dovuto distribuire il peso come si faceva sulle sabbie mobili o nelle paludi. Usai il calcio dell'arma per ricontrollare la superficie. Non cedette, perciò abbassai di nuovo uno scarpone e ritentai. Sotto il piede si diffuse una ragnatela di crepe.

Le luci nel bosco si stavano avvicinando. Jai non si era mosso. Il corpo mi faceva male per il freddo. Ero in camicia e giubbotto anticoltello: ridicola. Non c'era altra soluzione, perciò mi calai sul ghiaccio ignorando le fessure che si propagavano lungo le linee di minor resistenza. Mi stesi sul ventre con le braccia e le gambe divaricate. Che maledetti attimi di terrore furono quelli. La superficie resse. Ero distesa con la guancia contro la neve soffice, polverosa e sentivo l'intera lastra ondeggiare. Cominciai a muovermi un po' alla volta, aggrappandomi con le mani intorpidite nei guanti umidi, il fucile legato al braccio destro che mi penzolava sul fianco. Non sollevai mai la testa. L'unica cosa che vidi fu lo scarpone sinistro di Troy Foley avvicinarsi. Il ghiaccio sotto di me emetteva piccoli rumori. In alto, nel bosco, gli uomini si chiamavano. Quando la raggiunsi, la superficie ghiacciata del lago dondolava. Mi afferrai alle sue gambe e mi trascinai fino all'altezza delle sue ginocchia. Le crepe risuonarono mentre le frugavo in tasca.

In quella destra trovai il passaporto. Quando ritrassi la mano, mi afferrò il polso.

La sua presa era come una trappola, le sue dita da scalatrice sembravano di ferro. Non mosse la testa. Diedi uno strattone ma non mollò. Quell'ulteriore movimento inclinò la lastra su cui ci trovavamo e sotto la mia pancia, da una parte all'altra, si formò, come tracciata da una mano invisibile, una linea sottile come una piuma che si propagò verso la riva. Smisi di lottare e restammo stese insieme, io in parte sopra di lei come una goffa amante. Sentivo la sua gola gorgogliare. Immaginai che non avesse bisogno di finire sott'acqua per morire: stava annegando proprio là, sul ghiaccio.

«La polizia. Sta arrivando» mormorò.

«Lasciami andare, Foley» bisbigliai.

«Mai» riuscì a dire. La sua presa si strinse ulteriormente, le sue dita si conficcarono con forza tra i tendini del mio polso. Tirai di nuovo. Lei resistette.

«Lasciami andare!» sibilai con uno strattone più forte. L'intero lago si inclinò. Udii uno schiocco, poi uno sciaguattio e sentii una pozza allargarsi sotto di me.

«Va'... a... fanculo.» Le parole le uscirono lente, interrotte da respiri gorgoglianti. Mosse i piedi cercando di spingersi indietro e sussurrò: «Oggi... moriamo... entrambe».

Allungai l'altra mano, tentai di strapparle il passaporto ma lei, ancora forte, mi scostò il braccio sinistro. Mi premette le dita nel polso così lo lasciai andare. Le cadde sul petto. Provai a liberarmi ma la sua mano era implacabile. Foley si spinse indietro strisciando via. Scorsi il tatuaggio sul suo collo. Una piccola farfalla con le ali scure. Si sforzò di dire qualcos'altro, la sua gola si muoveva ma non produsse suono. Il passaporto le scivolò all'altezza della nuca.

Più in su, nel bosco, la neve si stava spostando. Udii un'altra slavina sibilare mentre si arrestava, vidi la polvere sollevarsi e le voci allarmate convergere là dove le torce si stavano riunendo. Allungai di nuovo la mano per cercare di afferrare la cintura dei suoi jeans, di trascinarmi sul suo corpo. Un reticolo di crepe sottilissime si diffuse tutt'attorno a noi. L'acqua sciaguattava e si estendeva, vari pezzi di ghiaccio si stavano staccando, le lastre si inclinavano e ondeggiavano. Foley si allontanò ancora.

Si formò allora una serie irregolare di fenditure e il suo gomito sinistro sfondò il ghiaccio. L'acqua nera spumeggiò. Guardai inorridita il lago spaccarsi sotto di lei, sotto di me, e con il tronco, all'indietro come una foca lucida, Foley precipitò in acqua. La testa andò sotto, gli scarponi si sollevarono. Mi allontanai mentre la superficie trasparente si disintegrava sotto le mie mani. Mi bagnai il braccio sinistro fino al gomito e l'acqua mi strinse in una morsa letale. Spinsi con il destro e arretrai frenetica dalle sue fauci. E quando risollevai lo sguardo, Troy Foley era scomparsa. Nel punto in cui si trovava poco prima c'era un vuoto nero, liquido. Il lago Alder l'aveva inghiottita. Lo spazio che avevamo appena occupato era un mosaico irregolare di lastre bagnate che sbattevano l'una contro l'altra. Sarebbe passato molto prima che qualcuno individuasse lei o il mio passaporto.

Il dolore mi fece perdere momentaneamente la ragione. Tutto quello per cui avevo lottato stava scivolando via, scendendo lentamente verso il fondo del lago, lasciandomi bloccata in superficie. Quel passaporto, cadendo, si era trascinato dietro tutta me stessa. Ero un guscio vuoto, le lacrime mi si stavano congelando sulle guance quando l'urlo di un agente nei paraggi mi scosse. Piangendo, infilai il fucile in una spaccatura luccicante tra due lastre di ghiaccio, guardai la canna sollevarsi e l'arma sprofondare. Cominciai a fare retromarcia. Indietreggiai con la faccia a contatto con la superficie dondolante del ghiaccio, intorpidita, devastata. Alla fine urtai un montante con il piede e mi voltai, accorgendomi di aver raggiunto il molo. Rischiai tutto, mi sollevai sulle braccia e mi girai, goffa, carponi, in equilibrio su una lastra oscillante, dopodiché mi tirai su. Anche mentre salivo sulla passerella, il ghiaccio continuò a disintegrarsi sotto di me.

Il pensiero di Jai stimolò le mie ultime forze. Ripercorsi barcollando il molo con i polmoni che mi bruciavano, il sapore ferroso del sangue forte in gola, e mi chinai per controllare come stesse. Tuttavia, prima che potessi accertarmene, alzai lo sguardo e vidi una figura coprire la distanza tra il bosco e la rimessa con il fascio della torcia che guizzava frenetico di qua e di là. Era il primo agente di polizia.

La squadra di soccorso era scesa dalla strada di montagna. Da vicino, distinsi la sagoma di un uomo che, appena mi vide, rallentò. Aveva i capelli grigi, la faccia ricoperta di una patina di sudore e la pelle segnata da profonde rughe come quella di un ex fumatore. Mi puntò la torcia addosso e tornò a essere una silhouette. Strizzai gli occhi nella luce forte, braccata, udendolo respirare intensamente mentre tentava di ricomporsi. Non avevo più niente. La pulsione inesorabile della vendetta mi aveva dato carica, ma con l'impostore morto e Troy Foley sotto il ghiaccio, la sensazione stava rapidamente svanendo.

Avevo ucciso per arrivare fin lì, ma ormai potevo fare ben poco. Era finita.

36

Aprii la bocca per ammettere la sconfitta.

Tuttavia fu il poliziotto a parlare per primo. Si presentò frettolosamente. «Sono l'ispettore Mackey» disse. «Cosa abbiamo?»

Non so che espressione avessi. Disperazione, sfinimento, confusione. Tornata sulla terraferma, al sicuro, l'orrore del lago mi stava investendo con forza. Sotto il molo udivo il brusio del frammentato esoscheletro dell'acqua. «Eh?»

«Agente, dimmi cosa abbiamo.» Si chinò, mise la pesante torcia tra noi e sentì il polso di Jai, poi si tolse la giacca e lo esaminò mentre io lo fissavo. «*Agente!*» sibilò Mackey.

Ero così stanca che il messaggio impiegò qualche secondo a farsi strada in quella parte di me ancora in grado di ragionare. Avevo la faccia bagnata di lacrime. «Ho seguito il rumore dello sparo quaggiù» gracchiai asciugandomi gli occhi. «Non c'è traccia del responsabile. Abbiamo una vittima di sesso maschile. Ferite da coltello all'addome. Ho tentato di arrestare l'emorragia.»

«Dov'è il tuo collega?»

Fui sopraffatta da una sensazione di mal di mare che mi fece girare la testa. «L'ho perso nel bosco, signore» riuscii a dire.

«Calmati, agente. Cerca di controllarti. Non c'è traccia del coltello?»

«È più in là sul molo, credo, signore.»

«E l'arma che ha sparato?»

«Penso che sia là anche quella. Però non ho guardato nelle immediate vicinanze. Mi sono occupata della vittima.»

Mackey si girò e fece cenno quando apparvero altre due luci. «Agenti!» urlò mentre le torce si avvicinavano. «Abbiamo una vittima accoltellata.» Un paio di figure spuntarono dal buio. Una coppia di giovani uomini. «Sei Warren?» abbaiò. «Resta con quest'uomo.» Poi si rivolse al secondo. «Agente? Tu sei?»

«Mendis, signore» rispose lui avvicinandosi.

«Mendis, tu vieni con me.» Mackey stava cercando ulteriori ferite, passando le mani su e giù sulle braccia e sulle gambe di Jai. «Stiamo cercando un coltello e un fucile abbandonati.»

Trattenni il fiato, agitata e stordita. Altre torce si materializzarono dai pini circostanti. «I rinforzi» dissi con voce stridula. «Vado a ragguagliarli, signore.»

Mi girai con la sensazione di avere un fuoco di artificio difettoso al posto del cuore. Incamminandomi con le ginocchia ridotte in gelatina, sbalordita di non essere stata richiamata, mi ritrovai ad asciugarmi gli occhi, spiazzata da quel nuovo colpo di scena. Una squadra proveniente da due divisioni? Comandata da un ispettore che non conosceva tutti? Sparpagliata a causa della neve instabile, allarmata dal rumore di uno sparo di fucile, forse in preda al panico, forse composta da persone che non si erano mai viste…

«Qui!» gridò Mackey alle mie spalle chiamando altri uomini in arrivo.

Arrancai tra gli alberi mentre i poliziotti mi passavano accanto andando nella direzione opposta. Dieci minuti dopo, continuando a salire nel bosco soffocato dalla neve, dovetti fermarmi in preda ai conati, tutta sudata e tremante. Non vomitai niente. Mi lavai la bocca con la neve e mi tolsi il sangue di Jai dalle sopracciglia. *Jai.* Avrei dovuto restare con lui. Stava perdendo sangue, morendo da solo laggiù. *D'altronde,* mi dissi, *mi intendevo di coltellate e sapevo che lui non era in forma.* Forse la lama di Foley era penetrata nel grasso sottocutaneo e con la giusta pressione, si sarebbe risolto tutto con la perdita di un po' di sangue e un danno del tessuto. Ciononostante, sarei dovuta rimanere con lui, premergli la giacca sulla ferita, parlargli, rassicurare quel pover'uomo. Invece lo avevo abbandonato. Il passaporto era caduto in acqua, stava fluttuando verso il fondo del lago, un minuscolo pesce pilota accanto alla sagoma gonfia e lenta di Troy Foley. Il pensiero della borsa era l'unico in grado di stimolarmi. Se Foley era così decisa a recuperarla, doveva contenere qualcosa di davvero prezioso. L'evasione, l'incidente pianificato, la ricerca dell'albergo e della sottoscritta. Se fossi riuscita a portare a termine almeno una cosa, sarebbe stato mettere le mani su quella borsa.

Mi arrampicai odiandomi mentre lottavo con il pulviscolo fine, mobile, delle nuove slavine. Quando raggiunsi la cima mi riposai. Impiegai parecchio a riprendermi. Ero madida di sudore e tremavo quando mi avvicinai alla strada, spostandomi da un albero all'altro, gli occhi fissi sui veicoli più avanti. C'era un'ultima sponda da risalire, sovrastata da un muro di neve punteggiata di ghiaia, quella vecchia, della settimana precedente, accumulata dagli spazzaneve e disseminata di aghi di pino. Oltre, da quello che riuscii a vedere, il furgone della polizia pareva vuoto. Mentre raggiungevo la base della sponda, la macchina scomparve dietro una serie di blocchi. Ci sarebbe stato almeno un poliziotto lassù con i veicoli: avevo visto una luce restare in posizione mentre le altre scendevano nel bosco. Mi preparai e mi incamminai.

C'era un'unica figura che mi dava le spalle quando superai la muraglia di neve e arrivai in cima atterrando sull'asfalto. Una sagoma giovane, con la schiena dritta, che stava illuminando la strada con la torcia. Mi appoggiai all'auto di pattuglia alle sue spalle con le ginocchia tremanti e i muscoli simili a elastici. «Ehi» dissi con voce stridula.

Lui si girò, allarmato all'inizio, poi preoccupato, e corse da me. «Sta bene?»

«Ho solo bisogno di un minuto.»

Attese a qualche metro di distanza studiandomi con attenzione. Aveva l'età che avrebbe avuto Cameron, un giovane poliziotto dai capelli rossi con un'esplosione di lentiggini e un'espressione permanentemente combattuta tra la premura e la cortese determinazione. I suoi occhi azzurri mi osservarono da sotto la frangia corta. «Agente Muir» disse. «Ho sentito lo sparo. Cosa sta succedendo laggiù?»

In attesa che mi passasse lo stordimento, feci alcuni respiri lenti e controllati. «Ferite da taglio. Vittima di sesso maschile. Hanno recuperato il coltello più un'arma da fuoco.»

«C'è un sospettato? Hanno arrestato qualcuno?»

Scossi la testa. «No. Ma il ghiaccio sul lago è rotto. Ci sono segni di lotta, prove che lo hanno attraversato. Probabilmente sono annegati.»

Muir fischiò. «L'acqua può essere davvero spaventosa. Una volta ho dovuto salvare il mio cuginetto. Ha avuto uno shock termico da freddo. A quel tempo avevo soltanto otto anni, non sapevo che cosa gli stesse accadendo.» Sorrise. «Voleva nuotare insieme alle oche.» Si chinò esitante verso di me. «Posso offrirle qualcosa da bere, signora? Ho del tè.»

Alzai lo sguardo. «Niente di più forte?»

Scrollò le spalle sorridendo. «Magari. No, o tè o niente. Tè e Tunnock's.» Si infilò in macchina, frugò in una borsa e riemerse con un thermos e una giacca nera. «Sta congelando» esclamò. «Prenda pure questa. Tenga.» Svitò il tappo del thermos, lo tenne con l'altra mano a mo' di tazza, e quando ebbi la forza di indossare la giacca e di chiuderla, me lo porse.

Mi tenni in equilibrio, appoggiandomi bene alla fiancata dell'auto, e riuscii a prendere la bevanda. «Grazie» risposi e me ne versai un po'. Per qualche motivo il calore della giacca e la sensazione confortante del vapore mi fecero venire di nuovo voglia di piangere. Il tè e quel ragazzo generoso, fiducioso, dell'età di Cameron. Straziante. Tentai di buttar giù un sorso ma non riuscii a bere, la gola mi faceva troppo male. Gli restituii il thermos.

«Vuole qualcosa da mangiare?» chiese Muir.

«Sono a posto» dissi con fatica. Mi stava ancora osservando, sereno ma cauto. «Mackey mi ha rimandato su» confessai. «Ho perso leggermente il controllo. Non ero d'aiuto laggiù.»

Lui rifletté sulle mie parole. «Dev'essere dura anche con la sua esperienza.»

A quel punto non potei fare a meno di sorridere. «Sei da tanto in polizia, Muir?»

«Be', non ci crederà, è il mio terzo giorno» rispose gonfiando le guance. «Ho dovuto attendere un sacco. Non volevano neppure lasciarmi guidare.» Si scostò la frangia. «Mi hanno detto di aspettare in macchina.»

Annuii. «È toccato anche a me all'inizio» affermai. «Ma ascolta, la tua fortuna sta per cambiare. L'ispettore chiedeva rinforzi. Gridava di aver bisogno di squadre che controllassero la riva del lago e raggiungessero l'albergo. Stasera ho combinato un pasticcio, Muir. Ho perso la testa. Tu però potresti prendere il mio posto.»

Lui esitò. «Non so...»

«È la tua occasione per far colpo su Mackey» incalzai. «Mostra un po' di spirito d'iniziativa.»

«È normale? Fare una cosa del genere?»

Quel povero ragazzo non sarebbe arrivato da nessuna parte se avesse aspettato d'essere autorizzato. «La polizia ha bisogno di giovani agenti come te per essere efficiente» replicai. «Di persone che risolvano i problemi. Vai, Muir, e se sei in dubbio, di' semplicemente a Mackey che ti ho mandato io.»

Il ragazzo, riflettendo, smosse la neve con lo scarpone, poi puntò la torcia sul bosco. Mi restituì il thermos. «D'accordo. Ci vado. Come si chiama?»

Ero pronta per quel momento, ma ebbi difficoltà a parlare anche con una recluta che credeva a tutto quello che dicevo. «Agente 4256 Gaines» dissi.

Il giovane si chiuse la cerniera lampo della giacca fin sotto il mento e raggiunse il bordo della strada prima di voltarsi. «Finisca pure il tè» esclamò sorridendo. Sollevai il tappo del thermos a mo' di brindisi guardandolo mentre avanzava prudente tra i pini per cominciare a scendere.

Era più che opportuno aspettare che fosse abbastanza lontano da non sentire l'auto accendersi. Cercai di non pensare alla strigliata che si sarebbe preso più tardi. Cercai di non pensare a Jai Parik, a Don Gaines e alla sua famiglia, a Shelley

Talbot, al mio passaporto. Feci del mio meglio per non pensare a niente che non fosse recuperare la borsa mentre giravo la chiave e mi allacciavo la cintura di sicurezza.

L'orologio sul cruscotto indicava le sei e trentasei. C'era un treno per Aberdeen ogni ora. Se fossi stata fortunata, avrei preso quello delle sette e undici.

37

A sei chilometri e mezzo da Aberdeen, a Bucksburn, c'era un complesso industriale: grandi capannoni anonimi con uffici annessi, sparsi in un mare di parcheggi vuoti. Tra una carrozzeria auto e uno studio di ingegneria c'era il Safe Storage. La neve nel posteggio si era trasformata in una poltiglia molle grigio ardesia. Il taxi sibilò fermandosi. Dissi al tassista di aspettare e raggiunsi la reception attraversando quel pantano in jeans e scarpe da ginnastica. Davanti alla stazione di Aberdeen c'era un centro commerciale con un cambiavalute e alcuni ristoranti; mi ero comprata abiti nuovi da H&M, mi ero cambiata in bagno e avevo infilato la divisa della polizia in un bidone.

Liberarmi di quell'identità in particolare era stato un benedetto sollievo. Raggiungere Inverness due ore prima con un'auto di pattuglia e un'uniforme della polizia addosso era stata una battaglia psicologica continua con l'angoscia di dare nell'occhio. Anche così presto, era il mezzo che ogni passante occasionale avrebbe notato, ben visibile ai pendolari e agli intrepidi che portavano a spasso il cane, agli edicolanti e ai ciclisti. Mentre mi facevo strada tra la neve alta a Daviot sperando che la superstrada più avanti fosse stata pulita, alla radio si era susseguita una raffica di messaggi. Avevo superato un'ambulanza che andava nella direzione opposta con le sirene accese, e dai discorsi avevo intuito che Jai era vivo. Il sollievo era stato grande e immediato, mitigato tuttavia quasi subito dal terrore quando ero entrata in città lungo Millburn Road. Avevo lasciato la macchina nel parcheggio dell'Eastgate Shopping Centre, gettato le chiavi in un tombino ed ero corsa alla stazione. Vestita com'ero, le due ore di viaggio da Inverness erano state un'altra prova estenuante. Il treno era un modesto convoglio di due carrozze dall'andatura tranquilla. Aspettandomi in ogni momento d'essere arrestata, avevo trascorso più tempo possibile nelle toilette cercando di trovare un modo per uscire da quella situazione. Avrei potuto viaggiare in aereo senza passaporto? Immaginavo di no. Avrei potuto prendere un volo interno con la patente, ma dopo una rapida ricerca ebbi la conferma che le destinazioni più lontane erano Heathrow, Newquay, Bristol, Southampton. E poi? Avevo pensato, frenetica, sentendomi sempre più disperata, esausta e deconcentrata, rósa dal nervosismo represso ogni volta che entravamo in una stazione. C'erano undici fermate in tutto – mi ero concessa un lieve sospiro ogni volta che ne lasciavamo una – e nelle prime, Dalcross e Nairn, c'era una ressa assurda. C'era un agente sul marciapiede a Huntly. Quando, giunta a destinazione, avevo attraversato l'atrio fradicia di sudore e stordita per la fame, ero convinta che ad attendermi ci sarebbe stata una delegazione di poliziotti. Invece ero emersa nella luce del sole di Guild Street ad Aberdeen, alle nove e quaranta del mattino, pensando a un volo che sarebbe partito per Heathrow nel giro di poco più di un'ora con un posto libero, e alle coincidenze, anch'esse con un posto libero. Un bus di passaggio mi aveva inzaccherato di fanghiglia semicongelata, ricordandomi opportunamente che ero in effetti ancora lì e ancora libera. Per il momento.

Il tassista si era subito reso conto che non ero interessata a fare conversazione. Durante il tragitto verso nord attraverso la città mi ero sentita vuota, la mia mente aveva lavorato sulla storia che avrei raccontato quando fossi tornata al Mackinnon. *Attieniti soprattutto alla verità*, mi dissi osservando gli edifici scorrere, *spiega che sei scappata perché temevi per la tua vita. Ometti il particolare della borsa.*

L'orologio nella reception di Safe Storage indicava le dieci e tre minuti quando mi presentai. Proprio come mi aveva assicurato Cameron, avevano una cassetta a mio nome. Mostrai la patente augurandomi che fosse semplice come in aeroporto, e mi accompagnarono in un corridoio illuminato da strisce a LED. C'erano porte gialle che conducevano alle stanze con le cassette a destra e a sinistra, un muro di cassette dall'aspetto industriale sulla parete in fondo e diversi tavoli per svuotarle. Aleggiava un odore di disinfettante, un tentativo chimico di imitare il limone. Rimasta sola, digitai la data a sei cifre.

Trattenni il fiato, tesa e a disagio come non mai, sudando negli abiti puliti mentre tornavo con la borsa da dove ero arrivata. Nella reception saldai l'ultima rata del noleggio e chiusi il conto con il cuoio capelluto che mi prudeva mentre immaginavo le squadre SWAT che mi piombavano addosso. Fuori, in macchina, il tassista era al telefono.

«Torniamo alla stazione?» chiese guardandomi nello specchietto retrovisore quando salii.

Assentii. «Mi serve solo un minuto.»

Con la borsa sulle ginocchia premute contro lo schienale del sedile anteriore, aprii cauta la cerniera lampo quel tanto che mi consentiva di controllare dentro. Uscì uno sbuffo di polvere. L'interno puzzava di vecchio.

C'erano soldi, quello riuscivo a vederlo. Un sacco di pezzi da venti fermati da elastici. Infilai la mano. C'erano numerose mazzette, prima disposte con cura, ora tutte alla rinfusa dopo che si erano ribaltate nella cassetta di sicurezza. Ne tastai una con il pollice cercando di fare una stima. Cento banconote. Quindi duemila per mazzetta? Frugai, spostandole per contarle ma rinunciai. *Forse erano duecentomila*, ipotizzai. *Una montagna di soldi. Ma nello stesso tempo*, pensai, rósa dalla bile, una piccola somma per indurre una persona come Foley a uccidere. Il tassista si schiarì la voce e rispose alla chiamata del cliente successivo. Aprii di più la lampo scostando il denaro. Sotto c'era qualcosa: una busta rigida con il dorso di cartoncino A4, sigillata. La estrassi.

Davanti, il tassista chiuse la telefonata. «Allora, alla stazione?»

Cercai di ragionare. *Come avrei spiegato i soldi alla polizia? Se li avessi messi in banca, qualcuno lo avrebbe scoperto? Erano parte di un'indagine in corso? Le banconote erano segnate?* Mi venne in mente di riportarli, lì, in quell'istante, di lasciarli al sicuro finché avessi avuto il tempo e lo spazio di riflettere. C'erano troppe cose da elaborare, *ma no*, conclusi. *Meglio spostarli altrove*. «Sì» risposi infine. «Alla stazione. Grazie.»

Mentre uscivamo dal parcheggio e ci dirigevamo in città, ruppi il sigillo e l'aprii. Dentro c'erano dei fogli. Li estrassi, ne scrutai la sommità. Elenchi di nomi. Erano i membri dell'organizzazione di Foley, dati che non erano ancora venuti alla luce, nomi e pseudonimi corrispondenti. Li esaminai. Conti correnti nel Regno Unito, liste di transazioni. Informazioni di banche americane, nomi di fornitori. *Oddio*. Cameron aveva sottratto documenti che avrebbero potuto segnare la fine dell'intera organizzazione. *Questa sì,* compresi con totale chiarezza, *che era una cosa per cui Troy Foley avrebbe ucciso.* Dovevo farli avere alle autorità. Conoscevo i recapiti dell'investigatore capo, avrei potuto spedirli per raccomandata. Una fonte anonima che forniva tutto ciò di cui la polizia aveva bisogno per smantellare la banda.

Avrei potuto farlo dalla stazione, eliminare le impronte dai fogli e…

In fondo alla busta c'era un piccolo oggetto scuro. Allungai prudente la mano e lo presi. Cameron mi aveva lasciato il suo passaporto, un ultimo ricordo.

Lo aprii aspettandomi di vederlo, invece la fotografia ritraeva una giovane donna dai capelli scuri e dal volto fresco, non esattamente bella in senso tradizionale ma con un'aria giovanile che trovai attraente. Guardai meglio. Poteva avere venticinque anni, indossava una felpa con cappuccio, alle spalle aveva uno sfondo bianco e sembrava lievemente sorpresa, come se fosse stata colta alla sprovvista dal fotografo.

Ero io.

La sera della macchina fotografica. Davanti a un pub che ora non riuscirei a rintracciare neanche se volessi, una vita fa. Cameron aveva scattato foto all'usciere, a me che lo aspettavo. Controllai il nome sul passaporto e in quell'istante mi ricordai qualcosa che Jai Parik mi aveva detto soltanto poche ore prima. *Quei tizi*, aveva affermato mentre studiavamo la lista che aveva abbozzato dei membri della banda, *possono costruirsi una nuova identità, con tanto di documenti, in meno di una setti-*

mana. Molti hanno due o tre passaporti... Il nome sul documento non era il mio. Era Cassie Mailer.

Alzai lo sguardo. L'orologio sul cruscotto indicava le dieci e ventidue.

«A dire il vero» dissi al tassista, non sapendo bene cosa stessi facendo «c'è stato un cambiamento di programma all'ultimo minuto.» Infilai il passaporto in tasca ed estrassi un pezzo da venti dall'elastico. «Questo è per lei» aggiunsi. «Potrebbe lasciarmi in aeroporto?»

38

San Pedro de Atacama era una minuscola cittadina isolata di polvere e ghiaia.

In periferia le strade erano contornate da steccati di legno rovinati dalle intemperie e casette di un solo piano, e le abitazioni avevano un'unica stanza con piccole finestre. Le proprietà erano delimitate da pneumatici per camion semisepolti e reti da pollaio, e le torri dell'acqua sui loro tralicci arrugginiti dominavano le vie spazzate dalle tempeste di sabbia. Lontano dalle strade asfaltate del centro, la Route 23 era poco più di una pista sterrata, i bordi segnati dai sassi spostati e dal traffico, in genere costituito da camion con pianali muniti di roll-bar e incrostati di fango, sollevava nubi di sabbia grigia che si attaccava alla pelle. Nell'ultima strada della cittadina, di fronte al cartello per Paso Sico con la vernice verde piena di bolle, c'era il bar fatto di mattoni di cemento dove avevo parcheggiato la mia auto a noleggio.

All'interno, il soffitto era decorato con varie bandiere delle squadre di calcio e le pareti tappezzate di vassoi di marche di birra e foto scolorite di celebrità. Scelsi un tavolo fuori, lontano dalla TV, sotto una tenda improvvisata, poi ordinai una Coca-Cola e una pizza. Quando mi portarono da bere, chiamai Jai.

Rispose al terzo squillo. «Remie? Sul serio?» abbassò la voce fino a sussurrare. «Stai bene? Hanno trovato il tuo passaporto nel lago. Ti credono morta. Dove sei?»

«Ad Atacama» risposi. «In Cile.»

«Sei riuscita a prendere il volo?»

«Sì. Con un piccolo aiuto di mio fratello.»

«Non ci posso credere!» Seguì una risata gioiosa, stroncata da un respiro affannoso.

«Non ti affaticare. Stai bene?»

«Sì, voglio dire, no, ma sto migliorando» bisbigliò. Udii il sibilo di una porta e il rumore lontano di una tenda d'ospedale tirata. «Mi hanno ricucito, ma resterò bloccato in questo reparto per un po'. Ad ogni modo, non parliamo di me. Cosa ti è successo?»

Era difficile sapere da dove cominciare. Sorseggiai la Coca-Cola e optai per la semplicità. «Be', sono arrivata ad Aberdeen in tempo.»

Jai fischiò sommessamente. «Ho sentito la polizia parlare di un'auto di pattuglia scomparsa. Immagino sia stata tu.»

Sorrisi. «È così. Mi credono annegata?»

«Sì. Ma dalle ultime notizie, il tuo collega effettuerà l'identificazione, perciò non ci vorrà molto perché capiscano di avere un'altra persona sul tavolo dell'obitorio.» Abbassò ancora la voce. «Allora,» mormorò «raccontami.»

«Quale parte?»

«Hai fatto l'impossibile per prendere quell'aereo. Dài, sono un giornalista, vivo per queste cose.»

Mi schiarii la voce, avevo come al solito la lingua e i denti ricoperti di sabbia del deserto. Sistemai meglio il mio telefono da due soldi. L'avrei usato soltanto una volta, ma temevo ugualmente che la polizia rintracciasse il numero. «Ascolta, Jai. Devo essere molto cauta...»

«Non dirò nulla. Hai la mia parola. Nessuno saprà mai che ho ricevuto questa chiamata.» Era quello che volevo sentire. «Promesso» aggiunse. «Resta tra noi.»

«Grazie.» Cambiai orecchio e mi scostai i capelli dagli occhi. «Allora, sono arrivata a Santiago. Ieri sono venuta fin qui in macchina. È estate ma siamo in alto, perciò di giorno non fa molto caldo. Sono venuta per le stelle.» Il mio comportamento sarebbe stato pane per i denti dei miei colleghi di Edimburgo, lo sapevo bene. Avrebbero citato spesso l'evitamento del senso di colpa, discusso del mantenimento di una promessa intrinseca e sono piuttosto sicura che parecchi mi avrebbero accusato d'essermi fissata su un obiettivo. Io parlerei invece di un vecchio luogo comune chiamato chiusura.

«Le stelle?»

«Erano la passione di mio fratello» spiegai. «Era un astronomo dilettante. L'Atacama è il posto dove deve andare chi ama l'astronomia prima di morire. Cielo terso, nessuna copertura nuvolosa. E il vantaggio per me è che è molto sperduto. Gli ho fatto una promessa.»

«È stato lui a volere che ci andassi?»

«Sì. C'è una cosa che desiderava vedessi.» Sorseggiai la bibita. «Si chiama congiunzione. Venere, Giove e Marte, visibili tutti insieme. Me ne parlava ogni volta che andavo a trovarlo, non mollava mai. Continuavo a dissuaderlo, sai, ma dopo che è morto mi sono sentita persa finché... In ogni caso le congiunzioni non si verificano spesso, e viste le condizioni, questa a quanto pare sarà la migliore finché saremo vivi. In basso all'orizzonte, mi dicono, poco prima dell'alba tra pochi giorni, tutti e tre in allineamento. Cameron viveva per queste cose. Avrebbe perso la testa quaggiù. Con il buio la Via Lattea è incredibile.»

«Le stelle» bisbigliò Jai. «Chi l'avrebbe mai pensato.»

«Ascolta» dissi arrivando al motivo della mia chiamata. «C'è una cosa che ho bisogno tu vada a recuperare.»

Lui capì che mi ero fatta seria. «Dammi un minuto» sussurrò. «Sta venendo l'infermiera a controllare il tizio accanto.»

Udii rumori d'ospedale a undicimila chilometri di distanza: il fruscio delle tende, i *bip* di un macchinario, le ruote di un letto che cigolavano su un pavimento lucido. Osservai i tetti delle abitazioni dall'altra parte della strada, le lamiere ondulate che scottavano sotto il sole della sera. Passò un uomo in bicicletta, il manubrio carico di sacchetti di plastica. Lì in Cile erano quasi le sette di sera. Un commentatore sportivo in TV stava blaterando in spagnolo e nel bar stavano servendo un vassoio di birre a un tavolo esultante.

Al telefono ero in due mondi contemporaneamente, ma non ero presente in nessuno, come un fantasma.

«Sei pronto?» chiesi, poi gli raccontai della cartellina con il materiale. «Contiene tutto quello che ti serve» affermai. «Nomi e pseudonimi, date, transazioni, persino conti correnti. Non ho avuto il tempo di studiarlo nel dettaglio, avevo solo un paio d'ore di sosta a Madrid, ma a quanto pare è tutto ciò di cui hai bisogno per smantellare l'organizzazione di Foley. Te l'ho spedito per posta aerea al Mackinnon. Vuoi un podcast che cambierà il mondo, Jai? Tutto il necessario è in quella cartellina.»

«Tuo fratello ha rischiato tutto per mettere insieme quel dossier...» bisbigliò con voce roca. Aveva ragione. Gli occhi mi si riempirono di lacrime. Me li stavo asciugando quando mi portarono da mangiare. Jai proseguì. «In qualche modo è riuscito a fartelo avere. Ed era quello che rivoleva la banda di Foley. "Dobbiamo trattare". Ma come facevano a sapere che avevi i documenti?»

«Una guardia carceraria origliava i nostri discorsi quando andavo a trovarlo. Sapevano quello che stava cercando di fare e hanno messo Shelley Talbot a controllarmi nel caso avessi avuto l'intenzione di scomparire. Chiacchierava con me nel bar dell'albergo ogni venerdì sera. Ho finito per raccontarle tutto.»

«Quindi sapevano che te ne saresti andata. Il che spiega la tempistica dell'evasione.»

«Esatto» confermai. «Tra un minuto devo andare. Jai, questo numero non sarà più attivo dopo stasera, okay?» Finita la chiamata, avrei aperto il telefono col coltello per togliere la SIM e la batteria. Avrei avuto il tempo di fare due passi fino in centro, di buttare il tutto in un cestino dei rifiuti nella piazza vicina alla chiesa, poi mi sarei presa una bibita fresca, avrei ascoltato un gruppo suonare e osservato le stelle. Non avrebbe fatto buio fino alle nove più o meno, ma un'ora prima il cielo si sarebbe illuminato a poco a poco di una quantità incommensurabile di stelle, ciascuna un universo di possibilità parallele. «Non scordarti di cancellare la cronologia delle telefonate» gli raccomandai e aggiunsi: «Ti contatterò ancora più avanti».

Lui esitò e io guardai il sole tramontare ascoltandolo respirare. «Buona fortuna» mormorò, poi si schiarì la voce. «Sarebbe fantastico rivederti un giorno» disse.

«Anche per me» risposi. Era vero.

39

Dietro il palco del Roundhouse a Camden c'è una green room. È quel genere di posto che prima avevo visto solo nei documentari, uno spazio industriale con i muri bianchi, un soffitto alto e un pavimento di cemento lucido. Stasera ci sono lunghi tavoli su cavalletti con sopra file ordinate di bicchieri, bottiglie di Borgogna bianco immerse quasi fino al collo nei secchielli con il ghiaccio e un bar che serve cocktail su tovagliolini neri. La musica è d'ambiente, le luci soffuse.

È la festa dopo lo spettacolo dei British Podcast Awards in un caldo sabato sera di luglio, diciotto mesi dopo i fatti al Mackinnon. La terza stagione di *Questione di colpa* è stata accolta dal plauso della critica e seguita da un vasto pubblico. Nei comunicati stampa che stanno distribuendo, un opuscolo patinato di sedici pagine con le candidature di una ventina di categorie, sottolineano come si sia "conquistato un posto in prima serata e l'attenzione della stampa internazionale via via che il racconto progrediva" e lodano "le ricerche approfondite, l'analisi intelligente e la narrazione efficace". Attorno a me, i camerieri si destreggiano tra la folla offrendo canapè su vassoi ovali. Un giovane muscoloso con un paio di occhiali rotondi e un accenno di barba tiene in mano un portablocco con vari fogli stampati e guida una squadra armata di microfoni professionali mentre si spostano registrando la voce del popolo. Ai margini c'è parecchia bonaria commiserazione tra i candidati che non hanno vinto, ma l'attenzione è rivolta alla parete più lontana, dove campeggia uno sfondo provvisorio illuminato con tanto di logo degli sponsor. E là che i vincitori in estasi si riuniscono per registrare le interviste e farsi fotografare con il cabarettista che presenta la cerimonia. Ecco il conduttore di *Listener's Choice*, lo show che ha vinto il *Best Culture and Arts Award*, e la squadra di produzione di *Podcast Moment of The Year*. E al centro di tutto vedo Jai Parik. Sembra che non abbia smesso di parlare da quando ha conquistato addirittura il Podcast of the Year. Molti uomini hanno optato per la cravatta nera, lui invece ha scelto una camicia a scacchi e un blazer blu reale, e si mette regolarmente i capelli lunghi dietro le orecchie. Quindici minuti fa ha posato il suo bicchiere di vino rosso e dal linguaggio corporeo capisco che ne ha perso le tracce. Quando gli ho parlato l'ultima volta, tre mesi fa, era appena stato selezionato e ho insistito perché si tenesse gli AirPods in tasca, e non addosso, se avesse partecipato a qualsiasi serata di premiazione. È bello vedere che lo ha fatto.

Attorno a me ci sono facce felici, flûte di champagne, pochette e cellulari. Nell'aria echeggiano conversazioni, musica e risate. Nessuno mi nota. La mia camicia bianca, i jeans neri, il grembiule color carbone e il vassoio di bevande mi consentono di passare inosservata. Mi sono tagliata i capelli e li ho tinti, ho cambiato nome e diverse città. Ho avuto diciotto mesi per imparare a essere invisibile e sto diventando brava.

Al bar prendo un grande bicchiere di rosso. Pago con la carta, dato che il mio passaporto mi ha permesso di aprire un nuovo conto corrente. Devo ripulire il denaro prima di depositarlo, naturalmente. Oggi compro valuta estera, spendo quello che mi serve per viaggiare e durante gli ultimi giorni di visita, cambio una bella somma in sterline prima di tornare a casa e versarla. Sicuramente non c'è paragone con le piccole transazioni alle casse self-service dei supermercati con cui ho iniziato o – un altro trucco dei primi giorni – con l'espediente di cambiare i pezzi da venti con due da dieci negli uffici postali («invio dieci sterline a ciascuno dei miei nipoti e mi servono banconote nuove, se non è un problema...»). Soffoco i ricordi con un brivido involontario, la paura costante d'essere arrestata in quei mesi, la consultazione compulsiva dei siti di notizie, le telefonate frenetiche con la mamma per rassicurarla che stavo bene e che il mio piano avrebbe funzionato. Faccio respiri più profondi, mi concentro nuovamente, poso il vino sul vassoio e mi infilo tra la folla dirigendomi verso Jai. È bello con il suo blazer e la camicia stirata, ha un aspetto sano ed è un po' più magro, si è ripreso completamente ma ha gli occhi stanchi. Sta finendo di parlare con una signora in abito da cocktail e lo raggiungo prima che si giri.

«Un Malbec, signore?» Gli porgo il vassoio.

Sul volto gli spunta un sorriso. «La mia salvezza!» esclama prendendo il bicchiere, ruotandone il contenuto e annusandolo con gli occhi chiusi. Non mi considera nemmeno. Come ho detto, sono brava a essere invisibile. «Niente batte un buon Malbec» dichiara con il naso sul bicchiere.

Corro un rischio e dico: «Complimenti per la sua vincita».

Lui beve un sorso, increspa le labbra brevemente, poi deglutisce ed espira, lo sguardo lontano. «Grazie» risponde. Tutto qui. Viene avvicinato da un'altra persona e io mi ritiro. Sorrido già al pensiero di mandargli un messaggio più tardi, da un numero sconosciuto naturalmente, mentre esco dal mio personaggio, poso il vassoio in fondo al banco del bar e mi mescolo tra la gente. Allontanandomi dalla sua visuale, raggiungo la porta che mi conduce di nuovo nella reception e mi volto un'ultima volta prima di andare. Mi rendo conto all'istante che ha capito con chi ha appena parlato. È vigile, sta scrutando la massa con un'aria di divertito stupore.

Fuori, giro a sinistra in Haverstock Hill e mi incammino. Sta facendo buio ma nonostante le condizioni, non c'è niente da vedere in alto: la curva del cielo senza nubi su Camden è di un giallo polveroso, scolorita dalle luci della città che rendono invisibili le stelle. L'aria è calda e rumorosa. Ci sono code chiassose davanti a Burger Bites, un odore di carne e spezie, un gruppo di ragazzi riuniti attorno a un paio di scooter elettrici da Quick Stop e i rider che passano in bici.

È una vita quasi normale. Nessuno mi nota mentre passo sotto l'arco rivestito di piastrelle, supero i tornelli e seguo i gradini per scendere nella metropolitana.

MISTO
Carta da fonti gestite in maniera responsabile
FSC® C115118

Stampato presso Elcograf S.p.A.
Stabilimento di Cles